朱西甯作品

狼

三三書坊

狼

作　　者／朱　西　甯
發 行 人／朱　天　文
出　　版／三三書坊
臺北市辛亥路四段 101 巷 23 弄 25 號
電話（02）932-1832
登記證局版臺業字第 1941 號

發　　行／遠流出版事業股份有限公司
臺北市 10714 汀州路 782 號七樓之 5
郵撥／0189456-1　電話／392-3707
傳眞號碼／341-0760
登記證局版業字第 1295 號
印　　刷／優文印刷有限公司
臺北縣土城鄉永豐路 195 巷 29 號　電話／262-2379
□ 1989（民 78）年 9 月 16 日　初版一刷

售價 130 元（缺頁或破損的書，請寄回更換）

ISBN 957-9528-05-5

狼

目錄

騾車上 七
小翠與大黑牛 二五
祖父農莊 四三
生活線下 六七
大布袋戲 七九
再見，火車的輪聲！ 九三
偶 一一九
蛇屋 一三三
狼 二一五
試論朱西甯 司馬中原 二五七

騾車上

祇有初春的季候風穿過電線才會發出那種音律，很像高家集上那個瞎子吹的十六管笙。在騾車裏面一聽到這個，我就知道要穿過公路了。

跟老舅趕集回來，躺在拱形蓆篷子的騾車裏。老舅買給我幾本小書，都是帶綉像的。拿起這本，又想那本，就索性一本一本先看那些綉像。我自然能感覺到車身向上仰，然後慢慢的俯下去。騾車越過公路的路基，我便爬到前面的座子上，同老舅並排兒坐。因爲越過公路，要有一里多的壞路，留在車裏頭，會把人翻到這邊扔到那邊，一會兒就把腦袋晃暈了。

老舅把鞭桿插進釘鞋的靴筒裏，騰出手抓牢旁邊的扶手。

田裏，撒種的，點豆子的，到處都有人忙着春耕。遠近的村落盛開着桃花杏花，紅一遍，白一遍。泥土蒸發出糞香，和莊稼抽芽的新鮮氣味。

「老舅，你都看過？」我說的是他給我買的那些小書。

「都忘乾淨了。」老舅咂咂嘴，很惋惜那些被荒廢了的什麼。「我就喜歡隋唐演義。到現在都還記得，第一條好漢李元霸——唐太宗李世民的老四。第二條好漢宇文成都……。」

「岳傳呢？好不好看？」

「怎不好看？就是……叫人不服氣！」老舅回頭往車裏面望了望：「你怎麼把書丟得滿車都是？快進去收好。」

「等會兒。」我把手從他粗腰帶裏伸上來，抓牢他。「你說，哪本頂好看，我先看哪本。」

老舅糾着嘴，往前看，身體輕輕顫動着，很快活的樣子。他沒有回答我，却吩咐我說：「回到家，你可要藏好，別讓你佬爺收了去。」他說着擠擠眼，彷彿像他三十多歲的人還這麼怕外祖父，不能不這樣給自己解解嘲。

書是老舅偷買給我的，回去我也得偷着看。外祖父是前清的童生，把這些小書統叫做閒書，不准我們摸它。老舅偏又愛看這些閒書，就像他爲人愛管閒事一樣。

「你瞧，馬絕後那個老甩子！」老舅用下巴往前撅撅：「蹲在那兒扒甚麼東西！」

從一聳一聳的騾子腦袋上頭望過去，只見前村的馬二爺蹲在路旁，一身又厚又笨的棉襖袴，把他弄得滾圓。他肩上背着個捎褡褳——那是出門裝帶銀錢或者零碎物品用的，搭在肩膀上正好胸前一個大口袋，背後一個大口袋。

這才我平空犯疑起來，怎麼人家都喊他馬絕後。「他不是有個兒子？那個走路有點兒點腿兒的小瘸子？」

「他會有兒子？憑他那副德性！城裏頭育嬰堂抱來的好不好？」

他是甚麼樣的德性，我不知道，不過我也是不怎麼喜歡馬二爺，單憑那副長相就不討人喜：人很肥胖，却是個尖臉子。嘴巴鬆得一點兒收攬也沒有，所以說着話，兩嘴角就有白唾沫聚在那兒，很貪的樣子。還有那一對終年紅赤赤的眼圈兒，眼睛老愛擠，像是時時在同誰擠眉弄眼的打暗號。

「咱們別讓他搭車。」我說。我是怕座位讓他佔去。

「丁點兒小，就學着不結人緣？」老舅擰我一下腮幫。還隔着一截子路，就喊着招呼：「那不是老二嗎？怎這麼早就下集啦！」

馬二爺蠢動了半天才站起，手遮在眼睛上往後望。

「上來歇歇腿兒吧。」老舅把騾子勒住，車子遊過去。

「你瞧我這眼睛，眞不中用啦！聽聲兒挺耳熟，就看不清是誰。」

「你在那兒扒什麼啦？」老舅伸過手去準備拉他上車。他那袍子前襟也不知兜着甚麼，鼓鼓囊囊的。他把袍襟張開讓我們看，裏面一下子土塊疙瘩。老舅把他往車上拉。「你這是搬人家的地來啦？兩年沒買田，就急成這樣兒？」

「碱土，這一遍地碱性大。」馬二爺因爲兜上那一堆土，往車上爬就顯得更笨。「一開春，甚麼都是迎風漲，胰子貴得還買得起？衣服總要洗。捎點碱土濾水洗衣服。你這輛屣車比我那輛高多啦！」

老舅從鼻孔裏往外笑。衝着我說：「讓馬二爺坐吧！你到那裏邊看小書去。」

「我才不！晃死人了。」

「別不聽話，車子趕慢點兒不就是不晃啦？」

這似乎就不便違拗了，好歹別給人家說咱們甥舅倆沒上沒下的。我就一肚子不樂意，爬回車篷裏。

「集上也沒甚麼可轉兒，你說可是，啊！」馬絕後爬動好久，才把自己安置妥當。

「正忙種的時候，祇咱們這一號的閒漢才趕集哩！」

「唉！啥東西都漲價了。」他反覆看他的旱菸袋嘴子：「就憑這個琉璃菸嘴兒，要我四十文，像話嗎？」四十文不過兩個大銅板。

老舅接過那管菸桿，送進嘴裏咬咬菸嘴有多硬，調侃的笑着：「說不定是個翡翠老漢玉的，四十文，算給你拾到了。」

「我出他四十文？我姓馬的也不那麼冤種！我還他價——二十文，他賣了。你說，要多大謊價？對半兒！人——愈來愈不老實了。」

「不是我說，你這個人——。」老舅道：「掉一個，要粘兩個上來才行。怨不得淨瞧着你二爺發財發福。」

「還提那個？東洋鬼子再在這兒盤兩年，我馬家該賣地了，錢糧這麼重。」

「放心，二爺，他們沒兩年可盤了。」老舅勾着頭，往他那個捎褡褳背後的口袋裏看了看，嘴巴往下瓦着：「買了些啥玩意？」

「零碎：皮絲菸、仿紙……我家那個甩小子，一年到頭也不知用多少紙——債！」

「我當是啥寶貝，捨不得放下。放進車篷裏去罷！」

「行，就這麼背着。」說着，手還不放心的彎到背後摸摸捎褡褳。他那樣，眞好像擔心放到車裏頭會少掉甚麼似的，小器鬼！

兩人從肩上取下菸袋裝菸。馬絕後聲明先要嘗嘗老舅的「二品」，問那是在哪家菸店買的。

「抽吧！哪家二品還不都是一個菸槽上出的貨！」老舅把菸包遞給他：「我問你，車家要賣地，你可聽說了吧？」

「你說哪個車家？」他埋着頭裝菸。

「還有第二個車家？」

「車玉標家裏，你是說？」姓馬的只顧裝菸，想把一個菸窩裏按進兩個菸窩的菸絲。

「我才不信！」老舅虎起臉。「你佃戶家的事，你一點兒也不知情？裝甚麼孫子！」

「人家自個的地，要賣，我這個做老闆的還能攔着？」

「誰叫你攔着來着？」老舅嘴裏啣着菸袋咬不淸字兒：「你不能攔着，你總能勸勸吧！」

「我勸誰？還沒人勸我呢。」

「車玉標不是當兵去了嗎？車家不是沒男人當家嗎？」老舅說：「車玉標要是在家，要我來說這個話？」

「可不就是嗎？他家裏婦道人當家，我不好插嘴過問。」馬絕後搭拉着眼皮，一勁兒抽菸：「你這個二品不錯，硬了些兒，差點兒油號不是？」

老舅瞪着他，鼻子皺了皺，像要打噴嚏：「你說，你怎麼不好過問，你說！」

「你讓我跟她婦道人家窮扯口舌？像甚麼話？」

「像你的唐朝古畫！」老舅噌了他一聲：「手捫着良心說，車家賣地，你看不看得下去？」

從背後雖然看不見馬絕後那對紅眼圈兒，他那片抽動的腮肉却使我知道他準又在擠眼兒了，他窘的時候，就擠得更快。

「你我還是不知道的?車家那一窩子，就只那五畝地，雖說還種你馬府上八十畝，可那總是人家一點點兒基業。再說那裏頭還埋着他車家的祖墳。」

「哏!誰勒着脖子叫她賣的?」

「還要勒着脖子?」老舅不必要的抽了騾子一鞭:「這兩年天災人禍的，地裏歉收，糞水比往年茶食菓子還貴，你馬府上地租——好像一粒粒也沒減……」

「我還減?再減，我一家人稀的也喝不上啦!」

「你稀的喝不上，人家可只有喝風了!」老舅說:「他車家一個婦人家帶着那一大窩孩子，也不是吃喝嫖賭敗壞得過不去才賣地的。你呀!修點兒德行吧!」

「德行?」像是受了栽誣似的，他瞪着老舅:「如今，誰還不是泥菩薩過河，我姓馬的自身都難保了，你還要我管那麼多?」

「誰要你管甚麼來着?」老舅忽然很體己的，貼近馬絕後的耳朵:「洋錢——少要兩個，就成全人家了。要那多銀子幹嘛啦?還怕當不上肉票(註)?」

「見鬼，你!」馬絕後笑了:「我馬家不出事兒則已，出了事兒，就是你出的底(註)。」

「我出底?我要出你馬老二的底，我早出了!還等着先通知你?」

馬絕後又開始裝老舅的二品。

「笑話歸笑話，說眞個的，」老舅又把嘴巴貼近去，彷彿騾車裏就有個做漢奸的情報腿子。「聽說中央馬上總反攻了，至多年底也該有個眉目。這明兒車玉標回家，我看你拿什麼臉見他！」

「你這是什麼意思！我姓馬的是訛他啦？還是霸佔他家業田產啦？」

「沒，都沒！咱們這一帶也不興誰訛誰，誰詐誰，還是誰霸佔誰。」老舅帮忙替他點火。「可是他車玉標不想嗎？——我當兵打東洋去了，你做老闆的就不照顧一點？我老婆孩子吃不上飯，你做老闆的就瞪着兩眼兒不帮襯一點？我老婆繳不成租，你做老闆的就逼着我家裏賣地？」

「操他八代才逼他車家賣地的！」他的唾沫噴到老舅的臉上了。

「你罵歸罵，別下雨。」老舅用襖袖擦了擦臉上的唾沫星子：「不說車玉標，換誰都這麼想。老闆也是容易當的？不是我罵人，佃戶好比一條老牯牛，你不餵得牠肥肥壯壯的，牠耕得好地？你啊——又要快，又要跑，又要馬兒不吃草，也除非天下就有那麼多的便宜，都讓你馬二撿到了。」

「聽你的閒磕牙，不是我八十畝地給他車家種，他吃個屁！他連個臭味也別想聞着！」

「不是你八十畝，車家早餓絕種了吧！」老舅伸長了下巴，想咬馬絕後一口似的：「要是讓人家早餓死幾天也是好心的話，乾脆行個善，那一大窩子，一刀一個，給抹掉算了。」

「你那張嘴，少損點德行唄！」

「我這張嘴少損點德！」老舅很虛心的樣子：「你那張嘴多成全人一點，也折合上了。」

「我可趕不上你那麼損。」

「損不損，謀事在人，成事在天。只要你肯站出來，說句話，事兒——就成全了。」

「說句話？嚇，我又不是皇上——金口玉言！」

「老舅！」我從車裏喊着，我眞不願意他跟這種人窮扯蛋扯下去。「還沒到辛家大石碑嗎？」

可是老舅不理我，把菸袋摔到肩上掛着，鞭子照空抽了個響兒，提高了嗓門兒：「他車家賣地，賣給誰我都不管，可他蘇歪頭是個啥東西？他個鬼辮子（註）仗着東洋人勢力，紅部（註）裏打雜兒混了幾張臭軍用手票，跑咱們莊子上來強買硬頂？」

菸袋在老舅背後一左一右地盪着，像個鐘擺。

「他蘇歪頭是什麼德行，你不知道？」老舅說：「去年秋收，他買的易結巴那塊地，成契時候，你是地鄰，你也在場，他姓蘇的當場交了幾個現鈔？你再打聽打聽，半年下來，他給淸了沒？同鬼辮子盤交易，她車玉標老婆不是找苦頭吃？咱們能一旁愣瞧着不管事兒？家邦親鄰的，說得過去嗎？你就知道往家裏摟礦土疙瘩！」

「也難說。」馬絕後的第二袋菸還沒抽完，可見他這個貪得無饜的，把老舅的二品按得多結實。

老舅冷着臉，探頭到車篷裏來，要我給他弄點兒高粱喝兩口。十二公斤裝的黑釉子酒罈就在我脚邊。我坐起來，望望四周，沒什麼可盛。「用什麼呢！又沒傢伙。」

老舅打着嗝兒，皺着眉頭往篷裏到處打量一下，又算了。不知爲什麼，他倒發起了酒癮。老舅並不貪酒，那酒買來是準備大後兒個給佬爺過七十大壽的。

「不知怎麼的，有點兒醋心，嘴裏老往上湧酸水。」老舅背回身去說：「找找看，找找咱們捎碼子裏有甚麼，我得喝兩口壓壓酸水。」

我跪着爬過去，把捎褡褳放平，裏面的零碎東西一樣樣往外拿。

「還有！」老舅一個接一個打着氣嗝，好像那樣，是要證明他非喝兩口不可似的。「地裏，麥子也眼看就要抽節兒了。要賣地，也不該在這個時候。再熬上三個月，就收成了。咱們管怎麼幫幫忙，讓車家渡過這個春荒，地也就落住了。再說，咱們瞪着眼讓他蘇歪頭來討這個便宜？讓他收一場現成的麥子？」

「老舅，這個行不行？」我終算找到可派用場的，那是買給姥姥搽裂手用的蚌殼油。兩瓣殼扣在一起，我把沒有裝油的一瓣送近老舅的鼻子：「你聞聞，沒油味兒。」

「行！小鬼精靈！弄點兒火紙擦擦。」老舅嗅了嗅，打一個嗝兒，很滿意。又跟馬絕後交涉下去：「我說，車家娘兒幾個熬不過這個春荒，有我了。我拍胸脯，借糧食過去，一文利錢不收。你馬二放心，不要你出一個大子兒。」

老舅索性把騾子勒住，車停下來，等我把酒斟到蚌殼兒裏，送給他。

「這麼辦，你說怎樣？」老舅咂着酒，翻着眼睛看他。

馬絕後不開腔，把菸袋磕磕，也像老舅一樣，把菸袋摔到肩膀上掛着。

老舅抖抖繮繩，車身又開始搖打起來。「一句話，天塌下來，車家的地也不能賣給蘇歪頭那個鬼辮子！」

「也難說，」馬絕後搖搖頭：「反正，他們雙方是周瑜打黃蓋——一個要打，一個願捱。你我這外四路的，不管也罷！」

「不管，除非你怕他蘇歪頭。」

「我怕誰？」

「你不怕，事兒就好辦了。」

騾車轉過方向，暖風迎面吹來。偏西的太陽照在我扒着老舅肩頭的手背上，那上面的凍瘡疤兒被照得光亮亮的。疤兒上大概再也不生汗毛了。

老舅道：「不瞞你說，家父那個脾氣你知道，他一生不放利錢，不押地。要不，我早拿出五石小麥把他車家那五畝地暫時押過來……」

「那也行！」馬絕後忙着說。

「那也行？要行，我早押了，用得着跟你鬪唾沫？」老舅正色的說：「說規矩的，只要你出面說一句話，只要一句話！」

「你老是一句話，一句話，我是皇上？」

「只要你出面，一句話，告訴車玉標老婆：『要賣地，成！妳種的八十畝我可要收回來，交給別人種。』你看她還敢賣？」

馬絕後埋着頭不聲響。也不知他還有什麼難處。不過老舅這個人，也眞是愛管閒事管到家了。

「品情奪理，沒錯兒！」老舅說：「車玉標老婆幹嘛有那個膽子賣地？她仰仗的是種你馬府上那八十畝地。只要你張個口，收回那八十畝地，小娘們兒準慌！再說，也不用你多費唇舌，丟一句話就成了，這事兒都在你身上了。」

馬絕後冷笑了一聲，搖搖腦袋，不言語。

「胸脯我拍了。」老舅又現身說法的砰通砰拍着胸膛：「車家春荒渡不過去，都包在我身上了。只等你一句話，你還有什麼可顧碍的？」

「我不管這閒事。」

我眞要把老舅手裏的鞭子奪過來，抽這個不通情理的傢伙一頓。

「我知道你那個鬼心眼！」老舅也生氣了，抽了一下騾子，彷彿是抽馬絕後的。「你當然樂意車家賣地。車家把地賣掉，就專心一意種你馬家的地了。你就不必擔心他們不把大糞全都下到你家地裏了。」

「聽你亂講！」馬絕後嚕道，急忙給自己辯白：「我只說，年頭不是個年頭，多一事，不如少一事。」

「說來說去，你還是怵他蘇歪頭。」

「怵他？操他八代的才怵他！」馬絕後摘下燈草絨的三塊瓦帽子，抹一下後腦勺，就用那帽子指點着老舅：「我勸你——這事你也少管的好。各掃自家門前雪，休管他人瓦上霜。咱們不是常聽古人這麼說嗎？」

「別扯上『咱們』，我可沒你馬二爺有能耐，常跟古人來往。」

「別逗樂，那是眞的。我是忠厚人，只能說忠厚話。」

「頂好你還是多幹點兒忠厚事。光說忠厚話不行。」

「你呀，早晚栽個跟斗，你就不多管閒事兒了！」

老舅好像沒法出氣，臉側向車外，用他的大拇指堵住鼻孔狠狠地擤了一通濞子。「你不管，不打緊；別口口聲聲閒事閒事的！我不管則已，要管，我就管到底。你等着瞧吧！」說着抖起繮繩，把身子坐正了，發奮非要怎樣似的，這樣往前闖，就怕經過家門也不停車了。

我望望老舅，他那橘皮一樣的腮肉板得發硬，成了藥店裏的乾陳皮。要是我，就趕馬絕後滾下車了。

一切都顯得很無味，我望着那一聳一聳吃力的騾子腦袋，就覺得牠是有意的苦惱人，讓老舅看看，因有馬絕後在車上，把牠累成這個樣子。

忽然有一股嗆人的生煙氣味，我嗅着到處尋找，怕篷裏着了火，立刻我就發現，馬絕後背後的捎褡褳口袋裏正往上冒着煙。騾車頂着風，煙都吹進了車篷裏。一定是菸袋窩兒裏的菸核兒沒磕淨，掉進口袋裏了。可是還不止這個呢，我把膝蓋直一直，探首到他的口袋上面，只見那裏面的一捲兒仿紙已經燃開來。不知道爲甚麼，也或許要使壞，我沒有喊。那菸袋還掛在他肩後，一搖一擺，彷彿能使馬絕後背上熌了火，很開心。

我把扒着老舅肩膀的手用勁捏了一下。可是老舅似乎沒有感覺到，或許感覺到了，又並不以爲那是招呼他。

「老舅，歪蚌殼給我，你總不能老讓我跪在這兒等你吧！」

這才老舅低下頭去，在他兩股之間的坐板上找出那半個蚌殼。趁空兒，我給老舅噘噘嘴，讓他看看馬絕後的背上。老舅板硬的臉皮上似乎閃動了一絲兒驚詫。那是短促的，隨即很壞的笑了，我敢說，他做小孩子時候一定就是那樣子。

老舅把嘴巴用勁的變變形，好像那樣歪扭了一下，才可以趕散臉上的笑容，免得惹馬絕後犯疑心。

「我說，」老舅打起精神：「車家賣地的事，你是咬定牙根不管了？」

馬絕後好像打着瞌睡，一下子醒轉來，嘴裏黏黏的，擠着眼睛。

「我可告訴你，」老舅說：「瞧你馬二爺這副氣色，大小要招個災星，你信是不信？」

馬二爺似還沒有十分淸醒，也許是裝糊塗。他望着老舅，隔半晌眨一下眼睛。也許自以爲很俏皮。

「我可不能瞧着你馬二爺遭刼遭難，袖着手不管。你可先跟我講明白，你的事兒，我管得管不得？」

「我有什麼事兒要你管？啊？跟我耍花槍不是？」笑得倒很精明。

「你可別後悔！」老舅冷着臉，使人非相信不可的樣子。「你別怨我不夠交情。災星當頭，老二！後悔可就在眼前！」

我有點害怕老舅把這個玩笑開得太大，那煙氣愈顯得濃了。

「老舅，快告訴馬二爺吧！」我眞擔心最後會把咱們騾車篷給燒了。

「老二，」老舅把腦袋往後指指：「聽見沒？我可沒騙你！」

「你們甥舅倆鼓弄什麼鬼啦？」

「先說明白，你的閒事我管得管不得？」老舅扳起一條腿，下巴抵在膝頭上。「別像你說的，這年頭，多一事不如少一事。」

那口袋上，眼見燒出一個黑洞，我有些着慌了。

「老舅！」

「你怕什麼？人家馬二爺都不在乎！」

馬絕後也開始有些兒沉不住氣，但又怕中了老舅的計。

「還有什麼可說的？咱們哥倆兒，賣啥關子呢？」

「誰跟你哥倆兒？」老舅掉過臉去，發誓再也不理馬絕後似的：「找你出面說句話，跟要你的命一樣。虧得不是求你甚麼。」他又把臉送到姓馬的臉前：「一句話，你帮車家的忙，我帮你的忙。要幹就幹，不幹就別後悔。」

「咱們哥倆兒——不止一天啦！話說明白了，有什麼不行的？啊？」

「還不夠明白嗎？你帮車家的忙，我帮你的忙。要行，就快點。遲了，你可要吃虧！」

「行行行！」那樣子好像讓老舅佔盡了便宜。「你說怎樣就怎樣了。不過呢，你還是少管閒事兒。」

那口袋上的黑洞越發擴大了。

「別再閒事兒啦，咱們站起來可是頂天立地的大丈夫，說句話總得算句話，到時候可不准抵賴。」老舅溫溫的朝着他背後嘟嘟嘴：「把你捎搭褳快拿下來看看吧！」

馬絕後傻望着老舅，還以爲上了老舅的圈套，想拿又不拿的摸着肩膀上的捎搭褳。也不知是他感到有點熱，還是嗅見了煙氣，忽然他像從惡夢裏打囈怔醒過來那樣，一下子把捎搭褳扯下來，摔到面前，可慌爪兒了。

老舅煞了騾車，把那個煙火騰騰的捎搭褳提起來摔到路上，馬絕後也跟着蹦下車去。

「這可怎麼好！這不是要命！這可怎麼好！……」馬絕後那滾圓的身軀在那裏蠢動着，兩隻手一無是處的搓着，兜裡的碱土也不要了。大棉襖的背後也有了兩個黑窟窿在冒煙兒。

「你早說你的閒事能管，我也早管了。」

老舅跳下車子，給他揉搓背後的火窟窿。那樣子使我想起集上牛市口給小牛烙火印的情景。又好像陸陳行隔壁那位姓淩的推拿先生，扭住胳膊，幹架似的給人推拿骨節脫臼。

一九五七・一二・高雄

註(一)肉票：土匪綁架的人質。

(二)出底：給土匪做內間。

(三)鬼辮子：即漢奸。

(四)紅部：日軍憲兵隊。紅部即日語「本部」之音譯。

小翠與大黑牛

窗櫺上喜紅紙的剪花有多新，三月裏的南風就有多迷人。剪花醉醉的不停的飄舞，庭院裏還有昨天留下來沒掃淨的爆竹屑。

久陰乍晴的好天氣，鄉村裡春來得早，春天才在今天眞的飄落了來。

也不知道什麼使新郎睡醒了。初初醒來，還彷佛很困倦悠忽。火斑鳩永遠也不變一個調子，「咕咕咕——咕！」打天邊兒飄來似的那樣遼遠，沉迷迷的。睡在炕上便嗅見田野最新的香氣，這已不是昨天。

太陽也不是清晨的太陽。已經派給一個生女人做男人，往後幾十年的日日和夜夜，才開頭呀，才過去一天和一夜！

他聽見母親的一對小脚在外面客堂走動。「這孩子要睡到什麼時候？也不怕人家笑話。」母親竊竊的不知跟誰說著話。「虧得咱們是孤門獨戶呀。」

母親做了婆婆。要是娶親這事必得有人歡天喜地樂一場，也只有守寡半輩子的母親一個人。新郎也聽見他表姐跟母親在笑，微弱又微弱，同重一點的喘氣沒有兩個樣。他眞要懷恨她，懷恨他表姐。

新娘哪裡去了？不知道他的新娘什麼時候起的床，也不知道是個什麼樣的人。太陽灑進洞房裏，喜紅的剪花把粉牆上映出飄飄忽忽的紅暈。

「叫新娘子進去喊醒他吧！」母親噗突噗突吹著抽水菸的紙媒子。

表姐又在笑。「叫新娘子去喊嗎？」似乎他有多難堪，他表姐就有多快活。新娘到底去了什麼地方，他完全不知道。新娘是一隻枕頭，一條被窩，放在他睡的炕上大半夜，他沒有枕，沒有打開來蓋，現在拿走了，拿到不知什麼地方去。

漸漸的聽出表姐在擦著什麼。「姑媽進去喊吧——自己兒子嘛！」這個表姐做什麼，手底下總是那麼快，嫁人也嫁得那麼快。

「多討幾天的吉利吧，我這個半邊人！」

母親會有許多怪誕的忌諱，深怕她這個剋夫星碰傷到兒子。新郎揉揉發黏的眼角，不甘心這就醒來。好似這才明白，爲什麼新房裏什麼都由他表姐來安置，母親手都不伸一下。「半邊人！」兒子體恤這一點，沒有把親事鬧到底，可就沒有發現母親的苦心用到這一步。

如果新娘就是表姐……如果表姐就是新娘……表姐替他收拾新房，枕頭被窩都是她來放，他一旁瞧著，瞧得耳朵發熱，心裏總是這麼想，如果這，如果那，反正人是什麼都可以得到的，只有如果永遠得不到。迷迷濛濛的烟雲飈遠去，喪失了。表姐一樣的泣傷過，表姐哭著上花轎。鳳冠上的玻璃穗可沒有擋住他們最後那一眼。半年的功夫，表姐改變了另一個人。從前喊他的名字，現在喊他表弟，喊什麼都不一定分出親密還是疏遠，爲什麼嫁過人就改口？改得喊著也彆扭，聽了也彆扭。他這一完婚，這個表姐似乎更是乾乾淨淨做她的表姐了。

近幾天，動不動總這麼說：「表弟大事一辦完，姑媽您該睡安穩覺了。」這話是說她自己呀，她自己才不安枕。以前她許他什麼？應他什麼？母親也總是打一場勝仗那樣的得意：「年輕人哪，不要讀老多的書。」一呼嚕呼嚕的抽著水菸。「不要讀老多的書。」要兒子讀出書來撐門戶，兒子學來了本事要退婚。年輕人讀了老多的書，末了還是沒有拗過老年人，這就値得津津樂道沒有個完兒。

新郎好像受了傷，躺在炕上愣聽著母親揭短他。帳簷上掛滿了合和仙，春風偷進屋子裏，把那上面的流蘇盪著像水波，從這一頭盪到那一頭，一波一波盪過去。

「老說要自己找，我給找的壞嗎？妳讓昨天看新娘子的人說，壞嗎？」

「不要太信您的老眼光了，姑媽！」

「哼！老眼光！」

水菸放到茶几上，放重了一些，兒子在裏間聽得出。總是擦得那樣亮亮的白銅水菸袋，總是在擦，總是用香爐裡的香灰。擦著就想著，給兒子討媳婦。

「不要說看新娘子的人，妳當這孩子看不中？天到這時候還起不來。」

「姑媽您不太……」表姐又是古怪的笑聲，只有她這個人是那樣笑法。

「說怎樣也不信，不信罷！白白胖胖多富泰，現在就信了。」

又是古怪的笑聲，像噎著了，打著氣嗝。「您再等得急，總要等到年底才見著孫子呀！」姑娘家一出嫁，什麼羞恥心都不顧忌了。人這樣的說改變，就改變，眞不值什麼。

新娘和新郎好像派定就該怎樣。不知應該怎麼說，他們栽誣他，還是他欺騙她們，他只無心的瞥見過新娘的一隻手。並坐著喝交杯酒，那隻手木木的放在大紅摺裙上，握著一條大手帕，也是大紅綢子的。沒有給他一點點什麼感覺。

又是那隻手，人還沒進來，手掀起綉龍又綉鳳的紅門帘，木木的停在那裏，還是握著大紅綢子手帕一樣。他也是木木的，沒有什麼感覺。婆婆叫她進來喚新郎起牀，又叫住她：「灶房裏有人忙了，妳屋裏歇息一會兒吧！」

婆婆比兒子疼新媳婦，婆婆要內姪女幫著西屋去檢蠶，遠遠的讓開小兩口子。蠶剛過了頭眠，比螞蟻大不多少。老婦人用的是老尺，沒有去檢蠶，跟內姪女量起來老家親戚送來的喜幛，一件又一件。量小兩口子，婆婆也用的是老尺，比著自己才成親的那段日子，碰頭碰臉都是老姑子，小姑子，巴不得避開人，兩人偷偷的掃一眼。總要冷著臉呀！誰也不理誰，兩人不知有多大寃仇。白天比誰都生，到夜裏比誰還貼得緊。也是過門以前沒見過一面呀，姻緣前世定，前世早就好過了。

新房裏的一對新人，似乎前世不曾好過。大紅被窩像一堆火，誰把炕板掀了，炕下火熖成這樣子旺。新娘不敢走前去，怎麼喊他呢？怕燎著手。這個男人是這個樣子！淸晨她輕輕起牀時，屋裏還是黑的，長命燈照不到那張臉，現在瞧淸楚了，白淨子臉，沒有一點血色，讓她感到一陣惡心。又不敢正眼看個仔細，怕那一對眼睛隨時要睜開。

眼睛沒有張開，一樣的看得見，瞇矓著。總算他知道新娘大體上是這麼一個人，墨綠華絲葛的罩衫，袖口跟下襬都沒有罩嚴裡面的大紅襖。迎著窗口灑進來的陽光，黃橙橙的絨條，勾出一個上半身，木頭做的人，僵立著一動不動。似乎害怕動一下，就把新衣裳折出了摺縐。

兩人都沒有發覺彼此在對著。新娘爲難的不知道怎麼喊醒這個睡死了的男人，希望他自個能醒過來。新娘故意碰一下脚搭上的裏脚櫈，聲音實在不夠響，驚不醒一個人。新郎不忍心再睡這麼熟，順勢裝做被驚醒，裝做不以爲屋裏有什麼人，惺惺忪忪望著帳頂打呵欠，再裝做發現天色不早了，這才猛然一下坐起來，抱歉的笑笑：「怎麼天到這時候啦？」

忠厚一點吧，別讓人地生疏的新娘太僵了，心裏這麼叨念著，可是新娘子背朝著他，對他存心不理睬。新郎眞有些冒火。太陽被雲彩遮去，新房裏跟新郎的臉上都一陣子暗。新郎繃緊臉孔，笑容繃平了。賭口氣，急忙套上衣服——釉藍毛葛的夾襖袴。望一眼炕上几上叠做四四方方不是昨夜信手丟上去的絲棉袍，發誓不動它，也發誓一輩子不動她。對襟衣扣沒有扣完，就打起門簾，到外間才拔鞋。他可聽見新娘忙不迭的叠被窩，好像要不趁熱叠，就要不堪設想了。

可是母親得意的栽誣他，硬派他花燭之夜不知道有多稱心。乍乍這樣好的天氣，天空嫩藍嫩藍的，要往下滴水，滴下的水也要是嫩藍的。

不知道有多稱心的還是守了半輩子的新婆婆。稱心得太過分，就疑心怎麼忽然做起了婆婆。盼著一二十年，盼得太久，覺得還要再等一二十年。架子上一層又一層的箴篩，剛眠過頭眠的小蠶，灰撲撲一點不討喜，日子總要慢慢捱呀，一二十年也捱過了，再快也得年底才抱孫子。

上一代的新媳婦要是當年就養兒子，兩口子都要給人笑死。時下的年輕人不在乎這個，也比上一代的能幹。「瞧這小兩口兒，藏著不出來了！」新婆婆笑迷迷閉不攏嘴，托起一張又一張葱花油鹽餅一樣的蠶頁，把蠶砂——不准說蠶屎（死）呀，犯忌諱，其實是江南人的作興——輕輕抖落，換到另一層箴篩裏。兒子正站在背後瞟著表姐擠眼睛。新婆婆總是不住手的忙這又忙那，不住口的唸著：「瞧這小兩口，麥芽糖也沒這麼黏！」

不住口的唸，唸到蠶眠了二眠，蠶身泛白了，五隻蠶篩變作十一隻。小兩口終天板著臉。「裝得多像那回事兒！」新婆婆一心想能偷看一眼兩人暗地裏怎麼遞眼睛。兒子總是賴在炕上，不賴到太陽偏過院心的老榆樹，不起牀。

成親沒滿月的新郎怎麼能叫他不懶？又是這樣迷人的時令，杏花剛敗落，桃花嬌死了人，春風吹軟年輕人的身子，吹紅年輕人的臉。樹要這樣綠，草要這樣青，年輕人忍不住要做點什麼。桑樹下面新郎抱著桑樹幹，仰臉繞著樹幹打轉轉。表姐叉著脚，踏在兩根枝椏上採桑葉。銀花的綉紅鞋，胖胖小尖下巴。鞋底有五成白，沒有走過多少路。魚白褂子底下什麼都看得見，採一把桑葉，就隨著顫微微的抖動。表弟仰痠了脖子，費了大勁兒才嚥下唾沫。一點點的小桑椹，什麼時候才能熟得紅？魚白褂子給桑葉映出一遍一遍的翡翠綠，表姐站的地方太高又太遠，表弟的身上燒著火，燒得心裏一陣陣的著慌。這棵樹已經栽下十幾年，樹幹不是這樣細。樹幹上高腿螞蟻忙些什麼，也不懂得，飛快的爬上去，爬下來……沒有用，表弟想借別的分一分心；偶爾的飄下一隻桑葉，眼睛跟隨著打一個旋轉，還是離不開那件翡翠綠的魚白褂子，魚白褂子下面遮不嚴的。

上面的人一低頭，發覺有人獃獃的，像是看她，又像沒有看她，慌忙坐到一根橫椏上，掖了掖衣襟。

「你站在底下做什麼？不怕我鞋底上的土迷著眼？」

「我看有沒有紅桑椹。」誰也沒有教他說謊話。他看到表姐一排弧形的白上牙。

「瞧你饞死了！」

「能不能吃？」下面的人揉揉眼，好似眼睛真的被迷住。

「你要吃，現成的呀，什麼能不能吃！」

她眞的讓他吃？她有這個意思嗎？兩隻又小又綠的桑椹落下來，落在他的脚尖跟前。他不去撿，爬上搖搖晃晃靠得不怎麼牢的短梯子。「誰吃這生的！我自己上來撿熟的。」

筐子已經採滿嫩桑葉，汲水一樣的用繩子縋到地面上。

「我剛爬上來，妳就忙著下去？」

表姐的衣角被拉住，笑著打他手：「你要人陪著，我替你喊新娘子來。」手鬆開了，跟著就像什麼都從他的手裏失落掉。表姐一點也不比新娘子好看，但是表姐允過他，應過他。表姐跟他從小在一起，什麼都玩過，現在裝做不記得。「梯子我不管啦！你得扛回來！」他獃獃的留在樹上，獃獃的俯視這個從他手裏失落的。身子裹在不貼身的魚白褂子裏，滾圓滾圓的扭動著。桑葉還不密，村子上哪一家的院子都看得見，等蠶眠過四眠吧！那時候桑椹也該熟透了，不用爬上樹來摘就會自自然然落在地上。

「這孩子爬到樹上跟妳說什麼？」母親眼睛花了，但從院子可看得見樹上是什麼人。

「白天太長——他嫌。」

老姑媽憋住笑，又打又罵的推搡著內姪女，好像捱挖苦的不是兒子，是她自己。

「饞哪！爬到樹上要找桑椹兒吃。」

「這孩子！」

老婦人坐下捲紙媒子，就用包喜菓子的襯紙。「不對呀！」想起了什麼，喊了兩聲內姪女，沒有應。捲著紙媒子，心裏頭一動。「這孩子不要是替新娘子去找桑椹兒的吧？哪那麼快法兒！」

新娘匆匆走進來，一隻手水淋淋的。「娘，您喊表姐？」

婆婆手底下停下來，沒有來得及看清新娘哪一隻脚先踏進門檻。新娘走路的姿勢，婆婆老早就看出來了，成家的第二天，就是這樣子，不是閨女那樣的溜活了。

「你覺得怎麼樣？」婆婆把媳婦叫到跟前，指指自己胸口：「這兒氣悶嗎？」

新娘有些迷惑，心事怎麼讓婆婆看出來？男人看不中她還是怎樣，進門來從來沒有正眼看過她一眼，當眞這麼薄命，八字排錯了不成？

「娘，我不是好生生的嗎？」

「守著娘還害臊？有什麼跟娘說什麼。」

「眞沒有什麼。」新娘硬撐著笑，不能跟婆婆訴這個苦呀！認命吧！「這樣好日子，娘把我當作親生閨女疼，我還不知足？」

新娘濕淋淋的手，招一下額角上的頭髮，紅潤的臉色遮不住藏在皮肉下面的那絲寂苦。婆婆有的是老閱歷，託進城的鄰居帶回來二兩乾梅子，婆婆眞是把新媳婦當做親生的骨肉一樣疼，笑迷迷越發闔不攏嘴，眞是一代強一代，飛艇天頂上飛，人是能得上了天。小孩子當眞飛著來了！兒子往牆上釘釘子掛禮帽，母親像碰到命根子一樣，不准敲敲打打的，怕驚了媳婦胎氣，手高過了頭頂也不成。採桑該是表姐一個人的事兒了。

「娘，」新郎換上家常的粗衣服：「您讓表姐一個人採桑，怎麼忙過來？」

「你有功夫你去呀，還能叫你媳婦去？」

今天要採後草園的兩棵湖州桑，他搶著扛梯子。綠油油扇子那麼大的葉子，用不著什麼三眠四眠，已經密得看不見天。後草園四周都圍著一人多高的秫稭籬笆帳，表姐今天換上緊繃繃的銀紅小短衫，不是那件不貼身的魚白竹布褂兒了。

表姐要跟他比，一人一隻筐子。他可坐在梯棖上一動也不動，心裏噗通噗通跳。

「就這麼幫忙的呀？光在下面看，也不上來動手！」

他倒眞的只是仰著臉在看，褲脚眞夠寬的，他能夠一直看到表姐的膝蓋和膝蓋以上的一大段。「眞有這個意思？她要我上去動手？」沿著秫稭籬笆帳，橫放著十多根杉木料，母親留著打喜材用的。杉木梢上拴著隻水羊（母羊），兩隻羔子奶吃足了，跳上跳下走在杉木槓子上，走著獨木橋玩兒。

表弟偷偷把園門關上，扣得牢牢的。園角上一堆攤曬著的麥穰，黃亮亮不知道是金屑還是銀屑，樹上縋下滿滿一筐桑葉。採桑是樁粗活兒，表姐一樣的做得又精巧又靈俐，雙手一齊採，眨眨眼，就是滿滿的一筐子，不許落下一片葉子到地上。

他往梯子上爬，兩隻脚微微的發抖，好像爬上了千丈高，不由得不那樣的膽戰心驚。

「妳眞要我採？」表弟的眼睛從迷人的銀紅小衫上移到別處。桑葉眞夠密的，看不到下面的老水羊，兩個人好像躲進山洞裏。這是棵公桑，不結桑椹兒。

一低頭，表姐看到這個傻子臉正朝著自己胸口，愣在那兒出神，側耳聽什麼。突然被他抱住，一點也沒有防備，險些兒墜下去。樹枝椏不夠那樣壯，一沉一沉的經不住兩個人，手裏拉住頭頂上的樹枝不敢鬆，一張滾熱的嘴抵住她的下巴，抵在喉嚨上，手往短衫底下伸進來，樹身像在風裏搖擺著。

到底女的掙脫開，一步兩根梯棖兒的急忙爬下梯子。男的比她還要快，抱著樹幹滑下來，追上她，把她推倒在攤開的那堆麥穰上面。

「你怎麼這樣！我喊人了！」

女的被壓在下面，憋紅了臉，髻兒也給扯散了，披著滿頭的亂髮，搶著去開園門。

他不很清楚怎麼讓她逃脫了，吸吮著手臂上一道又一道的血痕。一隻筐子踢蹬翻過來，底兒朝天，遍地散著桑葉。他還不能清醒過來，火燒著他，劇烈的喘呼著。「怎麼她不要？」完全不是他事先所想的那樣。那隻老水羊拉緊繩子，歪著頭，想能吃得到又嫩又新鮮的大桑葉。遍地的麥穰都燿著火，燒他炙他，不甘心，他奔過去，奮不顧身的抓住老水羊的後腿，跪在地上。汗從他額頭上滴下來，滴落在羊毛上，被一種似是慌亂又似恐懼的大黑影抓緊了，神志飄搖著，飄落了，急驟的恍惚，彷彿就是那樣的。

之後，懊喪和灰心，灰心和厭惡交織著。然而太陽重又明亮了，春風重又暖和了。他伏在梯子上，肩膀一起一縮的喘哮，手臂上的血，涔涔流著，什麼欲求都失去了，什麼都顯示出毫無生趣了。

背後的草園門在響動，他知道是誰。拉拉衣袖，把手臂上的傷痕遮住。

「你這孩子，知不知道好歹！還小嗎？」

母親走過來，手裏拎著隻花包袱。「你表姐還不夠勞累嗎？為你辦喜事，裏裏外外替你操多少心！你怎麼就這麼不懂事？該學著做大人啦！」

兒子不作聲，一動不動的伏在梯子上，強制著自己不再那麼喘呼。

「我就說嘛，姐姐也不大，弟弟也不小，打打鬧鬧的，不也是一起玩笑嘛，你這孩子——不是我說，就是這點不好，不識玩兒！」母親蹲下去收拾滿地上的桑葉，數說著兒子：「你表姐怎麼取笑啦？惹你這麼大的火兒，衣襟兒都讓你扯壞了，唵？」

兒子好像伏在梯子上盹著了，低低的垂著腦袋。

「那一個氣虎虎的也不說，拎著包袱哭著鬧著要回去。去給你表姐陪陪禮。氣走你表姐，我看誰採桑？叫你媳婦爬上爬下去，動了胎氣，你就好了！」

兒子鼻子裏冷笑笑。

「你表姐也是——不是我說，也是一身的孩子氣。去吧，去哄哄，好歹得等蠶上了苫，再讓她回去。」

他倒巴不得表姐走了的好，待會兒總得碰到面，表姐到底不是那隻水羊，他望著牠，都用不著臉紅。

表姐沒有走成，反正男人出遠門做買賣去，端午節前趕不回來。可是表姐處處躲著他，好像他長著一雙奇長的手臂，隔著兩丈遠，一伸手就能把她撈去。他也一樣躲著她，躲的不是她那一雙手臂，是那對針帶刺兒的吊梢眼。

躲儘管躲，只要不碰上那對帶針帶刺兒的吊梢眼，依樣貪饞的死盯著不放。不知是得不到手，才一心想要；還是想要的，總是撈不著。另外這一個，不要不要，還是硬躺到他炕上，他還是不要。

春是一點一點的老去，院心的老榆樹綠得不能再綠，黑蓊蓊把養蠶的三間西屋全罩在裏面。蠶剛過四眠，簸篩盛不下，地上鋪著蘆蓆，樑上架鋪板。千隻萬隻白裏透著亮的肥蠶，正忙食的時候，沙沙沙沙落雨一樣蠶食聲，給人一種清爽透涼，好像乾旱夠久的春天，眞的落雨了。

總是新娘跟表姐合拎著一枝柳條筐子撒桑葉。兩人肩並肩，兩人的後影一個樣的肥瘦，一樣的高矮。西屋裏暗得從早到午都是傍晚，別人乍乍看去分不清楚誰是新娘，誰是表姐。只有他，分得哪個是他要的，哪個是他有的。過不幾天蠶可要上苫結繭了，他要的那個就要遠遠的，遠遠的離開了他，他死不了心。

死了心的是這位表姐；她可要和新娘肩並肩從早到晚的忙著餵蠶。她氣這個無能的表弟媳婦拴不住男人。別瞧她整天價不言也不語，悶著頭不知有多浪！門上的喜聯還沒褪色，就忙著懷上了，眞能幹呀！吊饞了男人放在外邊找野食。兩口子的喜事，自己操上多少心，落得什麼喲！饒是陪嫁的丫環，也要正式正式道兒扯過臉，圓過房。到頭來，自己算什麼？摟也摟過，親也親過，還待在這兒拼死拼活的，從一睜開眼，忙到二更天。不是硬捱著有苦說不出，碍著姑媽臉上的那份情，說怎麼樣，一時一刻也捱不得。

好在也沒有多少日子了，往後再也不踏進這扇門！

沒有多少日子了，表弟更不忘記給自個提醒著。這位表弟打算一等表姐回婆家，他也走，到縣城去謀一份小差事，讓新娘守她一輩子活寡去。

上次事情弄得很糊塗，可是給他開了例子；壯了膽，反正成與不成，表姐也不肯把事情張揚出去，她怕自己臉上先就抹了黑灰。

沒有多少日子了，他不忘記給自己提醒著，不能老躲在屋子裏看閒書。外面一有人走動，他就要從枕頭上翹起頭聽聽，是不是那個匆匆忙忙的腳步聲，是不是單獨一個走進外間客堂裏，或者走進東廂房裏去。前兩次都被他稍一猶豫給錯過去。表姐放刁了，走進來拿樣東西就跑開，東廂房裏似乎有鬼等著要捏她。等著要捏她的鬼，其實老是躺在西廂房裏看閒書。這一次不能再放過，把小說放下，輕手輕脚的跳下炕。東廂房的門帘掛在門框上，門坎頂的玻璃鏡框照出他的一雙脚，兩隻鞋子穿錯了，左脚穿了右脚的鞋子，右脚穿了左脚的。東廂房裏發出搬弄罎罎罐罐的聲音，表姐彎下腰不知找什麼，又是穿的那件不合身的魚白竹布衫，他只看到一個角，滾圓的大腿微微彎曲着，他最熟悉的那種心跳又立刻開始了。

不要再錯過去呀！又輕又快的飛過去，順手把門帘放下，他抱住了，綿綿軟軟的抱滿了一懷，心要從嘴裏跳出來。就跳進她嘴裏去吧！勾着腦袋找她躲躲藏藏的嘴唇。生髮油的氣味，鵝蛋粉的氣味，從衣領裏擠出的氣味，唾沫的氣味，倉卒的他得到了。表姐稍稍的抗拒着，完全讓了他，手裏的剪刀掉落到地上，他抽出一隻手去關門。不要吧，抱她到自個新房去！不知誰把誰帶動了要倒下去，兩個緊貼的身子扭了一個旋轉。太陽已經落西了，粉白粉白的一張杏仁臉，迎着不大怎麼亮的窗子，這是誰？他不認識了。慢慢的把手鬆開了，手從新娘的身子滑下去，但又揚起來，掌了她很響的一耳摑。一張手抓按在自個臉上，像要往後倒下似的，倒退了出來。

睡到半夜裏，一家人都從夢裏被雷聲震醒。狂風好像一股一股大洪水，院裏的老榆樹瘋了一樣翻滾着。

東廂的姑姪倆似乎起來了，聽不清說什麼。

院裏不知是水缸蓋還是什麼，被吹落在地上，發出驚人的響聲。

「臨睡時，不還是滿天星嗎？」

表姐已經到了外間，拉動那隻又澀又重的門栓。

「也要雨了，再不雨也不行了。」

客堂門一打開，滿屋子都灌進了風，門帘劈劈拍拍的飄打起來。

睡在裏面的新娘從他的脚頭爬出炕去。電光把人的眼睛也刺花了。

「進去！不要妳！」婆婆喝叱着。

院子裏放着準備給蠶上苫的樺樹枝，婆婆一頭逼着新媳婦回房去，一頭喊叫着把那些整綑的樺樹枝往屋裏搶。

炕上的男人準備天明扯個謊，自己根本沒醒來。

狂風遠揚了，大雨就會接着來。疏疏落落的雨點試一試似的打下來，又停住。

「妳給我進去，淋雨啦！」婆婆急得跺着脚。暴雨浩浩蕩蕩不分點兒的傾巢而來，婆婆嚷着，好像房子要倒了，逼着身懷六甲的新娘趕緊回房把濕衣裳換掉。

大雨直往下傾瀉，屋簷掛懸起又粗又密的雨簾，一道電光閃了閃，屋裏亮得像白晝一樣。

新娘正脫掉淋濕的衣裳，全身照在煞白的電光裏，棉花一樣光赤的臂膀，映着青藍的，又夾着緋紅的急切的顏色，可不知道怎樣躲藏。新郎滾身跳下炕來。

巨雷把地面大大的撼動了，把這兩人打倒在炕上。

春天總是長久的乾旱，頭一次的春雷，頭一次的春雨，好雨呀！頭一次的春雨總沒有過這樣的暴烈、急驟。天上和地下，青釉色的閃電來去竄擾着，把黑夜撕出一條又一條失色發抖的裂縫，恐怕是天河的堤岸決口了。

他聽見東廂房的表姐還在說話，抱緊懷裡的女人，心裏發狂的喊着：「小翠！」聲聲的喊着：「小翠！好小翠！……」願意更黑一些。

「大黑牛啊！……」新娘也是一樣。

小翠是那位表姐的小名兒，新郎可並不叫做大黑牛。

暴雨很快就過去了，剩下淅淅瀝瀝疲乏的簷水。迷惘的煙雲，遙遠了，迷濛了，泣傷的淚和嘆息，淚和嗚咽，淚和眷戀……。什麼才是歡樂喲！什麼才是？

一九六〇・八・大溪

祖父農莊

我們家世居臺灣省已經三代，老規矩我們還留下很多，例如我們說「姊妹」，那意思是「弟兄」也包括在內的。

今年的暑假，我們姊妹七個過得特別愉快，因爲今年沒一個是應屆的畢業生，要趕著考這考那。大夥要怎麼玩兒，手攙手，一個也不短少。長輩們眼見姊妹七個這樣的齊全、友愛，心中一樂，就特別支持我們。

今天我們姊妹七個在鄉下姨婆那裏玩了一整天，已經夠累了，晚上又團團圍著大哥聽他那些講不完的鬼怪故事。

我們把所有的椅子、櫈子全都搬到院心，每個人躺著一張不算，還要一張放脚。我們這個小集團，從來不很歡迎大人們參加；因爲大哥那些不知出處的鬼怪故事，常受到大人們的指責，認爲那不是信主的兒女所應有的趣味。其實那是上一代的迂濶，我們就不認爲這與我們的信仰會有什麼關係。

十點鐘敲過，大哥繼續講他的故事，我倒是又被祖父窗口的景象吸引住了。

祖父的日常生活已經進入老年人那種流水賬的方式；可以用「照例這樣，照例那樣」來說明。例如這個時候，祖父照例送走他那位三段老棋友，照例爲他那一口好牙齒使用精白的上鹽漱刷一番，再照例讀一章信手翻來的新舊約，然後放下蚊帳，一天的生活閉幕了，留下一隻五燭光暗綠色的小燈泡，隔著紗窗輕輕搖曳著。那在我們年輕人的眼睛裏，眞是一種不能忍耐的呆板的生活。我不知道上帝以七個工作日創造了這個宇宙，是否也只希望人類就用這種輪轉不變的方式生活下去。

可是近幾天以來，祖父的生活顯著有點反常；閉幕的時間往往延續到夜空銀河斜橫過來，母親催促我們就寢以後。甚至前天夜間一覺醒轉來，發現一種不習慣的光亮——那是祖父房裏的燈光，照射在我們的樓窗上。雖然第二天的淸晨，當我們起身盥洗的時候，他老人家又已經照例從郊外帶著滿鞋尖的露水散步回來。

也許這些時我們總是早出晚歸，到處去釣魚、爬山、游泳、旅行，一玩就是一整天，對於家裏到底發生了什麼事故，竟而一無所知。不過我想，在我們家中，除掉商業上有什麼虧損，似乎不會有什麼不如意的事故發生。我們既無族人，又無近親，一切的問題要發生，也就是在這個家庭——包括店面和住宅，不到兩千五百平方公尺的面積裏面。何況問題果眞值得他老人家那樣破例的話，今天船長和大副（我們私下裏都是這樣稱呼我們的父母）也不會有那樣的興致去遊臺中，比我們回來還遲。

「玉峰，」我手肘抵了抵大哥：「你注意到沒有？」

大哥也不答話，只在椅枕上側過臉來疑問的望著我。

「這兩天阿公像有什麼心事，你可注意到？」

「睡得很晏是不是？」三妹玉嵋插嘴道。

可是小姊妹們一齊吵嚷著，不准打斷大哥的故事。

「對了，你該向玉嵋採訪。」大哥彎起一隻胳臂搪住大夥兒的鬧嚷。「我這兒無可奉告。」

「鄉下的事，你不知道？」三妹從臉上扯下手絹，故意睜大兩隻眼睛望著我，我們的中央社發佈新聞了：「虧得是你自己的農莊，你都不知道？眞夠精明的！」

我茫然瞧著祖父的紗窗，農莊上出什麼事呢？幾枝風鈴樹的椏條探進窗口的燈光裏。那兒偶爾現出祖父那健旺的剪影，輕輕搖動著鵝毛扇子，我彷彿看得見祖父的嘆息。

我們家在鄉下有一片不到四甲的田地，都是祖父買下來作養老的。祖父自己經營的香茅油並不比父親的營造廠更少出息。自從滅租之後，那些田地已是徒負虛名了，我想不出那會給祖父帶來什麼煩惱。

三妹彷彿特別強調了一點：「虧得是你自己的農莊……」

姊妹當中，三妹最是擅長察言觀色的一個。儘管大夥兒一樣的作息起止，她總比別人多知道一些什麼。她那樣調侃，不是沒根據的。鄉下的農莊早在我第一篇不像樣的散文發表在一家大報上的那年，祖父就決定把它傳業給我，供我在那裏度一生的寫作生涯，儘管我並不一定就有那種抱負。祖父對於所謂「作家」是否有什麼特殊的寵愛與尊重，那是另一個問題，但是子孫當中能夠有誰出人頭地，那總是祖父願意全力去栽培造就的。而自從我選讀了農科以後，那份產權更是成了定案，只差他老人家沒有動筆寫他的遺囑。然而三妹的語氣，似乎祖父的心事，我若一無所知，簡直眞就該死了！

「到底什麼事這樣嚴重？妳一定知道。」我拉了拉三妹的頭髮。

「不要！我要聽故事。」

「我有酬勞，告訴我。」

「不稀罕！」三妹決絕的擺過頭去，防備我再扯她的頭髮，索性雙手抱著腦袋。

「玉嶺在不在那兒？」

忽然祖父隔著窗子招呼我。

「阿公喊我?」

「到我這兒來一趟。」

低下頭去找木拖板，滿地都是，也不知誰是誰的。

「快去罷，小地主!」三妹笑著說。我扭了她一把。心裏却意識著，畢竟我也要牽涉到祖父的煩惱裏去麼?

祖父的膝頭上攤著那部沈重的串珠聖經，慢呑呑的摘下眼鏡:「上來!」

走上榻榻米，祖父閒散的望著我的胸口，打著呵欠:「玩得還好?今天?」

我隨便點點頭，我把祖父的脾氣摸得很透;他要跟你談論什麼大問題，總是那樣，要不把空氣弄得非常輕鬆，便一定弄得很散漫。我走過去，準備把紗窗外面的一隻守宮彈掉，彷彿我也有責任協助祖父使空氣更無所謂一些。

「姨婆很孤苦，你們這些蝗蟲跑去啃她?」

「我們都帶野餐去了。」

「噢。」祖父低下頭去，重又把眼鏡戴上。祖父有一種不是商人們所能有的那種氣質。那兩片輪廓清楚而又稍含羞怯的嘴唇，不知爲什麼總給人一種堅毅而高雅的感覺;尤當他戴上眼鏡的時候，更有一種灼灼的神采。

「明天呢？」

「明天……」我忽然害怕他老人家會派給我什麼差遣，把「明天」給佔用了。我說：「已經決定了到嘉義去玩玩兒。」

「跑那麼遠？」

「去看看北回歸線標塔。」

「那會很有意思？」祖父笑笑，彷彿很知道我的鬼心眼兒。

「地球上的一道線，只在地圖上看過。」

「後天再去！」祖父岸然的說：「跟他們姊妹幾個說，明天到鄉下農莊去。」

這次我失敗了；祖父一點也沒有意思要跟我談甚麼問題，重又垂下頭去讀他的聖經，好像不再感到我這個人的存在。

五輛單車；世界上血緣頂近，又頂惹眼的小小隊伍，鋪張得使我們有一種快樂的野心，準備小規模的去征服一點什麼。

農莊上大人孩子們都偷閒圍攏來了，似乎我們是從天而降的那樣使他們感到新鮮，久久才散去。佃家阿火哥夫婦倆一下子就裏裏外外忙不停，這家借茶葉，那家借椅櫈。也明知怎樣張羅都不能滿意，所以一直搓著手，帶著一種無地自容的羞赧忙碌著。

不管我們開到這裏的小小隊伍士氣多麼旺盛，我的內心却從昨天夜晚直到現在，老是不能坦然。我很明白，此行由祖父發動，總不全是爲著到鄉下來玩玩。當然在孫輩前面，祖父同往年帶我們來農莊看莊稼，仍是一個樣子；一種大大方方的滿足，又不願讓小輩看出他內心的得意。只是有一點比較使我覺察著與往日不同的，他不阻止阿火哥的殷勤接待。

「阿公，你瞧，你這個農莊有新式農場的樣子了。」

姊妹們都分頭發展各自的天地去了，相思樹的蔭涼下，獨留下我們祖孫倆和一些空在那兒的竹櫈竹椅。在祖父的背後——也就是我的左首，一片模型式的小田畦，一塊一塊，彷彿經過打線做成那樣整齊。每一塊小田畦便是一種農作物，並且標著小竹牌，上面寫著多少號的蓬萊，多少號的在萊，多少號的蕃薯。還有，本省很少種植的玉蜀黍、草棉之類。好像深怕讓人指責這幾門農作物生長得很不像樣，特別在標牌上加註「試種」二字，作爲圓說。

「那是農會在那兒試驗罷！」祖父比較吃力的扭頭過去看了看那些田畦，有些兒慨歎的意味。

我望著祖父。他的肩上正有一隻不知名的小甲蟲，挺著長長的觸角昂然而行。我伸過手去把牠彈掉。

「不過看樣子倒是很下了些功夫。」

「農莊要是交給你，會整得比這個還壞嗎？」

「很難說，阿公！可能我會把工夫花費在那邊養魚塘裏，築一座垂釣的水亭。或者另外闢一個花圃，把那些薔薇大量繁殖開來，這個農莊將來也許會成出名的薔薇別墅，在中國文學上反覆的說到它……。」

我們祖孫倆斜靠在竹躺椅上，瞧著扶桑樹圍上盛開的薔薇，交談著，卻不知道阿火哥甚麼時候來到我們背後，提著隻鋁質小茶壺。

「祥徵伯公，你老人家用茶。」

「有事，你還是去做事吧！」

「沒甚麼事。」阿火哥搓著手，忽然又帶點兒神經質的轉過去斟茶。我發現他的眼睛總是喜悅的離不開那一片小田畦，急於藉著那個找點兒甚麼話頭似的，以致把一杯茶斟到了外面。

魚塘那邊爆起一片笑嚷，六弟人小，嗓門兒却是最出衆：「好大的一條！好大！」叫嚷的聲音裏閃爍著魚鱗的光燦。

「魚塘放魚了嗎？」祖父呷一口熱茶。

「放了些虱目魚苗。不行，沒多大出息。」

「吳郭魚似乎容易養一些。」

「啊，是。吳郭魚好養得多。噯，好養。我家阿財也說，吳郭魚營養高。」阿火哥就近拉過一張小竹櫈坐下去，一雙手謹愼的放在膝蓋上。他的動作好像總是突發的，剛坐定，又忽然一愣，回過頭去吵架似的喊道：「阿典啊！阿典！趕快給阿哥阿姐們送斗笠去！揀那些新的。」然後像是跟自己解說：「塘邊太陽太大了。木麻黃栽了兩年，還長不起來……」下面就聽不淸咕唧些什麼。

「阿財呢？」祖父同樣的瞟著阿火哥。

「阿財？」彷彿一下子還不知道阿財是誰似的：「阿財，嘿，山猴仔！放假了。今天學校有事情，到學校去了。」

「噢！還在唸書？」

「本來，早兩年，唸完國民學校，我喊他回家種田。打從減租，家裏過得可以，去年秋天又給他進了農業學校。猴精仔！會寫很多字了。」說著，他那一對眼睛非常光灼，並且又轉向那一片小田畦：「那都是阿財親手種的。玉嶺小阿哥，你讀的書多，你看我家阿財寫的字，做得麼！」

「做得，相當好！」其實我並不明白他所謂「做得麼」指的是甚麼一種意思。我說：「阿公，你瞧，你這個農莊，要在阿財的手裏科學化了。」

祖父笑得非常宏亮：「科學化！那很好。等到甚麼都科學化，科學就要把你剝得精光了！」

我望著祖父笑，我不明白怎麼一下子把科學作了這樣的解釋。但在轉瞬間，我却似乎茫然的感到那可能與減租有關。可是祖父是搶先響應減租的，那印象不能再鮮明：當祖父把舊租約撕掉以後，他拍打著阿火哥的肩背，把他拍打得前俯後仰幾乎站不穩脚，那笑聲比剛才的宏亮得多。那是一種揮金如土的豪華的笑，屬於征服者的。從祖父當時的那副神采，我才發現征服的意義不完全是獲取。祖父一生征服的太多，却數那一次的征服頂頂成功。

我感到，我永遠沒有辦法重視別人述說的他們祖先的奮鬪史。因爲我想，不可能還有誰比祖父所承受的生活鞭笞更重。祖父早年是一個到處爲家的海員，然後因病退休，落戶到異國統治下的臺灣。下層社會所有的、我們沒法想像得到的那些尋找生活的苦行業，祖父都在裏面打過滾，翻過跟斗。而每一種行業的結束，要不是因爲不堪忍受的凌辱排斥，便一定周身負著被壓迫者的刀痕槍傷。只爲祖父是在臺灣割讓之後入境的中國僑民，「支那居留民」而非「皇民」的身分，使他比一般同胞的痛苦更深更重。他必須一無保障的遭受欺弄排擠和統治者加倍的虐待。「支那居留民」的痛傷甚且延續到我們這一代，例如抗戰期間的行動封鎖、財產凍結，「勤勞奉公」的苦役，以及不准我們入學的無理限制。尤其後者，我們總不能忘掉我和大哥、妹妹鬧著要進學校的那種情景——我們所得到的回答，只是雙親的眼淚，與祖父一成不變的那句話：「等著吧！等著祖國打了勝仗！」

我明白，國家的減租政策還在醞釀著而沒有頒令施行的那個時候，祖父就搶先同佃戶重立減租新約，那確是他爲國家而征服了他自己。如今眼見減租後佃家受惠的顯明的繁榮和進步，我却不懂得他老人家反而自嘲起來：「那很好！等到甚麼都科學化，科學就把你剝得精光了！」

那是使人費解的。不過我可以斷言，祖父絲毫沒有嘲弄科學的意思，他幾乎是在嘲弄他自己。

用午餐的時候，祖父又以他那副善用一兩句語言調節空氣的偏才使大家快樂得跡近無法無天。祖父自己也甚至把一隻脚蜷起來踏在椅子上了——那是早年的那些苦行業給他留下的一點紀念性的積習——僅有的，也是丟不掉的。每每在他快樂的時際，就會不覺間表露出來，雖則也會偶然自覺的趕忙規正自己。

這時阿火哥、連他那個分外羞羞躲躲的兒子阿財，似乎也不至把陪笑的笑容凍結在臉上了。

「來，阿火，敬你一碗！」祖父擧起他的飯碗。

阿火哥一下子慌張得幾乎不知道飯碗是怎麼端法。五弟嘴快：「我們沒見過碰碗，只見過碰杯。」阿火哥好像被說到短處，忙著解說：「伯公一家信教，阿火可沒敢備酒呢，小阿哥！」

「玉崙！」祖父側過臉來，一種做作的責備，衝著五弟問道：「要碰杯是不是？我先問你，酒是什麼做的？」

「不是米做的嗎？」

「誰發明的？」

五弟做了個吃驚的鬼臉，應對不出了。

「好像是杜康吧！」三妹咬著筷子笑。

「是有錢人！」祖父換了一隻脚踏到椅子上：「有錢人的米太多，肚子又比窮人的小，吃不完怎麼辦？五斤米釀一斤酒，吃起來就容易多了！」

大哥帶頭鼓掌叫好，說祖父才是世界上頂大的發明家。我的心裏却因此有點兒感觸。祖父常把我叫到他的屋子裏聊這一類的問題——就算是問題吧——很可以那樣說，他這一生很大的一件憾事，便是他給自己苦來的財富已經超過了他的需要。因爲他經常的痛苦感到，把屬於自己的財富再送出去，不管是少到什麼程度，竟是一件很困難的事。而在生活的享受上，他老人家幾乎還保持著年輕時那個清苦的低水準。

「阿公的話不全對。」我說。我想三妹一定又認爲我在奉承祖父了。「你才不能成爲一個酒的發明家。」

「誰在那兒疴膿瀉痢？誰？」祖父帶點兒低級趣味的矯作，巡視著我們：「我這個農莊就是個釀酒廠。知道嗎？你們？」

「那不過分；阿公留給自己養老的，誰讓阿公那樣剛強，到老都不依靠人呢！」

「除掉養老，而且還準備留傳給二哥，好做一個大文豪，就便研究研究植物病蟲害，造福農民。」三妹是不肯放過這個機會的。

「不管怎麼打算，這個釀酒廠——我是決定關門了。」祖父笑著，也不管這話在我們幾個大姊妹心上會有多大的分量，却逕自重又把飯碗擧過頭上：「來，阿火！閒話躭誤了，這飯碗還沒有碰成。」

「這個，祥徵伯公……」

「來，別管他們小姊妹拗嘴。」

阿火哥沒弄清楚到底是怎麼回事。但他知道這裏面定有什麼根苗。恍然的，我明白過來了！

「阿公！」

祖父並不理會，自管對著阿火哥，一人捧著一飯碗：「往時，我是不准你這麼多菜的，今天我是以十七年前老地主，最後打擾你這一次。」

阿火哥迷惘得有點兒惶恐了。

大哥凑過臉來說：「瞧，這一次又讓阿公搶先了。」

「難道是……響應什麼……耕者有其田……」畢竟那還不是我們生活裏的東西，當做教科書太久了，以致說起來很拗口。

祖父與阿火哥商量變換契約的日子。

不知爲什麼，我這才發現這農莊原是我們的產業。一直我都像所有不務實際的年輕人一樣，很難爲什麼田地房產動心。雖然這種對於行將失去的農莊所感到的惜戀只是屬於情感而非欲望的。

顯然阿火哥在心理上從沒有過這種非分的準備，一時還很困難接納這一事實。我看他連胃口也倒了，守著那飯碗，一粒米也吞不下。對於他，儘管前有減租的例子可援，畢竟忠厚的農民們只許有過減租的夢想，却斷不可能狂妄的奢望平白從地主手裏獲得產權——那幾乎是犯了天條的大惡。

這使素來對什麼事也不大認眞的大哥，也慨歎了：「我們只以爲教科書裏說說講講的東西，倒是在我們祖父的手裏兌現了！」

「就好像我們兩隻脚能夠站在回歸線上一樣。」我說出相等的感覺。

「理想並不是距離我們很遠的東西。照這樣看來。」

「不一定是理想。」我懂得祖父。我斷言，連他那樣搶先減租，也並不爲的是理想。他一直都不曾有過足可使他破費財產的理想。要不然，他不至把他超過需要的財富當做一生的憾事，而至感覺到在他甚難克服的困難，乃是將屬於自己的財富送出去——哪怕是一點點。祖父的作爲，我看得多了，了解得多。譬如不多會兒以前，他就曾爲小田畦上阿財的那些竹製標牌嘲笑他自己。如果祖父確是爲著理想而自動減租，他便沒有理由嘲弄他已經實現了的理想。

大哥點點頭，同意我的推斷：「不過，我想，總應該還有一種力量在影響著阿公。」

「那就是國家。他不是總愛說：『我只管國家有沒有，我不管國家對不對！』」

大哥沒表示可否，他好像是在試著想，有甚麼事例可以證明祖父確是如我所說的那樣。事實上，祖父他自己立刻給我們證明了：午餐用過以後，他老人家領著我們，沿著他的田畝邊緣巡行了一周。祖父的意思是：如果他是一隻鳥，他要子孫們確知他曾築過多麼大的一個窩巢。祖父的得意和失意，便是這些。至於因一種新的民生政策推行以後的農村遠景，卻沒有給祖父甚麼喜悅，幾乎相反的卻成爲一種感傷。

「阿財！」我蹲下來，蹲到阿財親手種植的二十四號蓬萊的小田畦前面：「你過來看看。」

那個老愛臉紅的農校畢業生慌張的跑近來。

「你發現沒有？你這兒生『稻椿象』了。」

「那可怎麼辦？」彷彿他的稻子被宣佈不治之症那樣。不必要的慌張使他甚至發抖了。

「不打緊。用百分之六點五的 BHC 水懸粉，」我一面在地上給他寫出來。「加水兩百倍。要不了多少。還有一種……」

「瞧他一個人！」三妹在我的背後笑了：『憨甚麼屎嘛！』（註：客話，意謂神氣甚麼嘛！）

「你說誰？」我挑著一指頭的泥土，準備抹她的臉。卻發現不是在說我。只見酷愛數學的四弟一個人踢著步子，往農莊門前那邊的香蕉園走去。大家都瞧著他的背影笑。

「阿公，一共三千零六十八步！」

四弟跑回來報告祖父。想不到他那麼賢孝又認眞，巡行完了，他還要堅持著一步步走向我們剛才的那個起點。祖父樂得好開心，把四弟拉到眼前，撫愛著：「好！好子孫！你們記住，一共三千多步！三千零六十八步！」

大夥不太誠心的笑著，都很疲倦了。相思樹蔭下，東倒西歪，又像夜晚圍聽大哥講故事的樣子，只有五弟一個人彎著腰在那兒刮籃球鞋上的泥巴，方才他失足歪到稻田裏，連襪子也灌進一下子的泥水。

祖父顯出一種少見的疲憊，搖著檳榔扇，搖著搖著，手就失去控制的停了下來。

不知道爲甚麼，我感到阿火哥這時候是最需要同情的了。他一旁照應著水菓、茶水，那樣一個忠厚老實的農民，這件在他應該是極其喜樂的大事，對他彷彿成了一種打擊似的，他差不多不敢正視祖父一眼了，像是犯人犯了很大的過錯，羞愧得無可如何。

「阿公，」我忍不住問：「你失眠好幾夜了不是？」

祖父枕著椅背，側轉臉來惺忪的看著我，然後把視線移向那座高高的井架。那一起一落的鳥血槓桿，使我想起「唐吉訶德先生傳」裏的風車，帶點兒魔法似的。

「嗯，或者還要有幾夜。」

燦。

姊妹們都注意起祖父來。不知爲甚麼，連最小的七妹那一對稚氣的大眼睛也含有一種憐恤的光

阿火哥也許並不十分懂得「失眠」的意思，他遲鈍的一個一個環視著我們，動了動嘴唇又閉上，然後憂戚的道：『祥徵伯公年事也高了，總要……多保重。』那神情簡直是快樂不起來了。我想縱是像三妹那樣尖酸的人，也難不夠厚道的以爲阿火哥那是假裝的。他彷彿實在找不出甚麼理由再停留在這裏，又找不出甚麼理由走開，於是摸索着就近把小几上一些香蕉皮和菩提果種子撿了一大捧，走向猪圈去。我望着他的背影——那個在年輕時被超量的勞動妨害了正常發育的畸形的背脊——却發現他對於祖父無法表達的感恩、同情、難以圖報的觖望，竟遮蓋住他的應該發瘋的喜樂。人類不是還沒有現實而貪婪到不可救藥的地步麼？也許農民們遠比我們都市的小市民更懂得人與人之間的情義。

「不過我覺得，阿公一向都是很達觀的。」

大哥敲破了沉寂，我幾乎是惶懼的瞧着他。可是祖父閉着眼，並沒有甚麼反應。壯健的胸脯挺動了一下。似乎那就是他回答大哥的。

「土地本來就不應該屬於個人。」三妹說出我正巧要說的。也許輪到我來表示這個見地，我會說得嚕嗦些，婉轉些。

「血汗呢？」祖父依舊閉着眼睛。

三妹正用一雙手抹着鬢穴，把兩隻眼梢抹得吊上去，被祖父這麼一問，一時回答不出了。

「我的財產裏面，主最知道，沒夾着別人的一滴血，別人的一滴汗。別人用一滴血汗換來的，我用十滴血汗才換來。我錯了嗎？」

「可是阿公偏又搶先把血汗往外送，我不知道阿公爲甚麼要那樣做？」三妹用指頭一下下梳着頭髮，嘟着嘴，做作出來的嘔氣的樣子。

「我嘗盡了沒國家的苦；我只管國家有沒有，不管國家對不對。國家的制度我總要比誰都搶先遵行。」

「玉嵋的看法並沒錯。」我很少帮三妹說話：「土地本來就不應該屬於個人，就像太陽和空氣一樣。」

「可是我們的農莊屬於阿火哥了。」四弟挖着鼻孔，也許一直還在心裏背誦着呢——「三千零六十八步，三千零六十八步……」

「並不是屬於阿火哥。」我道：「因爲阿火哥要種田，會種田，他就應該有田可種。」

「很好，玉嶺，我喜歡你說這種話。」祖父一直閉着眼睛。「我把農莊留傳給你，總也說得通罷？你學的是植物害蟲病。」

「是植物病、蟲、害！」三妹一向是負責給祖父糾正新名詞兒的。

「不，阿公。」我說：「這是一門學問。如果研究這門學問需要土地的話，自然也會像阿火哥一樣，從國家那裏得到。我們姊妹是幸運的有個好祖父；我那些同系的同學却不一定個個都有。可是他們怎麼辦——如果土地非從祖產得來不可的話。」

「可是你知道不？」四弟滿嘴的番石榴，嚼得磕崩磕崩的響。「阿公用多少血汗才買下這個農莊？」

「那是因爲阿公不幸生在那個時代——像現在，阿火哥就不用花費那麼多血汗。」

「像亞當夏娃，更不用花費一點血汗。」

大哥一語點破問題的核心。

大家都沉默了。因爲大哥的話使人乍聽之下，不費思索，就覺得那該是一個眞理。然而那又是必須煞費思索的。

六弟七妹不知什麼時候睡熟的，六弟嘴角在流着口涎。我瞧着他們，心裏在思索大哥推出的那個眞理。

大家都被午後的炎熱熬得困倦了，農村沉進奇特的平靜當中。我也閉上了眼睛，只是心裏思來想去，琢磨大哥的高論。我很自信，我可以那樣的下註：

伊甸園——最早的祖產，不是用血汗買來的，是創世主賜給人類的。可是承受這肥美土地的伉儷倆却以一顆善惡果子的低價賣給了撒旦。從此，土地含有了買賣的意義，且是屬於可咒的魔鬼的買賣……。

我很得意我的這些新的發現，但是大哥也睡去了。

在我心安的矇矓瞌睡中，一點細微的動靜使我醒轉來。祖父打着呵欠：「天有多晏啦？」

太陽偏過大毛竹林的後面，祖父的身體沐在陽光裏，被曬醒了。肥厚的腮頰上印着竹椅枕的痕跡。

「四點五十了。」五弟拉過大哥的手臂，看了看錶。

樹枝上垂下一隻小青蟲，半空擰絞着身體在奮鬪。繫着牠的吊絲迎着太陽，現出一道精細的金色弧線。

「我們該回去了罷？到家也該六點了。看這兩個孩子，比我還睡得熟。」

「阿公睡熟啦？」

「這幾天……」祖父呑下一口茶漱嘴。他嘩啦嘩啦的漱着，彷彿藉此還要再整理一下他要說的什麼。他彈去袖口上飛跑的農村特有的高腿螞蟻，疲乏的望着大哥：「為這點兒田產，這幾天心裏都不平靜，你說很糟不是？」

「不過阿公給我們留下的這個榜樣，已經距離我們夠遠的了。」大哥道：「我很害怕連我們這一代也沒辦法做到。」

「沒有用，沒有用，我一點也不心甘情願！」祖父搖着頭，臉上有一種牙痛的苦楚：「不管怎麼不甘心，我都能壓迫自己去做，我這輩子受慣了這種磨練。這一次——一開頭我就求主引領，不要照着人的意思。可是，心太剛硬了……或許在求禱上，我把國家看做頂高的了；我只求主讓我心悅誠服接受國家的制度，沒求主讓我明白我的私產爲什麼要送出去……玉峰！主藉着你，給了我啓示……伊甸園……伊甸園……」

一羣排成一排的開屏的雄火鷄，像是西洋古代那些自視過高的貴族婦人似的，聳聳然向我們走來。

「我不是不同情窮苦人，我只覺得他們的幹勁還不夠。當年我不也是像他們一樣？他們比我還好得多，他們還有國家！……就是這個想法讓我落伍了。從來，我都是不甘落在人家後面的……」忽然祖父的精神爲之一振，拍了一下椅把：「我想，我還是落伍不了！我們回去罷！」

「永別了！我的薔薇別墅！」我以這個逗得祖父大笑起來。可是阿火哥一直在爲我們不肯接受他那頓或可稍補於內疚的晚飯而悵惘得要哭的樣子。說眞的，想到他那擺滿了一桌的白色的大肉塊、白色的虱目魚、白色的燒豆腐……我們實在心有餘而力不足。那眞是白色的恐怖，像吃死屍一樣。我發現我們儘管悲天憫人的同情這般勞苦大衆，却很難跟他們一道生活；哪怕只是僅僅的一天，而且是被盛情款待，也是難熬的。我不能確定我們應該屬於社會上的哪一個階級，但我們只能很進步的活在概念裏面，略一觸到身上的痛處，便一刻也容忍不得，這是沒有疑問的。

祖父用他「老爺式」的上車，一條腿先跨上單車，另一條腿還立在地上，等他看着大大小小都上了車，這才瞥一眼他曾寄以許多許多美想的農莊，蹬車啓行。

「玉嶺！」

祖父在前面喊我。我加力蹬着單車趕上去。祖父道：「你剛才說的：太陽、空氣、土地。我怕有一天，會又擴充了；太陽、空氣、土地，再加上金錢！」

我還沒有想得這麼快。祖父倒是超越到我的前面去了。

坐在我面前的七妹忽然指着前面喊道：「阿公，你瞧那隻白鴿子，好可愛！」

田邊一塊木牌上落着一隻白鴿，前面三輛單車從牠面前過去，都沒有使牠驚嚇。單車走近去，那牌子上的字當我們下鄉來時倒沒有注意：

「高育二十七號蓬萊新種。」

那分明是阿火哥家的阿財——那個農校學生的筆跡。這田地現在是他自己的試驗場了。

「阿公，怎麼牠嘴裏啣着一根鷄毛呢？」

「牠要做巢，孵小鵓鴿。」

「阿公，」我一直在思索着他老人家說的。「或者有一天，連金錢也不該是私有的了。不過……」

我不知道我有什麼可以說的。

「不過又該讓你們的孫輩來開導你們了！」

這是祖父向我說的。

一九五八・二・鳳山

生活綫下

蹬三輪的丁長發清早剛出生意，就拾到一隻看不上眼的舊票篋，裡面裝著一千一百五十塊錢。整整一個上午，他怎麼盤算，怎麼覺得這個世界平空多出了這麼些錢，拿不穩派上什麼用場才合適。車鈴會在僻靜的街道上，不必要的大吵大嚷響上一陣，那就是他丁長發在下一個快活的決心之時。

中午他把便當吃光，同平時一樣飽，直著腰打出一連串的飽嗝兒，卻還有些嘴饞，就帶著一點兒新鮮和一點兒自甘墮落的懊喪，坐到公用市場的食攤子前，吃一碗煮米粉。他沒有動用拾到的那一千一百五十元，不過也並沒有決定用他自己腰包裡的。

六月的晌午心，太陽把街道曬死了。一片煞白，難得瞧見大街心還有甚麼行人車馬。柏油路上烙下深深的輪胎印子，裡面約略還彌留一些灑水車半個鐘頭以前留下的水跡。丁長發蜷臥在車篷裡，打開火柴盒，捏出小半截兒又扁又縐的香菸，往煙嘴上裝，想打一會兒瞌睡。今天是禮拜三，老美休假，一過午就閒不下來了。不能怕人瞧著寒傖，一窩五口都張著嘴等吃等喝，他一枝菸得分做三次抽，火柴要費了一些。他咂咂嘴，嘆自己不爭氣；這口癮，發多大的誓，怎樣也丟不掉。咂嘴的功夫，發現牙縫裡還牢牢塞著什麼，他就使用舌尖和腮肉合作起來，努力清除。

「到莊五那兒去！」他跟自己說。

原先丁長發抽籤抽到的地區不在這裡，他是跟莊五頂下來的。該那個小子時來運轉，單單抽到顧問團這個肥窩，坐在家裡不動，一個月淨落一千塊。他自己呢？風裡雨裡，蹬得腿痛胳膊疼的，落得的比這個數目也多不了多少。

時運走的！他跟自己認命地點點頭。發覺牙縫裡塞著的東西怎樣也剔不掉，非用指頭幫忙不可。他就想，不如到莊五那兒去，從這一千一百五十元當中，先提出一千元做頂金，遲早賴不掉的，早交出去，這個月當中，他就可以不必那麼緊摳著算盤珠兒，難得舒舒服服喘口氣。實在也是，讓他出手就是千把塊錢往外花，倒彆扭。

還隔著六輛車才輪到他丁長發。他把牙縫裡剔下的一小截翠綠的葱葉彈掉，水漬漬的食指就著褲筒抹一下，不光是口腔裡，連心裡也好像舒服多了。這又叉開腿，欠起身子，兩股間把坐墊掀開一點點縫子。裡面暗暗的，只看到便當盒的一個角角，那隻舊票篋卻沒瞧見。其實瞧見瞧不見，丁長發一樣的放心，他爬到前面的座墊上，車把往左打著轉。要說放心，頂好還是把它做個處置，老是放在座廂裡，拖東拖西的，就像穿了一件後襟上破個大洞的褂子，脊梁骨上一點兒遮攔都沒有。

「嘿！丁長發，想獨個打野食去？」背後同行的喊他。他可是驚了一下，好像對方接著就會揭發他：「這小子，拾到一千多塊錢，吞了！」

他掉轉頭去：「不秤二斤棉花去紡紡（訪訪），姓丁的也是打野食的那種人！」他把車鈴按得非常響亮，表示非常光明正大，絕不打什麼歹念頭去找零散買賣做。

莊五住在一家棺材店後院的小樓上。丁長發每次送頂金來，或者到這兒來閒逛，就有一種厭惡和恐懼。臺灣式的棺材又小又醜，他沒見過死人裝進去是什麼樣子，但可以想得出，兩隻胳膊沒辦法放平，準得重疊在胸口上。憑這個，他就跟自己罰誓，在臺灣是死不得。

曾經招白蟻的樓梯，踏在脚底下，不單是響，還搖搖晃晃的像走在吊橋上。

小樓上一溜三間，從走廊這頭過去，第一間裡住個孤苦伶仃的老太太。丁長發每次來，都是在下面店門口跟她打招呼，一個用半生不熟的閩南話，一個用半生不熟的國語，講得兩下裡都聽不懂。今天不知怎的，老太太沒有出攤子，房門裡靠著一捆紫甘蔗，守著一堆破票子，零角子，在那兒數。顯然是樓梯的響聲驚擾了她，她停下來，張望著，一對含著敵意的三角眼，兩隻手對攏著，罩在那堆票子角子上。隨即那凌厲的眼神變為友善的了。

「阿婆，今仔日莫做生理？」

「有啦，日頭熱啦！」老太太忙著去抽甘蔗：「呷甘蔗，丁先生。」

「勞啦，勞啦，勞啦！」表示非常謝謝的時候，就多說幾個「勞啦」。他從中間門前走過去，覺得裡面不似以前那樣骯髒零亂，而且不同得使他相信是換過房客了。他停下來，又往後退了一兩步。只見一張豔綠的布帷把已經很小的房間又隔做前後兩間，陳設很簡單，不像住這種壞房子的人家；那是說，家常過日子的小戶人家，總少不了甚麼油壺鹽罐醬罐子之類的傢什，或者破鍋爛灶甚麼的。

前頭莊五的屋子裡爆出一陣喧嚷，使他有些詫異的是，裡面夾著女人尖銳的笑聲。他知道，那裡面住的是三個不知靠什麼行業生活的光桿，只有莊五有他丁長發這邊按月孝敬的一千塊錢，這是他確知的。莊五壓根兒也不是踏三輪的，但工會裡他照繳會費，抽籤的時節，就來碰一碰運氣。抽到肥窩，他頂讓給人；抽到不大撈錢的地方，就算了。天下就有不靠腦子，不靠手脚，只靠運氣過活的人，而且比他丁長發活得安逸多了，體面多了。

莊五的房門閉著，留一條指頭插不進去的縫。一路上興沖沖的，此刻丁長發又忽然猶豫了，彷彿這才醒了酒。他垂著頭，望著脚尖前面，地板上圓圓的一個黑圈子，那是燒煤油的茶壺頓在上面留下的。他就想，他短褲後面口袋裡的一千一百五十元，世界上實在沒有多出這個數目，應該是少了這個數目。失主現在還在那兒直著眼發愣呢，人家心裡現在是什麼滋味？一家五口，或者六口，七口……一對對絕望的眼神，逼得人發瘋。

丁長發推門進去，這與他是否決定交預金不是一回事。他有時在回程的路上經過棺材店門前，也會來這裡坐坐，好歹莊五也是跟他上下只差七十里的小老鄉，雖然來臺灣才認識，老家的大小事情談起來都能接得上，也是一片鄉情。人總喜歡這麼點兒熱烘、親切。而且這裡有好牌子香菸抽。

四個人圍著打沙蟹，夾著個三十上下的女人一旁看熱鬧，老家裡叫做「看二行的」。

「瞧，財神爺來啦！」莊五立刻抖擻起精神，丟一枝雙喜過來，他用斗笠接住了。

滿屋子裡騰著濃煙，那女人也架著一枝，菸尾上印著口紅印子。

丁長發偷瞟她一眼，帶著點兒不屑，又是譴責的。但很使人著惱，兩個人的眼睛碰上了。

「這邊請坐吧！」女的讓出一隻歪竹椅，自己索性挨過去，伏到莊五肩膀上。

「不是正經貨！」他想：「八成是莊五這小子叫的條子。」勉強坐下去，竹椅上的溫度很高。他心裡不由人地有點兒鼓鼓擂擂，別坐上甚麼毒罷！好像有人說過，有那種骯髒病的人，熱度都很高。瞧那一身緊緊的綠三角褲，把小肚子繃得鼓鼓的。

女的給他擦著了一根火柴送過來，他正搧著斗笠，火柴就被他一下子搧熄了。

「別那麼慇懃罷！」莊五回過臉來，嘴上半截兒菸把一隻眼睛燻得擠成一條縫：「妳別聽著甚麼財神爺，就打餿主意！人家老丁可是有家有道的。」

「甚麼餿主意？撕你的臭嘴！」女的還是給丁長發點了菸，順勢兒勾他眼。

「這小娼婦。」丁長發心想：「就像是知道老子身邊眞有兩個錢兒是的。」

「怎麼樣，最近。」莊五捻著牌，寸長的菸灰也不彈掉，微微彎著，顯得很猥褻。他想回答俏皮一點，不知爲甚麼，平時不曾這麼想過。

「怎麼樣？餬口罷了。」

他自然不滿意這麼樣的拙劣。老實人猴不起來。他明白自己，在這些上面，很不如人。

他瞟瞟那女人，想看看她是甚麼反應。女人全神用在牌局上。那是個塌平臉子，嘴唇翹翹的，可是好像很甚麼，他說不上來。

「老丁啊，說你是財神，眞沒錯！」莊五往自己面前攏籌碼：「你這一來，瞧我手運！」

他只有傻笑的份兒；就是傻笑也沒有笑好，喉嚨裡不知道怎麼堵口痰在那兒，以至笑得啞喳喳的，很差勁兒。於是手裡的香菸不知怎麼拿才好。他有些奇怪，今天是招上甚麼邪了！

站也不是，坐也不是的，自己年歲不大，可也是兒女成行的人了。

女的起身出去，扭著屁股，一雙綠膠拖鞋，呱嗒呱嗒的。

「可是了，你上天來，倒忘掉問你，」莊五手裡洗著牌，仰過身來，打個呵欠：「你身分證帶在身上沒有？」

「身分證？」他拍拍褲子口袋，又拍拍胸前的。「要身分證幹嘛？」他擔心一陣子糊塗或者疏忽，會連那個舊票篋子也帶了出來，露了相。

莊五疲倦的擠著眼睛：「誰知道哪那麼多的鬼名堂！生意頂讓給甚麼人，得把身分證號碼報去登記——嚕哩吧嗦的！」

他把身分證遞過去，又接過一枝菸，好像是拿那個交換來的。

「老大這兩天有點急。」對家挖著鼻孔，一面彈著。「你看出來沒有？」

「誰也不是瞎子！」

「還不又是票子倒不過來！」莊五發著牌。「最後，將來，也不知坑到誰頭上。」

「聽說，早纍到七八萬了。」

「哪兒就有那麼些冤種，肯大手跟他開票子？」

「哼！冤種！」莊五道：「要沒那些冤種，他們發財發到最後，不是連臺灣銀行也買去啦？」

「怎麼回事兒？」丁長發像悶在鼓裡一樣。

「比如說，」莊五打著灑脫的手勢：「今兒我借你一千塊的支票，下個月到期，我再借他兩千，還了你的還剩一千……」莊五正注意著上家下注下得很蹉跎，嘴巴也停了。

丁長發翻著眼，心裡頭在算，那指頭痙攣似的跟著彎動。他並不懂得這些，如同他不明白他們也不出力，也不出汗，而能一個個混得很體面。

「那不是像拾錢一樣？天天靠著拾錢過日子？」

莊五也不理他，賭得正吃緊的時候。

他希望誰能告訴他，那個失主也是他們這一流的傢伙，那千把塊錢，不過是打了半天的沙蟹贏來的。要是那樣，他現在就把頂金交給莊五，剩下一百多，好好的玩一傢伙。

他幻想著怎麼玩兒。

那女人一定就是隔壁新搬來的。是個幹私門的也說不定。

「放我這兒好了。」莊五說的是他的身分證。「明後天你再順道來拿。」

他聽見了，心裡想著別的事情，就沒有注意。

錢有花完的時候，那恐懼可就沒完了。不管那個失主是莊五這一流的，是他這一流的，錢可是他彎個腰拾來的，他要是吞了，他就注定非睡臺灣的棺材不可了。就算逃得過臺灣的棺材，還有那麼大的海，海上翻船，那是常有的事。

「你瞧，」莊五把手裡的兩張牌跟他露了露：「運氣要是來了，門板也擋不住。」

可是那只是一張小二子，一張小十子，另外三家的牌面都整齊，也不小。

對家又下八十，對家把籌碼往檯心推過來的那種神情，像隻準備捕個大飛蛾的壁虎，輕手輕脚，深恐嚇跑了甚麼。丁長發一旁跟著同情的尖起嘴喙，乾嚥著唾沫，兩頰凝神得收癟了進去。他擔心的是莊五這個大飛蛾。

上家把門前的籌碼捺了一下，甚麼表情也沒有。

莊五下九十。矯作的踟躕了一下。

屋子裡好像人走光了。隔壁嘩啦啦的篩茶，清晰的，由尖脆到低沈，彷彿在急急的催促下家下注：「有什麼關係呢？有什麼關係呢？你看你這個人！」

莊五把一大堆圓的長的籌碼往跟前攏。丁長發的眼睛直了，他們的錢就是這麼唬來的，拾來的，不是苦來的。

莊五乘勝摔過一枝菸給他。「我看，老嫂子又快臨月了是不是？」

「月底罷。」

他順口應著，心裡頭又不平靜了。千把塊錢，不少，吞了罷！也讓老婆多吃兩隻老母雞。

那女人好細的腰；他老婆就不懷孩子，再餓上三天五天，也不能比。他想了些年輕時的荒唐事，片片斷斷的。有個額角上留一綹滴水鬢，叫什麼翠，艷綠艷綠的小棉襖緊箍在身上，太陽穴上貼著俏皮膏藥。同今天這個女人一樣，一瞧就知道，準是吃那行飯的。那一次可是很冤枉，不明不白的。他那時候身子還沒發足個兒，女的高他半個頭，就搥他一頓他也只有受著。

「走啦！」他決然站起來，搧著斗笠。不管怎樣，不是苦來的錢，吃魚吃肉，吃到喉嚨管兒裡也不好消受。就像吸不慣老呂宋菸一樣，喉嚨腫脹得堵著個生肉塊子似的。滿街滿巷人人都在那兒苦錢，沒見在那兒等著拾錢過日子。

「抽枝菸再走。」其實莊五心都用在牌上了，還好像知道他來這兒，就專爲討菸抽的。

他努力把脚步放輕，仍讓那個女人絆住了。

「忙甚麼，老丁，坐會兒去嘛！」

「才搬來的？」他覺得心裡要不中邪，便灑脫多了。

「那有甚麼辦法？房子難找。」女的扭過身去拿茶，就怕人忘掉她有那麼個肉顛顛的屁股，時不時提醒人家。「吃杯茶歇歇。」

他一脚門裡，一脚門外，往裡面張望。那一面綠帷子讓他想起艷綠艷綠的小棉襖，他老婆懷著頭兩個孩子的時候，他經常在外邊荒唐的，那是年輕無知，現在就不能那麼沒天良。他覺得留在門外的這隻脚，趁這陣子清醒，先牢牢釘根大釘才保險。

女的倚到門框上，弄得臉挨臉，咬著嘴唇跟他吊膀子。

房間的甘蔗板板壁只有一人多高，上面空著大三角，看得見隔壁老太太屋頂椽子上掛的棉絮捲兒。甚麼動靜能瞞得過？當著人家那一把年紀，挑上這樣的個所在做生意？

他心裡衝著自己哼了一聲：丁長發，你是狗！

然而他的手痙攣了一下，想伸出去，伸到哪兒沒有一定。不知爲甚麼，彷彿只要他動一動，以後就不要來這裡了，就沒有臉同老太太說閩南話打招呼了。

他把斗笠戴上，咬著鹹鹹的斗笠帶子。他逃掉了，多少有點兒不通人情世故的感覺，很羞辱，又極其快樂。那樓梯搖擺得越發像一架吊橋。

這一類的快樂對於丁長發不是第一次。每一次都一定給他解除了許多的又是相同的恐懼。他連睡午覺都會夢見他睡了臺灣棺材，或者回大陸的途中，船在海上沈了——就如同那次吳淞口的江亞輪。那當兒，他在上海外灘碼頭幹苦力，也不知搬運了多少死屍送到桃源路的寧波會館去。他現在就會老做搬運死屍的惡夢。搬著搬著，屍首堆裡就有他老婆，或者小二，或者才斷奶的小五，甚至他自己。

彷彿誰給他保證了；店裡層疊著那些又小又醜的棺材，他瞟也不瞟一眼，快樂的跳上三輪，戴上墨鏡，幾乎是躲過一次大難。街心上行人車馬稀少得總是使人感到正是夜深人靜的時候，從墨鏡裡望出去，煞白的陽光就成了月色。

這麼樣的大街上，只聽見丁長發喧鬧的車鈴響。

隔一天，好幾家報紙的社會新聞版都載有三輪車夫丁長發拾金不昧的消息。有一家報紙上，就在這一則小新聞的下面，卻有一幅版面不算小的廣告：

嗚謝洪惠方大醫師醫我陽萎：敝人自幼無知不幸沾染自戕惡習繼則夢遺便遺見色流精集多病於一身婚後復因房事過度遂患陽萎精冷早洩等症終年頭痛目眩失眠健忘食慾衰退面黃肌瘦幾至不克人道魚水失歡婚後七年子嗣無望遍請中西名醫診治服藥無計病況從無起色一年前經友人介紹就醫本市××路××巷×號洪大醫師經診斷後除服藥物兼施物理治療不一月夙疾盡祛病痛頓消且內人得慶妊娠凡此皆爲洪大醫師妙手所賜敝人感激涕零特此登報嗚附廣爲推崇以爲同病諸君之福音

嗚謝人　丁長發身分證號碼××口字第×××號住址××市×××路×段××巷×××號

丁長發讀過半年私塾，也還識得幾個大字，可是他不讀這些的，報紙對於他，只有兩種用場，包大餅，或者糊牆壁。他只知道，一家大小五口——就快六口了——永遠堵不住的口，他只有憑這一雙腿，風裡、雨裡、夜裡、大太陽裡……終年的蹬下去。除此而外，他能罰誓，除掉這一雙腿，他不知道錢會怎樣落到他的手裡。

一九五八・七・鳳山

大布袋戲

輪派我這個脚色出場，戲是快完的時候，自然也是頂精彩的一場。王財火插在我肚子裏面的汗手照老例子的抖開來，總是這樣子，我要一路抖着出場，這是做戲。

今天王財火的手抖動得不比尋常；一定是因爲參加全縣布袋戲比賽的緣故。他抖得極其賣力，要不這樣，把精彩的一場耍得更出色，彷彿就沒有拿那面旗子的份兒了。

不管我是怎麼樣的不樂意，我是被派定這個脚色，過一會兒還要砍腦袋的，這麼抖一陣子自然算不得怎麼辛苦。要說老蔡陽是否眞的害怕到這步田地，那不是我能過問的。我只有這樣抖下去，聽讓王財火替我報名，替我解釋爲什麼要這樣發抖，免得讓觀衆誤會我是饑寒交迫弄成這份賴相的。他用嘶啞的嗓子唱着：

「耳聽講，關老爺過五關，斬六將，甥郎寃做刀下鬼……」

從布幕上端，觀衆們看不見的空隙處，我總是看得到王財火那張哀求悽苦的臉。那是他的積習，他只要一開口，面部肌肉就不可約制的非要扭動出各種表情不可。他不是做給誰看，觀衆也看不到他。那是不由人的，正如同人在電話裏說到再見時，也會點頭蝦腰同是一樣的道理。

臺下不等王財火唱完這一節，就搶着熱烈鼓掌起來。這些觀衆也許不一定是喝采，只是表示不花錢看戲的快樂的心境。還有我知道，王財火每人送一條肥皂，把他村子那一帶的老的老、少的少、請來了八九十位專門負責鼓掌。

在急驟的鑼鼓和掌聲裏，抖得超過平常的時間約有兩倍還多，王財火的汗手大概超過疲勞限度了，不似開始時那麼急劇，漸漸我不是在發抖，成了左右的搖晃。我這樣子要不是有一把白鬍鬚，或許跟私塾裏背書的學童差不多了。

關老爺一上場，臺下又是一片掌聲。扮關老爺的這傢伙，王財火兩天前才定做的，從上到下都是嶄新。舊的那個不要了，鬍鬚差不多已經掉光，給了才斷奶的阿龜仔當做奶頭咂着玩了。

新來的關老爺在王財火幾個指頭擺弄下，像在發誰的脾氣一樣，全身都在誇大的扭動搖擺，也許這叫做威風。至于幕後面王財火那張汗油油的臉孔，也就由哀求悽苦的表情，一變而成凶煞神的狠相了。

我這個老蔡陽算是暫且定下來，歇一歇我這把老骨頭。逢到這個當口，我總是笑迷迷的瞧着臺下的熱鬧。我不是生性這麼和氣，他們把我塑成這個模樣，主要是扮趙五娘裏的張大公，扮老蔡陽只是客串。

今天場子也不同，不是在露天裏。這個屋子夠大，夠排場。臺口頭一排坐着評判的老爺們，都是社會上提倡這個提倡那個的熱心人士。老爺們面前的長枱子上鋪著白得反光的桌布，上面陳設着花瓶、糖果、綠盒香菸，還有高茶杯，在擴音器傳送出的鑼鼓喇叭和王財火嗄啞的嘶喊聲裏，老爺們熱心的吃着、喝着、抽香菸，似乎大聲談笑着什麼。有的這時候才得空趕來，越過別人的頭頂狠狠的握手，坐下來，望着面前那些食物，不知先對哪一樣動手。似乎是伸出了手，沒等我看到，我又被王財火抓起來，開始同關老爺廝殺。

這是要命的一場戲，鑼鼓喇叭一齊催命似的奏打，加上可以把人震聾的電炮一個連着一個，我這個老傢伙便在閃動的電光裏，翻過來，跳過去，送給關老爺殺砍，天也轉，地也轉，昏亂得滿眼睛裏橫橫豎豎，分不清甚麼東西上上下下的旋轉飛動，我的腦袋少說也砍上四五十刀了。臺下的掌聲更不必說，爲着一條肥皀把手拍腫了，肥皀可並不能使一雙手消腫。

砍殺的時間也是比平時多出兩三倍，我老蔡陽也該剁成餃子餡兒了。可是忽然的耍不開了，不知怎麼一來，關老爺的寶刀讓我的鬍鬚糾纏住，糾纏得牢牢的怎樣也撕不開來。

王財火一定非常着急，一面把我們倆扭在一起，維持廝殺得難分難解的樣子，一面我感覺到他的手指在用勁勾住我的腦袋，他非要硬拉開這個仗不可了。

仗是拉開來，可是關老爺的大刀一下子跳到不知什麼地方。王財火氣壞了，就把我抽到幕後，用勁摔到他背後的天花板上，蹦回來，落到放茶水的小桌子旁邊。我笑迷迷的仰面躺在地板上，望着一切都高得離奇的物體。關老爺手裏失掉兵器，下邊的戲不知怎樣做下去。

我睡在地板上，不放心的努力想看到王財火，希望他能想得開，不必太難過，也不要再找我出氣。就算我不高興扮這個脚色，也是規規矩矩的，要我做甚麼就做甚麼，談不上是存心搗甚麼蛋。其實那個破綻不一定就有人發覺到，臺下不是照樣的一片掌聲？要說那是喝倒采，我想也不礙事；評判老爺們不是憑着掌聲是否熱烈給我們打分兒的嗎？

一陣鑼鼓喇叭，一陣比較更久的掌聲，接着就是不再守秩序的一片噪雜，我猜得準那是收場了。不一會兒，王財火闖進我的視線，他狠勁坐到一隻條櫈上，歪着頭不作聲，抽起菸來。他徒弟王足、他老婆，還有一個老跟他在一起混吃混喝幫閒的鄰居，三個人在那邊砰砰通通的拆臺子，收拾傢伙。他老婆總是那樣偷偷藏藏的神色，一頭下着花幕，一頭拿怯懼的眼光，打眼角兒裏偷窺她男人。

王財火今天一定要打老婆。想到這，我可眞有點害怕，現在正在他的氣頭上，他要是看到我笑迷迷的躺在這兒，準定走過來，照頭上踩我一脚，把我踩個爛碎。我望着排在後架上還沒有收拾的曹營的衆將官——其中自然也有同我一樣命運老被砍頭的我那位外甥秦琪，我心裏眞發毛，眞眼紅他們那樣的安逸。王財火那雙特製的又高又厚又沈重的木屐，老在我腦門前搖來擺去，實際上，王財火歪着頭坐在那兒，一直都不曾動。

王足，這個老捱木屐揍的大孩子在收地上的電線。一圈一圈收到手裏，謹愼得好像那電線是他師父的肚腸子。電線是從我的附近扯過去，希望他會發現，把我拾起來，丟進箱籠裏算了，免得躺在這兒，遲早不會有好結果。

這個專捱木屐的大孩子到底注意到我了，不過他回頭去看他師父，這個小漢奸也許想邀功討好，又像害怕捱駡，急促的拾起我，正眼也不敢看一下，又急促的放到小茶几上，裝做沒有這回事，自顧一圈一圈去收他的電線，謹愼得連脚都不敢放重一點。

王財火歪頭坐在那兒一聲不響，不知道他想甚麼想得那麼入神。八成還是在悔恨他自己怎麼失了手。在他背後，一個不相識的油頭插腰站着，消閒的抖動着腿，好像存心賣弄他那一身細軟的裝束。他提起一邊嘴角，瞧着王財火的脊背在笑，彷彿王財火的脊背讓誰畫了烏龜，惹他笑得那樣俏皮。

靠近旁壁的窗子下面，鋪一張毛了邊的獨睡蓆，阿龜仔歪在上面睡熟了，嘴角往下流着口水，拔掉了翳鬚的那個舊關老爺，面朝上臥在那裏，仰承那流下來的口水。紅若重棗的臉孔亮晶晶的，威武憤慨的臉譜也變做別一種意思，彷彿在喝叱着：「嘿！這麼臭的唾沫！」

剛斷奶的孩子，唾液似乎並沒有惡劣的氣味，我也被阿龜仔那只有四顆小牙的奶酸嘴巴啃過，不過我這一大把毛翳子把他嚇哭了。

停在王財火背後的那個傢伙，似笑又不笑的說：「冠軍爺！怎麼發獃啦！」仍舊消閒的抖動着大腿。

王財火不甚情願的回顧一下，立時打起精神站起來。能看出王財火是帶着一些敬畏的神情站起來。他那一雙我所熟悉的汗手似乎一時找不到適當的位置安頓，就在大腿上摸來摸去，也許大腿上原有過甚麼東西，現在找不到了。

「沒有希望了，阿年哥。」說着頓然大悟的，手從大腿那兒拿上來，打胸前口袋裏取出一包紅盒子香菸。

這個油頭粉面的傢伙被王財火喊做阿年哥，看來年歲沒有王財火大。不靠力氣喫飯的人，似乎生得年輕些。

「別喪氣，慢慢來。」這位阿年哥敞開綢質上衣，打着王財火敬給他的花摺扇，向我這邊走過來。

我可是一驚，王財火一雙突出的紅眼睛在瞪我。然而我知道，他已經專心在接待阿年哥，喝他老婆過來倒茶，搬凳子。

「拿不到，不要緊，還有下一次。」阿年哥用很響的聲音喝進一口茶。

這一個把老婆搬過的條凳又挪正一下，垂着腦袋不言語。

「總共花去多少？」阿年哥坐下，跟着又變換姿勢，蹲到凳子上，像要出恭似的。

「總共是……」

「我知道，你這次花費不少。拿不到旗子太寃枉。」

王財火也蹲上去，如同兩隻歇宿在房頂上的大火鴨。王財火噏動着肥厚的嘴巴，恐怕是在心裏算賬，算他這次究竟花去多少。

「奇怪，你那一手玩上十多年了，怎麼耍着耍着扭住啦？」阿年哥算是發現到我，伸手把我拿起。「看，這半邊鬍子，三亭拔去兩亭，報銷了！」他把手指頭伸進我裏面，讓我向他鞠躬。許是我的笑容感染，他也笑盈盈的，有一隻眼睛被香菸燻得擠成一條縫。

「少說，也開銷掉五百。」王財火似乎這才把賬算明白。

「五百？你這個傻蛋！」

「沒有五百，四百也有了。」王財火搶着改正，好像減掉一百，就可以不是傻蛋。

「你這個傻蛋，四百也夠冤枉！你早不找我，聽說你買了兩百條肥皂去拉人？」

「哪裏有兩百條，——一百條，一百條也沒有用完，還剩下幾條，自家也用得。」王財火努力替自己爭辯，彷彿已經忘掉他拿不到冠軍是因爲做戲失了手，而是毛病出在他花錢沒花對。

「唉！傻蛋！傻蛋！……」這位阿年哥感到一切都是這麼不可救藥似的，又逗上一隻王財火敬他的紅盒菸。好像他不斷的罵傻蛋，完全是由于王財火不斷對他敬菸的緣故。王財火呢，正相反罷，想以不斷的敬菸，堵住阿年哥的責罵。

「早該找我替你籌劃呀！」他繼續指責王財火，漫指着臺口前面：「那幾個記分兒的先生，我哪個不認得？哼！誰替你打的主意？拉那些土泥腿來捧場？不說了，氣也把我氣瘺了。」

「你認得那些先生？」王財火從凳子上跳下來，指著臺口那邊。那些打分兒的先生早就走光了，從拆卸還剩下兩根空架子的戲臺那邊望下去，一個生過佝僂病的殘廢婦人只露出上半個畸形的身子，在那裏收拾桌布，不時撿些什麼送進口裏嚼着，又像是喃喃的抱怨什麼。

阿年哥把下巴頦撅向天，扭過頭去，表示那還用問嗎？何止是認識？王財火這一問，似乎又把他給得罪了。

「你早要找我，一句話，只要我交待一下，阿火，閉着眼睛也給你記上——多了不要，至少也記上個一千五百分。」

「打那樣多？」王財火的眼睛一亮。「前年，也賽過，只給我多少？只給我七十幾分！」

「所以說，你早不告訴我！」阿年哥又把身子猛的別過去，決心不再理會這個傻蛋，但因爲差一點把條凳空着的那一端弄得翹起來，趕快老老實實坐下，不再蹲在上面。

「早又到哪裏去找你？」王財火找出理由了：「你是今東明西，跟着脚印追，也追不上你。」

阿年哥被恭維得樂起來，笑迷迷，急促的眨着眼睛，想把笑容遮住，一面把那一邊翹起的嘴角索性扯得很大很大，露出一整排鑲金的牙齒。

「現在，我看，」王財火全不像打他老婆時那種凶相。「還能去……找他們幾位先生說說人情罷？」

「現在？」他把眉毛吊做八字型，好像不認得王財火一樣，瞧着他，又轉視着我，理着我的半邊鬍鬚，香菸把他的臉燻得歪過一邊。「現在，嗯！」他搖搖頭。「現在，記分記定了，再找人，是求人了。怎麼？蚊子這麼多！」他跳起來，抖着褲筒。褲子是艷藍色，光閃閃的。

「說說看吧，再花兩百，我都情願，要不，我那四百等於丟進水裏一樣，只要拿到旗子。」

「說說看？……我看倒要替你算算……」阿年哥沉吟着，用我的腦袋在他的小腿肚子上擦癢。他搖搖頭：「犯不着！犯不着再花上三百五百的。」

「多，不行，三百，我還出得起。」

「你再花那些錢做什麼？傻蛋！就憑那面旗子，值多少？算啦算啦，來年再賽，記着事先早去找我。」

王財火不言語，兩手一齊抓撓蓬亂的頭髮。

王足他們大致的收拾差不多了。王財火老婆蹲在地上，想要喊醒阿龜仔，又猶豫的想再等一等，一面窺伺着王財火，好像害怕丈夫罵他：「妳還不喊醒他！」或者：「妳慌着喊他做什麼？」她是一點也猜不透他男人的。

「三百，我要花，」王財火斷然的叫着。他老婆嚇了一跳。

「替你想，省掉吧！」

「一樣；省不掉。那面旗子不值幾個錢，可是有那面旗子，逢上大拜拜，到處爭着請，一下撈上來，也不止這七八百。」

這位阿年哥卻折身走開了。他用食指勾在我的腦殼裏，把我頭朝下，叩着他的大腿。我倒着看上去，看到王財火跟上來，他那張臉似乎是當他唱到「耳聽講，關老爺……」時的樣子，淒苦、哀求，只剩沒搖擺着腦袋了。

「你知不知道，現在酒席多少錢一桌？」

王財火聽了，似乎又在噏動着嘴唇計算什麼。

「太寒薄，也不像話。」阿年哥回轉身，幾乎貼到王財火的臉上。「要穩拿旗子，就漂亮些，五百──怎樣？」

「五百？」

如果這個所說的五百有什麼問題，那末問題一定是在阿年哥的臉上；王財火的眼睛在面對面的那張臉上打轉轉，不知他要尋找甚麼。

「你要事先找我，就要不了這麼多了。」阿年哥雙手罩住嘴巴，貼近王財火的耳朵說：「現在，是請人家把記過的分重新改過，這不容易！要今晚上連夜辦哪！」

參預這個機密的，恐怕只有我了，我是被套在說私話的人手上。

王財火打出一個手碼，「我，至多至多，只能出這麼多。」

「沒關係啦！你我親兄弟一樣，還用討價還價？」他搗了兩下王財火的肚皮。「要不是湊巧我口袋裏不寬裕，我還能不替你先墊上嗎？」說着扭頭就走，沒兩步又轉過身子：「實在你一個也拿不出，還不是讓抱仙閣先掛我的賬嗎？」他又走開，不兩步又轉回來：「你老弟一心想要得到那面旗子，有什麼辦法呢？上刀山，我做阿哥的也得給你拿來呀！一筆寫不出兩個王字，我不幫家門兄弟，我幫誰？你叫我幫誰？」

這次阿年哥去得遠了，老弟拿出一捲票子開始數。阿年哥卻像是唯恐染上甚麼似的，幾乎要走到臺下了。「就這樣說定啦！等一會，抱仙閣，我先去跑跑。」

「你先把這四百帶去，」王財火趕上來，「萬一不夠，我再借。」

「你忙的什麼？」阿年哥憤怒的喝叱着，好像罵孩子一樣，接着他生氣的把錢接過來，樣子像要摔到地上，但迅速的塞進口袋，還看了場子裏一眼。

「萬一不夠的話……」

「差個一百兩百，你還怕我墊不起！」阿年哥還餘怒未熄，又補充了一句：「你這個傻蛋！」

「都包在我身上了！」這個下着臺口階梯。「放心吧！」但又折回去，爬上兩階：「你可快收拾了來呀！」

「我……」王財火摸着屁股，很抱歉的支吾着。

「你不來也好，省得頂着面，大家都不好說話。」

「我就不去了。」王財火擠擠困倦的眼睛，這時候恐怕已經不早，場子裏的燈早熄滅了，只剩臺口上的三盞暗燈，照着靠近前面的幾排空椅。

怎麼？他們都把我忘了？這位阿年哥似乎把我當做手套一樣，把我戴走，王財火也居然沒有發覺到。我是早就不要當這個專門捱刀砍的倒霉角色，可是現在果眞把我帶離開他們，離開那些伙友，甚至王財火，我又忽然惶恐、着急，不知怎樣是好。我努力往臺子上看去，一切都是倒影，看不清楚，在那三盞僅有的燈光下，似乎是王財火罷，從地上拾起擴音器的大喇叭，我再也看不到他們了，阿年哥把我從他的手上褪下，他一面向門口走，一面急促的，摸黑把一捲票子塞進我的腦殼裏，塞得緊緊的。這是甚麼意思，我不懂得，他是要把我當做票篋，存心要帶我走了。

在他推動落地大玻璃門的當兒，我又回顧臺上一眼，甚麼也沒有看見，玻璃門吱喲的響動着，把我隔在門外了。

在門廊下，水泥圓柱上靠着一個又高又駝背的瘦子，嘴上叼着香菸，看見阿年哥走出來，微微的笑着，放下抱着的胳膊，自顧走下臺階去。

「這樣久！」瘦子走在前面，連頭也不回。

「有什麼辦法？這種吃死飯的死人！」

「弄了多少？」

「嗯？」阿年哥遲疑着，存心不跟上去似的。

最後一個小販推着甘草水浸蕃石榴的推車從我們身旁走過去，阿年哥迅速的把我塞進花臺上一株濃密的龍柏樹裏。

「弄了多少？」

「哼！吃死飯的死人！」我聽見阿年哥喃喃的說：「他死定了心不要錦旗，我有什麼辦法！」

「啊？」那瘦子轉過身來，瞪着面前比他矮上許多的阿年哥，愈顯得他是個駝子了。門廊下的燈光照過來，照在瘦子憤怒的臉上。他把還很長的香菸從嘴上拿下，狠勁丟到地上，閉了一下眼睛，然後陰慘的笑笑：「你又犯了老毛病，想獨吞？」

「不信，你搜啊！」

從濃密的葉叢裏，我不太清楚的看見背向我的阿年哥，半舉起他的兩臂。

「搜啊！」他說。

一九五九・八・銅鑼

再見，火車的輪聲！

灼熱發亮的鐵軌伸展在崗陵與海濱之間，枕木曬成油漬漬的黑亮。

夏日當午，靜靜的白熱，無燄的燃燒着。在一切不規整的自然景物當中，嵌上這樣子一條修直的鐵道，像是釘在大地上的一個鐵鈀，將地球上某一條裂縫箍住。這是一種不甚和諧的構圖，生硬的拼湊，彷彿默示人類的智慧將是絕望的，或者是輝煌的。

鐵軌熱漲，啣接的縫子密得僅可塞進一兩張名片的樣子。一個人，不知從哪裏來，沿着鐵道，一步一根枕木，自言自語跨着臺步似的走着。現在他停下，在那副已有裂紋的近視眼鏡後面，一對不甚正常的眼睛閃亮了，他終於在鐵軌上找到一處較寬的接縫。

人有四十多歲的光景，不看他的頭髮，可以這樣子判斷。他的髮色已經是全白了，但粗硬和濃密的程度不弱於一個剛發育成熟的大孩子的滿頭盛髮。他有一隻準直的鼻梢，一張菲薄而苦楚的嘴唇。稀疏幾根可以數得清的短髭，如收割後田裏留下的稻根，枯黃的。他的臉孔正像那稻根下面的泥土，乾皺而黯淡，有苔綠的底子。在他的臉上唯一顯出神采的眼睛，也似那副已現冰紋的眼鏡一樣，一種散失而凌亂的光澤，是未經冶煉的礦質所放射的。

他身上共有三個口袋，都在黃卡嘰布的短褲上，上身則只穿一件骯髒的汗衫，後襟沒有紮進褲子裏面——也許紮是紮進去，又揉搓出來了，拖得長長的。他就在那三個口袋裏摸來摸去，反覆找甚麼，臉色是逐漸的困惱，而致失望。在他背後，遠處碧青的大海皎潔而閃灼，海水的藍似乎染進了那一頭濃密的白髮，不斷的四處飛揚着肥皀泡一般的白沫，以至於不論這個人外表如何失修，也顯得異乎尋常的潔淨了。

「一塊鐵片，明明交在這隻手裏的。」他看看自己的左手，不甘心的繼續在三個口袋裏搜尋，眼睛翻上去，像對上天喁喁的祈禱。「也許不是這隻手，也許……」他舉起右手，迎着強烈的太陽，手指伸了，又拳了。

另想辦法罷……他好像是在責成右手。於是開始在路基的石子中間尋找，向前探着身子，彷彿一隻白鶴。難道還不醒悟？一個造福人類的大發明比鑄造偶像更……我說「更」……那個『更』以後的意思，我說不上來，人都懂就是了！

他撿起一塊薄薄的石片，端詳了一下，丟掉了，又繼續尋找。往北的一端，可以看見點點黑斑的車站，揚旗雜在重疊的電桿叢中。在近一些的地方，隱然一顆芝蔴似的物體傍着鐵路移動，視力好的人可以辨別出那是一個騎單車的人形。在這樣的炎日輻射下，地面的蒸氣如水流一般。那黑芝蔴逐漸的大了，在那水流裏漂浮。

這個人終又撿起一塊更薄的石片，回來尋到原地，把石片試着嵌進鐵軌的接口裏。石片仍嫌厚了一些，又略帶楔狀，只能夠嵌進三分之二，就必須敲打進去了。他物色到一塊合手的大鵝卵石，着手敲打。在空曠的山崗脚下，鐵軌發出清亮的震動，每一響聲便好像在大氣中震盪出長長一道金光。石片逐漸深嵌進去，部份粉碎了，最後留下一點鋸齒形狀，突出在鐵軌的平面上。

汗水從稀疏的短髭往下滴，被鐵銹染紅的路石上現出汗滴的斑點。他開始利用手裏的鵝卵石去磨銼那些突出的鋸齒，要把它們磨平。

騎單車的沿着與鐵路平行的小道駛近來。是一個戴白盔的鐵路警察，粗壯肥碩的軀體，幾乎可以把那輛單薄的白色跑車壓垮。

單車停住，人還跨在上面，那樣子似乎不是專爲這事來的。

『你那是做甚麼啦？』路警顯然沒想要干涉這事，順便問一下而已。路警也戴一副眼鏡，是白金屬架的，對於這樣一位黝黑的彪形漢子，眼鏡似乎只有裝飾的意義。

白頭髮的人繼續做他的工作。路警第二次質問時，他方始抬起頭，並且站起，興奮而抱歉的搓着雙手：「這是要原諒的，用了石頭，原打算用一塊鐵片。不知道誰在搗蛋！」

「不，我只問你現在在做甚麼？」

「所以現在只好用石頭片代替了。」他用滿是鐵銹的手指剔一下眉毛上的汗水。「只剩一點點沒有磨平了。」說着重又蹲下，更爲加快手底下的工作。

路警想，這人也許有些聾，不然不會這麼混扯。他咬着嘴唇，似想用點兒腦筋來瞭解這事。他用那一對慣於偵察的銳利的眼睛，掃視這個人的周圍。

「你住在甚麼地方？」

「很可能。」這個人停下手底的工作，並沒有抬頭：「很可能不如鐵片。你知道，這個接口地方要是不能塡得密，塡得平滑，沒有縫隙，就沒有辦法證明那個假設了。」

胖子放下單車，習慣的去下鎖。手觸到鎖柄又縮回來。他走到白頭髮的身旁，提提褲管往下蹲。這麼肥胖的人在這樣酷熱的天氣裏，實在很辛苦的。

「要理想一些的話……」白頭髮用大姆指摩弄着接縫的地方：「不很平，也許要用一點黃泥塗上去。你那裏裝甚麼藥膏沒有？」

「藥膏？」路警跟着這人的手指望去，指的是他跑車坐墊後面的漆皮盒子。

「不要藥膏也行。你總會帶點羊毛脂，石臘——或者一些Schmalz。」

路警也伸過手去，摩弄着嵌進石塊的接口地方。「我告訴你……」肥短的食指指着對方的鼻尖，白盔底下的眼睛嚴厲得如同正要宣讀判決書的法官，不過又不知道怎樣來判決才合宜。如果他說：「你照實說出你的陰謀罷！」那樣會連他自己也感到大驚小怪得不像話。這裏的治安能夠保證；能嚇人一跳的聲響，除掉冒冒失失燃放的鞭炮，大概只有輪胎爆炸了。而他身上這一副武裝，天知道，同他那副平光眼鏡一樣，等於裝飾。那副平光眼鏡是一個相士勸他配的，爲要冲冲他那對眼睛裏的凶煞之氣。其實他是個幾乎沒脾氣的老好人，同大部份的胖子一樣。

白頭髮站了起來，回身望着路基下面那一遍窪地，一面摸索着把拖在褲腰外面的汗衫往裏塞。「我們下去找點黃泥成嗎？」他彈彈還蹲在鐵軌上的路警的盔頂，又用手去摸摸。鋼盔幾乎是燙手的。「你不怕腦神經被炙傷？斗笠不是好些嗎？」

胖子是好性情，不過也覺得不很舒服。他是個盡責的鐵路警察，白盔代表甚麼，他說不出。但不可以讓誰隨便摸弄，却是斷然無疑的。他去推他的單車，決定要過問這事了。單車不宜曝曬，應該送到前面那株小樹下。那是公家的車子，後輪內胎，單他經手已補過五次之多了。

找一點黃泥不應該太費時間的。然而這位路警的追問盤查，使得白頭髮分心了。他有些失魂落魄的樣子，在那些起伏的石頭和深草之間蕩來蕩去。碰巧左近多半都是山地特產的那種含沙紅土。

結果那個好心警爺替他在一處即將乾涸的水塘邊上，用黑黑胖胖的指頭抹給他一團精細的浮泥。「眞的嗎？你能發明什麼呢？」胖路警吃力的挪動穿短靴子的胖腿，跟在這人背後追問：「你哄不了哪一個，告訴你，我在鐵路上服務快十年了，懂得比你可多。你不要看我這麼胖，瞎唬瞎唬的。」

「那要看……」那一個蹲下來，仔細在那嵌進石片的接縫上塗抹黃泥。「那要看能不能絕對的封閉空氣。希望不至於曬裂了，你頂好替我採一片鮮嫩樹葉蓋在這上面。」

「唬不了我，你可知道？告訴你，你想讓鐵軌脫釘，你以爲我外行，不懂，哼！」胖子疊着手絹，換一面乾的擦拭脖子上的汗，熱得咧着嘴巴。「你那是犯法的，我只好帶你到站上去。你別以爲另外我還有事情，我可以不去吃喜酒……」

「你怎麼還不去呢？」白頭髮生氣了：「那末，你吃喜酒去罷！沒你，一片葉子我找得到。」

這位警察的胖臉有些變色，他看看錶，也許決定要犧牲那頓喜酒了。時間原就緊湊，他抽出一個小時的空，交由他的同事代班。他自己連這一身裝束都沒有來得及換下。

「跟我回站！」路警揮手指着他來的那個方向。顯然這麼一位好脾氣的胖警察在執行公務時，也並不嚴厲。

「你知道下一班車還有多久？」

「不行，下一班車沒來以前，我得通知工務段，取出你那塊石頭。」

「工務段有現成的鐵片嗎?」白頭髮興奮的跳起來:「頂好我們一起去,我知道應該用多大尺寸的鐵片。」

胖子無可奈何的側過臉去,長嘆一聲,但又忽然一震,在同一個瞬間裏,他發現了兩點:雜在叢立電桿中的揚旗落下了;他斷定這個人不是一個聾子,而是個精神病患。

「趕快,取出來!」路警命令着,並迅速瞥一眼遠處的揚旗。

白頭髮的眼睛透過那副裂紋的眼鏡,再度閃出鋒芒的光灼。「你身邊原來有鐵片?是我失掉的那一塊?怎不早說呢?」

「車快來了,你知不知道!」

「恐怕來不及換了,還有幾分鐘?」這人興高彩烈的神色也是與常人不同的,他翻着眼睛,鼻孔張大了,嘴唇翹着顯得更薄。路警幾乎是惶恐的退縮了,靴子倒踏着路基上的石子,像走在冰窖子裏。對方固執的伸着一隻手,迎上來:「一定,一定要先讓我看看大小厚薄合不合用!一定要看看是不是我那一塊。」

「取出那塊石頭!」胖路警吼着,揮動他的手臂,但像婦人似的,只因他手裏握着手絹。

「取出來!不然,我動手!」路警也夠執拗的,重複他的意志,甚至掏出一柄萬能刀,一面解着扣在腰帶上的鏈條。

「好罷，不管怎樣，我們頂好不要去動它了。」白頭髮伸出一隻脚遮在已經塗上泥巴的接縫上護着。路警不理會這個，從他的萬能刀槽子裏扳出一支鑿刀，拉着架子要去取那塊石片。兩個人於是發生爭執。最後白頭髮仆倒在鐵軌上，用肚子護住，拼死也不讓步，一面亂嚷着，像個專門搗亂的孩子。胖子是不能用大力氣的人，上身制服已經汗濕了。他放棄了爭執。「喂，老兄，你這樣不行的，萬一出了事，多少人的安全！你聽我勸，我不送你到站上去。」

實在這位胖警爺已經讓暴日烤炙得昏眩了，鐵軌和發亮的石頭子兒向每一角度反射出刺眼的光芒，密而紊亂的綠點在他的眼膜上竄躍。同車站相反方向的鐵路頂端——在兩條鐵軌交併成單線而隱入村落樹木的那裏，路警看到了淡淡的一縷黑煙。

這個被看做神經失常的人一直俯臥在那裏，到他發現胖子把那柄小刀重又扣回腰帶上，他這才撐起胳臂，弓着身子，然後把耳朵貼近鐵軌，一面眨動着眼睛，向上望着路警微笑。那翹起的唇角露出自嘲和滿足；一個老人在反省當中，發現年輕時一個可笑的錯誤時，就是這樣子笑法的。

「你頂好少在那裏走動！停下來！停下來！」他打着制止的手勢，耳朵離開鐵軌的時候，頗有心得的點點頭，彷彿說：「好，一切都就緒了！」但他仍俯伏着，用指頭細心的去摸弄那漸漸發乾的黃泥。

「你知不知道你要使鐵軌變形了？」

「自然。」他側望着路警，不時貼近耳朵去諦聽鐵軌上的動靜。「一個大發明。留下的幸福是長遠的。不可以犧牲一班列車嗎？你總不能說這一班車一定會脫軌。」不知是被一種甚麼樣的熱情所迷惑，擺動着那一頭有着成熟美的白頭：「只要能證明那個假設，你還不懂嗎？只要能證明……」他被火車汽笛聲打斷了話頭。那是逗人心慌意亂的長鳴，使他突的站起，一隻手遮在眼上，向傳來汽笛聲的那個方向眺望，努力想把身體提得更長更高。白熱耀眼的日光刺戟着衰退的視力，他沒能看到甚麼。

「你要發明什麼呢？你告訴過我的，是罷？我忘了。」

路警現在確定這人是個神經病患者了。對待這種人，他只有採取這種順水推舟奉迎的詢問方式，並且立刻非常滿意他這種技巧。

「我告訴過你？」

「不是嗎？叫什麼名字來？一點記不清了；連你的尊姓大名我也忘了。」胖子彈着腦門，作尋思狀。爲了彈腦門，他還把鐵盔往後推了推。他這種扮演使對方感到困惑。對方提提鬆在胯骨上的腰帶，望着路警，又望望遠處的海，「我不知道該叫甚麼名字。我沒有先取名字……」他茫然而嚴肅的說着，沉入迷惘，好似失落了甚麼，在盤問自己。

「那就笑話了，名不正……」

「不重要，名字不重要！」他從迷惘中驀然醒轉過來，頓時却又憂傷滿面的：「有一天……海水乾了，還叫做海？現在就發愁先取甚麼名字嗎？」

隱隱的火車聲，像遠遠聽見的起伏海潮，這使他歡躍了：「大胖子，取名字去罷！頂容易的事交給你！」他好像可以抛開一切不理似的，轉身跪在剛才的地方，虔誠的俯伏着。他注視鐵軌的接口，又注視火車駛來的方向，他那焦灼不安的興奮，不知爲甚麼，看在胖子的眼裏，像一隻小家畜，吃飽了，喝足了，開始撒歡兒。

略斜的火車像一口黑棺材，不甚顯明的蠕動着。如馬蹄奔跑一般的車輪聲裏，似還夾雜着某種絃樂彈奏的單音。

「過來，到一邊來！」路警搶前一步，一面喝叱着。他不能再兒戲了；縱令他自認已經不能防止鐵軌脫釘的意外，他還該有能力來維護一個人的生命安全。他那種聲色俱厲的呵責：「你想死！」使人覺得出了亂子的埋葬費一向都是要他出的。

對方可沒有理會這呵責。那一點黃泥很快就乾了，有精細的裂紋。這位發明家張惶四顧，雙手一無是處的徒然亂抓。他煩躁的摔動雙肘，抵制路警的喝叱，希望一切不要打擾他。然後他伸長了脖子，對正接口地方，讓嘴裏的唾涎滴到上面，用指頭去細心塗抹。

火車只有兩百公尺距離，一切將只是轉眼間的事。胖子沉不住氣，揮手抱住這人的後腰，往後拖。被抱住的人想回轉身來，他抓不住鐵軌，便抓枕木，抓路石，用脚踢打路警的靴子，把碎石頭子兒踢得四處飛迸。機車呼嘯着衝過來，只見機車的活塞桿和大鐵輪橫七豎八的從前面打過去。緊接着是，灰煙、飛輪、車風、汽笛急鳴，鐵器震耳的擊打。這人在路警的抱持下，忽然放棄了掙扎，頭垂到地上，白髮在急熱的風裏飛舞……。

一切迅速的平息了，兩個人喘哮着，面對面看着對方臉上滾流的汗珠。逐漸遠揚的車輪聲，像一條大鐵鏈拖着跑了。

「就聽不見了！……」

「走！我不嚕嘛，」路警指着車站，捽一下肥嘟嘟的下巴，有些動氣，彷彿車站是給他主持正義的地方。

「我的實驗完成了，就聽不見了；以後，人類就聽不見火車這樣轟隆隆，隆隆，轟隆隆，隆隆！……」那人囁嚅着，用粗黑的指頭把垂在前面的一綹白髮掠後去。「再聽不見了，機械的音樂——Adieu！」他打着快活的訣別的手勢。

嘩啦——嘩啦——石子在笨重的深筒皮靴下響動。路警從小樹下把那輛跑車推過來。

「走！」胖子咧着嘴擦汗，帶着怒容，還有點兒漠然的神情。

「用不着了！」這個人臉上的怒氣却頓然消失，差不多是友善的：「大致，我們的假定成立了，謝謝你們鐵路局，合作太不夠！我們不必再去麻煩工務段了，Ade……」

「走！沒甚麼可說的！」

在這樣熱騰騰的火傘下，換另一個人，也許會沒有胖子這番耐性了。但他慢慢的覺得，他沒有發脾氣的必要，人家就會知道，他犧牲五十元（他已封上這個數目的賀儀）一餐的喜筵，救了一個企圖臥軌自殺的瘋子。或者換另外一個說法──他犧牲了五十元的一餐喜筵，爲捕拿一個陰謀犯，這陰謀犯畏罪企圖自殺。那是値得的。

「多謝多謝，本博士宣告實驗完成。」那人努力想抽出被抱住的胳臂。「這是你們自己的事。其實我會被輾死麼？你影響了實驗，鐵片不用了。」

路警是不肯鬆手的。

從這裏到車站，還有一段路程。在這種炎熱的氣候下，更顯得這是令人發愁的長途。傍着鐵路僅由少數行人踏出的一條小道，使他這個騎術並不高明的胖子坐在車上，連騎帶走，隨時還要兩條腿左右保險才行。胖子騰出左臂看錶，衣袖被汗濕了，貼着手臂，手錶蒙在袖子裏。他想，也該有十二點半了。帖子上正是這個時候入席，吃的事情大家總是很守時的。他決心周旋下去，並且決定換一個方式：「那末，我請你到站上吃碗愛玉冰解解暑氣。」

白頭髮被拖住一隻胳臂，腦袋側向另一方，默默在沉思甚麼，眼睛急速的眨着。

路警重複他做東的誠意。

「可以減小角度，可以那樣……」瘋人跟自己點點頭，臉上和胸前盡是棕紅的鐵銹。他望着胖子的倒瓜子臉，慢慢的，那躲在破鏡片後面的眼睛透出笑意，嘴巴也笑了。他蹺起一隻腿，用力頓了一下，同時大姆指和中指叭的打出一聲。「可以！」他喜悅的嚷着：「可以！理論上成立：六十度，再不就大於六十度。你認爲呢？」

「我請你到站上去吃愛玉冰。」胖路警舔着又乾又黏的上顎。

「或者從另一面來立論：我可以那樣從兩點來證明我的理論……」他馴服的、無知覺的跟隨路警緩緩走向車站的方向。

「你住哪裏？」路警問。並放慢步子，讓對方走到前面。「就住在附近嗎？大壩村？」

「我們可以假設一下，」這人彎下腰，上身抵在膝蓋上，手指頭伸在鐵軌上比劃着：「假設正中有一條二至五公厘的深溝，你懂嗎？——這麼說好了，把垂直的接縫變成中間平行的溝，你明白嗎？」

「是的是的，你走着講，我聽得懂。」路警催促着。

「鐵軌上沒有垂直接縫，只有平行深溝，車輪滾轉起來，不可能發出響聲——轟隆隆，隆隆，轟隆隆，隆隆！」他做着音樂指揮的手勢。「現在我們可以進一步推斷，把這條平行線增加角度，增加到一個無聲極限——三十度，你懂嗎？接縫又產生了，不過是互成平角……」說着又搖搖頭，彷彿是否定或嘆息甚麼，傴僂前行，嘴巴在繼續同自己講這講那，講別人聽不懂的話。

從車站那邊，又一個騎單車的路警很明顯的向這邊急駛而來。方才經過這兒的那班慢車鳴笛出站了。

「好，多謝！」白頭髮轉身往回走：「我要趕回工廠去，工作還多，論文、模型、甚麼甚麼的。」

胖子把單車提起，橫着攔住去路，堅持請他吃愛玉冰去。

「你知道，模型可以完全證明這個。」

「那末，你的工廠在甚麼地方？我們好連繫。」

「不是還在我那間老醫院麼？你想想看，模型只好用木材做，不影響的。」

「當然，一定不要客氣，吃碗愛玉冰去。」路警抓住這個人的褲子，急切的等着他迎面而來的同事。「你那間老醫院呢？在甚麼地方？」

「你知道，廠長還在等我的實驗報告，我們一定要在這個月底完成。」

「你那間老醫院在甚麼地方？」

「不就是現在的工廠嗎？我以為你甚麼都知道，你甚麼都不知道——公民花這麼多錢雇你！」

這人顯得很憤怒，搖晃着腦袋。

另外那位路警駛近來了，迎面喊着：「新娘子可漂亮？……那是誰吃喜酒吃醉啦？」

「一個……」胖子眞還不知怎樣向他的同事來介紹這個精神病患、或者陰謀犯、或者自殺未遂犯。「這個人……」

趕來的路警是個中號的胖子，接近時，煞車的尖銳聲非常刺人神經。這似乎使白頭髮發狂的痛苦起來，那雙污手捧着臉，手背痙攣的暴起一根根青筋。胖路警從這人的背後向他同事暗暗做了一串手勢，大致的說明了這是個甚麼人。「我請他吃碗愛玉冰去，他客氣！」說着擠擠眼。

「那末，走罷！」這新來的中號胖子有一股凌人的盛氣，不過也是臉冷心腸熱的那一種人。「既請就去，客氣，就不好了！」他過來拉這人，似乎就不如大號胖子那樣多懂一些精神病患的心理了。

三個人極不順利的跋涉到車站，對於兩位盡職的鐵路警察無異於穿過一次大戈壁沙漠。大胖子又饑又渴，體內水份大約全部蒸發淨盡了，周身衣着像是才從水裏爬上來的那樣濕，額頭上留下帽盔襯圈壓的紅印子。大胖子本來就有好胃口，現在又餓得發抖，五塊蛋糕壓做一疊往嘴巴裏塞，彷彿要急於堵住一個危險的洞口。

這是個三四等的小站，但客貨運都很忙的樣子。這個瘋子——或說是罪犯——被安置在站長室。這人在生理上似乎全然沒有受到氣候影響，安於現實的坐在一隻箱櫃上，張着嘴，傻望着牆壁上各式粗劣的圖表，指頭停在膝蓋上兀自劃着甚麼。這裏可以聽見外間售票房裏那位有凌人盛氣的中號胖子路警大喊大嚷打着電話。

「……是啊！我是啊！我是車站！這裏啊，有個形跡可疑的……喂，形跡可疑的……妨害鐵路安全，又有啊，自殺嫌疑……喂，是的。所以請你們啊，派位同志來……就是說了，姓名住址都問不出……喂喂喂喂，我們這裏只有兩位大員哪！」

這邊，胖子還在繼續搶堵那個洞口，他彷彿發覺他的同事在電話裏弄錯了甚麼，大步搶出去。

在屋角裏，三角公文櫃的腿子上拴着一隻像個小貓似的乳猴，正扯着鐵鏈，用後爪去扒地上的蛋糕屑。那距離還遠，却一再努力着，並不灰心。滿是皺紋的小臉上，透着專心渴求的艱辛和難堪。

「站長呢？」一個生滿絡腮鬍的腦袋探到窗口上。

「站長呢？」白頭髮應着，癡傻的望着那個鬍子腦袋。他站起來，搥打着胸部，一個深呼吸，便向前邁一步。汗衫前襟上還帶着在鐵軌上揉搓的鐵銹。皮靴踏出的響聲使他中止了深呼吸運動。他伸出索討的手勢，伸到胖路警的重下巴底下。後者和一般饕食的胖子一樣，吃相很邋遢，嘴角粘着許多蛋糕屑。

「愛玉冰麼?稍等一下，馬上，馬上。」

「我要一張紙，快嘛！」這人氣虎虎坐到寫字枱前，拿起一支蘸水筆，胖子像被甚麼噎住，瞪着眼睛發愣，不自知的把手裏的空玻璃送到嘴邊。

「你坐到這邊來，那是站長的。」

「我要一張紙，快點！」

「到這邊來，我給你。」

「你怎麼只會說話呢?Sage nichts！快點！」這人握着蘸水筆走過來，彷彿是提着一柄劍。路警把握着茶杯同蒲扇的雙手護住大肚皮。這人在走過來的途中，却被那隻仍然一無所得的小猴子吸引住，唇角上苦楚的皺紋立即加深了，毫不遲疑的過去解那鏈條。但當他拾起地上一張作廢的行李卡片之後，似乎他又忘掉原來的事了。他把卡片放在嘴邊含住，雙手插進口袋摸索，拉出一團亂糟糟的皮尺和黑鞋帶，由另一個口袋掏出綯做一團的草紙，破爛的零票子，還有一顆白圍棋子掉落地上。他把這些重又塞回去，翻着眼睛在記憶甚麼。他似乎有這種時時搜抄口袋的習慣。胖子也不作聲，一旁觀望着，搧着蒲扇，把空玻璃杯抵在嘴邊乾咂。

白頭髮俯在寫字枱一角，在卡片上畫下一個圖形：

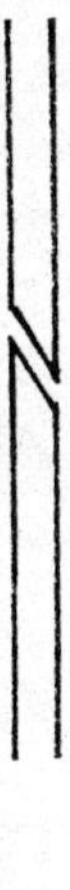

畫着，他跟自己說，「就是這樣的，就是這樣；鐵路的一個大革命……」他問：「站長呢?我

要同他談話。」

「就來，馬上。」

「他怎麼隨便亂跑？」這個白頭髮發脾氣了，把手裏的蘸水筆栽到寫字枱上。

「他出勤，不是亂跑，知道嗎？」

胖子不時踮着脚尖，向那一面高高的窗子之外探望。另外臨月臺的一面低窗那邊，一個只穿一半制服的鐵路工人伏到窗臺上。「巡官！」那是對警察們的尊稱。「就去嗎，現在？」

「勞你自己跑一趟，大約就在三六八號平橋這邊百十步遠。」胖巡官想起再穿一次大戈壁就膽寒了。「很好找，上面還塗了泥巴。騎車子好了，鑰匙給你。」

工人用繞在脖子上的黑毛巾抹了抹鼻翅，無可無不可的歪嘴笑笑，轉而抖着那一串鑰匙(其中還有一隻牛角質的鞋拔子)，逗起猴子來：「猴崽兒，嘎！嘎！」

一輛沒有拖曳列車的機車氣勢洶洶闖進站來，同一個時間，一位警察闖進站長室裏。

「辛苦辛苦！」胖路警趨前熱烈的握手歡迎。

他們開始交換一陣意見，雙方都努力使用行話與違警罰法刑法一類的術語，然後開始盤查，詢問一些簡單的、幾乎是對一個幼稚園的入學幼童的那些口試。

「你到底叫甚麼名字？」路警搓着肥臂，望着剛來的那位警察搖搖頭，表示他不止一次詢問這話，都沒有得到答覆。

「Doktorat。」這是白頭髮首次答覆他們。他在那張卡片上繼續畫着一道又一道虛線。

「你不要以爲我們不懂英文，」來的這位警察雙手插着腰，踱兩步，又叉開雙腿站住，帶着負氣的樣子：「英文很簡單。你要說本國話才行。」

「要說本國話才對。」胖子很同意警察所說的「我們」。

「你們走開！或者替我把站長找來。」

「不要混扯！」這位警察比較性急一些。「那很簡單，你要是照實說，甚麼事都沒有。」

「人不是爲着名字才怎樣！去找站長來。再不，罰你們找局長來！」

警察回頭望望胖子，後者用手裏的蒲扇打着大腿，無可奈何的搖搖頭，還咂咂嘴。

「那很簡單！」警察向胖子說：「要是裝瘋，過過電就知道了。」

「那就勞駕帶回去處理。我這兒値班，不太好走開。」路警說。

警察閉上眼，欠動一下脚跟，似乎對甚麼考慮了一下。

「我們用電話連繫。」胖子說，摘下眼鏡，迎着亮檢視鏡片。他顯得那樣淸閒，彷彿表示他沒有意思要逃避甚麼。

「多少伏特？」白頭髮伏在寫字枱一角，急促的寫着，頭也不抬的問。卡片被已經損壞的筆尖刮得起毛，筆尖夾進一些紙纖維，寫出墨團似的字體使人愈認不得了。他寫上一陣，才直起上身，望着兩位警察：「這裏，只有一百一。你們知道我多少？天生的兩千二百伏特！我早量過，在德國！站長呢？」

「你這麼裝瘋賣傻，並沒有便宜可佔，知道嗎？」

「……二十三年了！」

「……」警察的話被站裏的機車汽笛壓下去，只有他自己才知道他說了甚麼。

機車震憤似的發動了，空——空——空空空空空……月臺上黑煙裏着煤臭，低垂在地面上，風是一點也沒有。警察等着車頭蠕蠕的遊出站，又重複他的命令，同時緊緊腰帶，要開始行動的樣子。「你跟我走！」

「要那樣？要到你那裏查紀錄？你們不憑腦子記憶？腦子派別的用場啦？站長也許知道。你們這些人！」白頭髮提提褲子，回過頭去看進來的兩個人。「站長呢？」他問那兩個人。那裏面的一個就是方才從窗口探進頭來的那個鬍子。另一個是站員，胸袋裏露出軋票的鉗子柄。

「躭誤了一班車，到底躭誤了。」鬍子小聲唸着，謹愼的，彷彿是在監視下，不敢錯走一步似的走過去解那隻小猴子。那小猴子不識相的完全誤會了，以爲人要幫助牠去取地上的蛋糕屑，便拼命掙直了鏈條去扒，鬍子揍了牠一巴掌。

那位胸袋裏裝着軋票鉗的年輕人負氣似的當門站着，兩眼緊盯住天花板，好像對甚麼他都充耳不聞了。但他被人從後推了一下，不耐煩的偏過身子讓路，準備發作的樣子。可是又變得很和藹謙恭了。因爲那是站長。

除掉白頭髮這人仍在急促的埋首書寫，屋子裏的人似乎多少都調整了一下姿勢。然而一切仍使站長不甚習慣似的，略皺着眉，看了看所有在場的人們。

鬍子拖着小猴兒，一路蝦腰打恭同負氣的青年站員退了出去。站員是把顧客當作小民一樣的整起來了。

「我來給站長報告一下……」

「我知道了。」站長用手裏的紅綠旗擋住胖路警的報告。他摘下帽子，檢查一下帽頂，揑揑彈彈，又吹了吹，輕輕掛到燒瓷掛鈎上，然後走向他的座位。他幾乎沒有出汗，制服像才漿燙過掛在衣架上那樣平整。在他，好像一切都必須不容錯亂一步，就如火車必須在鐵軌上行駛一樣。但他掃一眼仍在埋頭書寫的這個人時，神情就變了。

「你就是站長？」白髮瞥一眼站長，重又揮筆疾書。那麼一點小的卡片，正面反面差不多都寫滿了。他沒等誰說甚麼，頭也不抬的說道：「告訴我交通部長的通信地址。」

站長愣住了。他正掏出一盒隨身携帶的藥膏，準備搽一搽鼻翅旁的一塊頑癬。他終於忠厚的答道：「自然是交通部。」

「可以嗎？那樣？」

「可以。」

站長拉出掛錶，瞟胖路警一眼，就走向臨月臺的窗口。胖子隨着那眼色跟過來。

「坐一〇四次守車，請你趕快送他回××站去。」

「站長認識他嗎？」

站長不作聲，盯着手裏的掛錶。太陽約略偏西了一些，塗着桐油的木窗臺已經照上一指寬的日光。他試着觀察那日光是怎樣的向窗裏移動。

「這人——」他低聲說：「受過大刺激，不得志。」

「不是我，早做輪下鬼了。」

站長感到那陽光移動有如鐘錶的時針一樣，簡直是觀察不出的。「自殺倒不至於。」他用指甲輕輕掐着那遍頑癬，掐出一個一個小月牙印。

「看樣子，還有點學問呢！」街上來的那位警察帶着機密的神色說。

「你們也許想不到，」站長仍望着窗臺上的日光：「××出名的三博士，他是一個。」

胖路警搧着蒲扇，替自己搧，也替站長搧。站長搔着頭，又連連打着呵欠，以至吐字含混不清

：「從德國學醫回來，他倒用中藥開藥方，誰放心請這樣的醫生！醫院倒閉了。」

兩位警爺笑笑，搖搖頭。

「是有些神經！」胖子抱着膀子，扇子打着背。

「另外還有個博士也是留德的，學製承軸鋼珠。國內沒有那種工廠，也變成神經病了。」

「怎麼想起學那個？」

「還發明過方的玻璃杯呢！」

「方的？」警察笑得嗆出咳嗽，別過臉去。

「免得滾到地上打掉。」站長慢條斯理塗着癬藥膏，嘲笑的點點頭。「這兩個博士就終天混在一起，到處惹麻煩……沒辦法！」

月臺上陽光耀眼，烈日燃燒着地面和一切暴露在地面上的物體。

「把他帶走罷，到下行月臺去。」站長說：「不能讓他認出我，不然麻煩就大了。」

「就這樣算了嗎？」胖子臉上的肥肉好像頓然鬆軟了，垂下來，但立即又恢復原狀，因爲他發覺站長用一種疑問的眼光望着他。

站長揮一揮手，逕自背過身去，反剪著手，面朝着窗外。

這個白頭髮博士是他同宗的長輩，他有所歉疚，他很快的感覺到了自己怎會如此幼稚，在不相干的人面前奚落自己的同宗。然而他又彷彿得到一種滿足的暢快。這些情緒在站長的內心裏起起落落複雜的交替着。在一個較爲老大的氏族當中，似乎是避免不了這些微妙的衝突。

站長把雙手撐在窗檽上，但一點也不曾望着平板乏味的月臺、發亮的路軌、道外那些錯落的年久失修的貧民草房與生銹的鐵棚子。他在用手指輕敲着窗扇，半側着身子，他可以從玻璃窗上大致看到背後的情況。

他們經過他的背後，還不曾步出站長室的時候，博士囁嚅着：「多幸福的論文題目：『再見，火車的輪聲！』」。然後他們出現在炎熱的月臺上，那一位警察也陪着進站去了，兩個人好像是挾持着一個盜賊，緩緩繞過去，穿過鐵道，爬上對面的月臺。

站長略略退後，退至室內的暗處，以便繼續窺望。博士的背影給他一種單純的蒼涼之感，笨拙的體態，遲鈍躑躅的步子，白髮披散着，在日光下閃亮，使人不能信以爲眞，彷彿是獸毛禽翎，人體上沒有那種東西。

博士靠在路牌收受器的柱子上，摘下眼鏡，鼻尖貼着手裏的紙片在讀着甚麼。

「多幸福的論文題目：『再見，火車的輪聲！』」站長唸着這兩句話，回到自己的座位。他想理解這瘋話時，他那微微下垂的嘴角翹了上去，顴骨上透出一絲笑意。

「生存全是有意義的麼？」他發生一點無關緊要的疑問。隨手去拔取面前那支揷在寫字枱面上的蘸水筆。筆桿拔下來了，筆尖還深深嵌在木頭裏。他繼續的想：「唉，早離苦海吧！」

他衷心的爲那博士祝禱，低下頭看看掛錶，然後凝視着壁上的紅綠旗。「給老二買點什麼吃的呢？聯考剛完，該補補。」

他是個好站長，也是個好父親。

一九五八・一〇・鳳山

偶

裁縫舖子的老老闆——這是說，他的兒子已經做老闆——打著呵欠準備打烊的時候，已經一瘸一拐的上妥兩塊門板，又來了顧客，而且是老顧客。

老老闆皺皺眉。

這一對夫婦不管哪一天光顧，總是伉儷連袂而來。不過先生可沒有在這裏訂做過一件衣服。老顧客的老程度，可以使老老闆也好，少老闆也好，一口就能說出她腰身幾尺幾寸，肩寬幾寸幾分，等等。

「不行，這次要重新量過。」女的掐著細腰嚷嚷：「瘦多啦，老闆！」

「好好好，重量重量。」

老老闆還沒有戴老花鏡的年歲，可是做裁縫是一種傷眼睛的行業，他戴上鏡子，在還沒有去拿皮尺之前，他知道，先生需要一份報紙，不一定限於當天的。

老老闆是個健壯的瘸子，瘸的方式是一俯一仰顯得很匆忙的大動作。所以屋裏只他一個人走動——當他在找尋報紙、筆頭、尺寸本子等等的時候，屋裏就像不只一個人在走動，三盞低低的電燈，還有穿衣鏡裏的反光，四壁上就顯得人影幢幢了。

氈案上一共是三件衣料。瘸子拿著皮尺走近來，在他正當一仰之後，應該一俯的時候，便正好俯到一堆衣料上面，有一種機械的趣味。

最上面是件黑底橘黃大菊花的織錦料子，老老闆試了試，從花鏡上面翻著眼睛，微微在顴骨上表示一絲笑意：「做夾旗袍？」他發現下面是件鴨蛋綠的裏子綢料。

「你們去年做的那件夾旗袍呀，氣死我了，總共沒穿過兩次；腰身太靠下啦，屁股像打掉一樣，墜著。」

「去年那樣子時興，太太！」

老老闆兩手理著皮尺，想就動手量。他已經憋住一個呵欠沒有打了，顎骨瘦瘦的。這位太太就是那樣，量一件衣服不讓她磨上半個鐘頭，便認為人家一開始就想在她身上偷工減料。

老裁縫理著皮尺在等。夫婦倆趕著這時候才商量該做什麼式樣。其實說是商量，倒不如說是這一個決定了，讓那一個一一追認而已。太太比劃著小腿肚：

「你看，底襬到這裏呢？」

「嗯，很合適。」

「我看，再加那麼半寸，你說呢？」

「也好；天涼，長點兒倒暖和。」

先生不單完全追認，還找出充份的補充理由。要是太太萬一又撤回原意，認為還是不要再加長半寸，先生仍會對答如流的：「短點倒好，行動便利點兒。」先生是無好無不好，只看那一身料子也不算太退板的中山裝，穿得那麼窩囊，就該有一副好脾氣——兩隻褲筒好像才淌過水，捲上去又放下來的，從上到下盡是橫摺縐。

瘸子脚骨幾乎都站痠了，才得開始量。

「老闆，是不是瘦多了？」這女人的腔調往往失去控制似的，尖銳得使人不安，好像老裁縫量她的腰身，發生什麼非禮舉動了。

「也沒瘦多少，半寸出入罷！」

「瘦多了！鞋不差分，衣不差寸，差半寸還不夠瘦的！」

瘦瘦瘦！瘦落一把骨頭架子啦！稱心了吧！老老闆心裏頭沒好氣兒的直想頂撞。光穿衣服不喫飯，哪有不瘦的道理！

說眞的，老頭子跟自己咕咕：這先生如果不靠借債給太太添行頭，就只有癟著肚子捱餓了。先生是黃皮刮瘦型的奇窄奇長的臉，淨是皺紋，看上去那張臉就同脚後跟很相近。老裁縫因爲不滿的偷看了那先生一眼，手底下便失去一點兒輕重，觸到太太胸上了。軟軟的，但比觀念裏的似乎硬一點點。再看那太太坦然望著天花板，毫無所動。老老闆想，那是塑膠海綿的，沒錯。他自己舖子裏也做那種帶口袋的褻衣。

要說是觀念，確實只是觀念了。老裁縫是沒回憶的，太長了，三十四年老鰥夫，誰能有那份好記性呢？三十四年，自己是正經人，沒拈過花，惹過草。所以縱是碰上塑膠海綿，也似乎有些沈不住氣了。

門前，最後一班公共汽車在狹隘的單行道裏擠過去，櫥窗玻璃給震得直打顫。老老闆似乎覺得這動靜也許還不夠，這太太如果爲了衣著可以廢寢忘食，那末班公共汽車的班次更可不在乎了。他決定提醒一下，望著那座玻璃罩上滿是蒼蠅屎的掛鐘：「十一點了。晚上，眞過得快！」接著又怕話說得太露骨，得罪老主顧，連忙趕著打開尺寸簿子，取下架在耳朵上的鉛筆頭，十分用心的記尺寸。

「嗄！廈門街有幢房子廉讓！」先生大概在讀報紙上的分類廣告。「二房一廳，美、潔、水電齊全、交便，校菜近，二萬七。」

「哪一帶有什麼好房子？瞎吹瞎吹的！」太太雙手支著臉，伏在案角上看老裁縫匠記尺寸，許是老裁縫筆下太熟練了，反惹人疑心。「靠得住嗎，老闆，——你記得這麼些尺寸？」

老裁縫不作聲。能聞見這女人才燙的頭髮上說不出的衝鼻子的藥味。那個男人一定頂熟悉這個味道。他跟自己說，筆底下不由的打了個頓兒。

「重量下罷！」太太不放心，提醒他。頭髮上的藥味之外，又噴過來一陣口紅的香氣和胃火造成的口臭。但老闆不理會，鉛筆尖遲疑的繞繞圈子，還是落筆了。

這太太是不愛用腦筋的，所以不懂得腦袋瓜子裏頭怎麼一下子裝進那許多數目字。平常多半都是少老闆給她量尺寸，比較能使她放心，量一下，記一下，在量與記之間，嘴裏還唧唧咕咕唸叨個不停。

「來，重新量過，老老闆！」太太拿過那本小簿子：「我們來對一對別攪錯了。」

「錯不了呀，太太！」

瘸子陪笑著，往後退，他那樣一俯一仰的退著，好像是十分開心，笑成那樣子。

「錯不就晚啦！來，你量，我來對。」女的張著手，小簿子擎在頭頂，等著人去抱她一傢伙的架勢。

老裁縫不能不應付一下，可是心裏頭直說髒話，嚕嚕嚕嚕說出一大堆。那些髒話是不會影響他那張笑迷迷的老臉的。

「唷！這架電冰箱倒是便宜極了！」做丈夫的大概購買慾很強，指頭點著報紙，脚後跟似的瘦長臉上面透出一片難得的紅潤。也許因爲許多慾望經常都被壓抑著，所以對那些小廣告就特別有興趣：「一定是回國的老美急著脫手……」

「哪兒有那麼便宜貨等你撿？衣裳都穿不周全了！」

聽聽，都成衣服架子了，她還……老老闆跟自己咧咧嘴；那是心理上的動作，別人休想看得出來。

鐘鳴兩響，其實是十二點。

老裁縫存心是應付，那一套尺寸，他記的淸楚得很，老奸巨滑的比劃了一陣，報報尺碼，反正打馬虎眼，那樣，太太就可以放心睡頓覺了。

夫婦倆又開始商討下一件衣裳的式樣，老裁縫嘆口氣坐下來，他把皮尺掛到脖子上，那裏有顆暗紫的大痣，他就摸弄那上面的幾根黑毛，神態岸然，彷彿忙上這一陣子，現在才得空兒辦理這椿重要的事。

然而這位太太忽又那樣沒有控制的尖叫起來：「我看那個式樣倒別緻！這半天我都沒注意到呢

！眞該死！」女人指的是櫥窗裏那木質模特兒身上的一套秋季洋裝。

「你看式樣怎麼樣？該死，我怎麼沒注意到呢！」聽那自艾自怨著急的口氣，彷彿已經錯過了一個機會了。

做丈夫的丟開報紙，打著呵欠，身子在竹躺椅上挺得直直的伸懶腰。

「你瞧你，過來看看嘛，哪輩子沒睡夠的！」

先生打著長長的呵欠，話好像從嘴裏嚼出來的：「好好好，我來看看。」

櫥窗裏的木質女人長年微笑著。彷彿街上來往行人都使它那樣滿意，那末上了門板之後，它的微笑又表示甚麼呢？是個瘦長身材的女人，梳著道士髻，面孔與汽水廣告的美人差不多是同類型的，平平板板，無知無識的，你不能指責它不美，也沒辦法恭維它美，就是那麼一個只負責穿上外衣展覽的木頭女人！合于小市民的欣賞水準。

老老闆遵命把木人從狹小的玻璃窗裏抱出來，扒下新裝給這位老顧客試穿。可是面對面這樣一個被扒得精光的女人型體，老老闆有些犯嫌疑的心虛起來，覺得自己眞的是把它當做個女人在扒，人家一定要疑心他怎樣怎樣。他倒想扯過一件衣料給披上去，遮遮醜——那是奇怪事情，因爲情況不同而決定的美與醜——但不能那樣招惹嫌疑，有甚麼辦法呢？自己是個正經人。老裁縫一想到自己是個正經人，就不由人的爲他這後半輩子抱屈。

「死人，你也幫我一下！」

這使老裁縫從羞惡懊惱中醒過來。太太像是耍獅子似的，鑽在套頭的洋裝裏面，嚷著，奮鬭著，找不到出頭的地方。她先生則無能爲力的站在一旁，不知從何下手。

「怎麼這麼難穿？」女人直埋怨，整整一件衣裳蒙在頭上，能看見她的嘴巴在裏面動。

「那不成，妳裏面穿了衣服了！」瘸子歪歪斜斜搶過去，把橫在後牆鐵絲上的布拉下來，請這太太到後面去更衣。

木頭人雖然被剝得精光，依舊微笑著。扒衣裳時，把兩隻膀臂扯到背後，身子向前挺著，準備跳水的姿勢。瘸子搓著手，不安的來回拐著，又止不住老是偷瞟一眼。赤裸的女人型體存在哪兒，使得他站也不是，坐也不是。

布簾不時被那後面的女人撐出一些清清楚楚的形狀，像肘彎，像手，乃至輪廓異常顯明的圓臀。現在也許跟木頭女人差不多一樣的裸露，脫得很醜了。老老闆心想。

那一對海綿可不要掉了，從布簾下面滾出來呀。老裁縫望一眼布簾底緣露出的一隻高跟鞋的鞋尖。誰去撿起來呢？果眞滾出來的話，他問自己，鄙夷的瞧了那位先生一眼。你這個窩囊廢，反正你會搶著去撿。

先生已經不看報了，在照鏡子。

窩囊廢！瘸子重新一瘸一拐的來回走動，到底忍不住，做出一種純粹職業性的漠然，把木人拖到牆角落裏。而為證明只把它當做一段木頭看待，讓它不穩定的臉向下，橫歪在那裏。然後慌促的離開，像是急急離開一處是非之地一樣。

「好穿罷？不要著了涼！」

先生對著鏡子照牙齒，咧著嘴巴。他妻子還在裏頭磨蹭，大概無暇理會他在說甚麼。有得穿還怕受涼？命送掉都不含糊……老裁縫心裏嘀著，一轉身的時候，怔住了。木頭女人腳底下是個圓盤，自動的轉了過來，仰臉朝上，比方才站在那裏還要刺眼。老老闆像準備捱一棒子似的把眼睛閉上。妖精！裁縫苦惱的咒詛著，又重複的怨恨自己是個正經人。自然，他不肯正告自己，除掉正經人，他還是個殘廢。他眞正怨恨自己的，是這個。殘廢注定了老裁縫的正經。殘廢裁縫，殘廢一點也不妨礙裁縫，殘廢裁縫，殘廢裁縫……唸著唸著，也分不清是殘廢裁縫，還是裁縫殘廢，有點像唸拗口令。他經常質詢自己：我有家嗎？老老闆經常都不用正眼看他唯一的兒子，而是不滿的睒他的兒子。他吃的是媳婦從家裏送來的飯菜，穿的是媳婦洗漿的衣服。但是我有家嗎？世界上不只有飯館子和洗衣店的。這個甩兒子！踏針車的時候，熨壓邊的時候，以及不管做甚麼的時候，就會時不時抬起頭來，睒他兒子一眼：這個甩兒子！

試裝的女子總算磨夠了，站在落地穿衣鏡前左右顧盼。女的最遺憾的應當是後腦勺上沒有生隻眼睛，不時的探問：「後面行嗎？長短呢？」

「這衣服簡直是給你做的，太太。」老老闆例行的恭維著。做丈夫的是一頭呵欠，一頭附和。這是見效的。女的非常滿意她能同那具木頭人的身架一樣，完全合乎標準。她這麼一滿意，竟使得老裁縫和她先生沒敢妄想的提早結束了這件苦差事。

「完全照這件剪裁，領口略小一點。」

「略小一點，行。」老老闆職業性的和氣之外，還流露了一些眞心的快慰。他知道，那領口淺淺的，使這個瘦女人凸起的鎖骨露出了一點。

不管老老闆怎麼樂，還沉得住氣，那先生就不然了，如同巴望下課鈴響的小學生，忙不迭的拉架子就要走，忘掉他太太還須換衣服，還須在工錢和交活日期上下一番工夫。

自鳴鐘打了一下。

「實在沒人手，太太總共一位師傅，又下鄉奔喪去了，就我爺兒倆四隻手在忙。」瘸裁縫確是眞心的打著躬。他打躬時，等於以他的瘸腿原地踏脚，一俯一仰的。

「星期二到底不行啊？」

「一定，放心，太太，下星期三，誤不了。」

老老闆雙手搓著屁股慢慢停止他的原地踏脚。

有風的秋夜，街道很早就空落了，店家全部打烊。那女人靠在他先生的身上，緩緩的遠去，好像害怕被街風吹倒了。裁縫鋪的斜對面，一輛賣蜜餞的推車停在街燈下。那人蹲在車底下修電瓶，車上的燈泡一陣子亮了，一陣子又暗了。滿車亮晶晶的蜜餞食品，中間安一枝小烟囱，熱熱鬧鬧冒著烟，似乎那些橄欖、梅子、棗子、五斂子甚麼的，都該是熱烘烘的，在這樣蕭瑟頗有寒意的深夜，那是引誘。

其實都是冰涼冰涼的！老裁縫帶著看穿一切的輕蔑，同自己唧咕，開始上最後一塊門板。

常是這樣，每當這位孤獨的老老闆把自己閉鎖在這間不滿七坪大的小店舖以後，就有一種說不出的迷失與困惱，彷彿是中了什麼妖術，往往就弄不淸身置何方，有一種乒乒乓乓搥打一陣的衝動。而那張原是紅潤的健康色的臉孔，幾乎瞬息間會變成另一種樣子，成爲扼緊咽喉，漲出發黑發暗的瘀血的紅色。

氈案就是老裁縫的床榻，他把上面散亂的東西一件件分移到兩架縫紉機上。可他做這些，總好像少心無魂，遲疑著，最簡單的舉動總是弄得很錯亂。他望著牆上一對追逐的壁虎，嘴裏囁嚅著：「他們住離這兒不遠，該到家了。」他手裏提著隻熨斗，一時的迷亂，不知該放到甚麼地方。「他們這會子在做甚麼？」熨斗放到縫紉機上，又神經過敏的試試熨斗熱不熱。女的一定一下子就躺到床上了。他望一眼仰臉朝上懸空臥在那裏的木頭人。那個窩囊廢！要是警察不禁止光屁股，他可以那樣，完全省下來給他女人。

四壁上橫三豎四都是他深淺不同的影子，交疊著，有的摺過來，貼到天花板上，隱進燈罩投射上去的陰影裏頭。老裁縫從櫃裏取出一小綑蓋捲，往案子上攤開。那木頭女人望著天花板上微笑，彷彿她可以預知就要有的事，才那樣奸巧，且又裝做一無所知毫不在乎的神情。

老老闆傴僂著伏在案子上，抱住腦袋，努力想逃避或者抗拒甚麼似的。被捂住的耳朵裏響著雜音，像一堆上漿的布料在耳邊揉搓。

「我不要這樣健壯！我該老了！」

老裁縫俯在氈案上的腦袋突的昂起，彷彿要諦聽甚麼。然後他緩緩的側過臉去，望著店門，臉色似又從瘀血的暗紅變成慘綠，兩鬢花白的頭髮則被一種不知牆上的哪件衣料或新衣反射過來的光影染成了一抹粉藍。掛鐘孤獨的在數著永恆的數字，嘀嗒、嘀嗒、嘀嗒……這響聲已替他累積長長的五十七年了。他常爲自己不能早一些衰老而苦惱。還有甚麼，我這個老頭子？他諦聽自己的呼吸，諦聽電表轉動的微弱而遙遠的低鳴，還有藤椅偶爾迸動的喀喀喳喳的炸響。他們呢？老裁縫自憐的問。那個「他們」是廣泛的，似乎不僅是那一對顧客，不僅是他兒子小兩口……於是由自憐而斷然的寬待了自己，這健康卻又殘廢的瘸子帶著醉酒的步態，歪斜著拐過去，在牆角落裏，他騎到赤身露體的木頭女人上面，然後抱起它，放置到他的床榻上，枕上他的枕頭。

賣蜜餞的推車在街道上顛動著，緩緩的隨著鈴聲從門前過去。

老老闆把床榻上的人翻轉來，熟練的去擰動肩頭上的螺絲。他解下一隻膀臂，安放到藤椅上。現在這個側臥的裸女彎著剩下的一隻膀臂，微笑得更俏皮了，好像說，一切果然不出所料。一對死板板的眼睛凝視著一個地方，安然的期待一個甚麼。

這瘸子粗暴的一盞一盞關熄了電燈。但他必須留下一盞，他知道，一切完全黑暗之後，他只等於懷抱著一段木頭。

案板微微的顫抖，他坐在邊緣上。「一樣的！」老裁縫自語著，然後又忽的記憶起甚麼，跳下床，跛行到布簾那裏。他從鐵絲上面取下那件方才被試穿的洋裝。他們都穿過。他們一樣的身量，一樣的肥瘦……他把這洋裝翻轉過來，搏做一團，頭埋進去。他想嗅見那股新燙髮的藥味、脂粉味、甚至由胃火生出的口臭。

老裁縫咬濕了那衣裳。

賣蜜餞的鈴聲遠去了，隱約的、戰慄的，在可想見的秋風裏搖曳著一街零碎的顫抖：

鈴郎……鈴郎……鈴郎……

一九五八・一一・鳳山

蛇屋

要是在蕭旋的東北那個老家，早就是見雪的天了，這裡的山色卻還是一片夏綠。祖國的土地就是這樣的遼闊。

石龍長提從山脚那裡蜿蜒下來，伸展向平原腹地。這一道防洪長堤是由無數裝進鵝卵石的鐵網袋一隴一隴排得整整齊齊堆積而成的。不罷！應該說是在白熱的太陽輻射下不可想像的大量汗水和心血的結晶。在臺灣省的北部，太平洋的濱岸，蕭旋和他的無數伙伴剛剛完成這類的兵工工程，現在又隻身南調山地，進入荒僻的山區。

石龍堤壩向陽的一面，是一座大水圳，老遠老遠他就聽到這水圳的極大的動靜，使他彷彿又聽到塞外草原上千騎萬騎的奔騰。激流從山根底下鑿穿的閘口裡漱著噴著直瀉而下，彷彿是一幅玉藍的大緞帶，綳得緊緊的，懸空奔出丈遠之外，再俯衝下去，飛濺起白雲一樣的浪花，大團大團的濃霧，映著夕陽，現出一彎影影綽綽的彩虹。水圳工程的頂上是一層層高上去競賽著聳入藍天的群峰。肉色的山尖衣着夕陽餘暉。一兩朶白雲從山巔上飄過，被刮下絲絲皎潔的纖維。

堤壩北面，遼闊的河牀上滿是灰綠的鵝卵石，一流淺水躺在偏北岸邊陡立的紅色山根底下。遠遠望去，一群涉水晚歸的人們，頭上頂著高高堆積的物件。河水最深的地方，也只沒到膝頭。

蕭旋這個年輕碩壯的軍官，懷著一股子熱中於拓荒邊疆的激烈的情懷，啣命來到山區擔任組訓民衆的工作。蕭旋爬上石龍堤壩。石龍身上每一片黑色鱗甲，似乎都是他所熟稔的。那張赤黑的東北型的長臉，襯著他背後的藍天白雲，顯得異常鮮明。斜陽從側面投射過來，在他的臉龐上雕刻出虔敬的，幾乎是痛苦的深刻的線條，毛孔像橘皮那樣粗糙，從那裡擠擠出來的汗珠大得粒粒可數。他笨拙的抹一把汗，心全用到瀏覽群山的景色上面。瞧著瞧著入了神，大拇指又送進嘴裡，囓咬著指甲。他的妻子總是糾正他，總是改不了他這個自幼養成的壞毛病。

蕭旋的背後，苗老師跟著爬上來，替他指點這一帶山區的地理情況，以及進山的兩條路線。他替蕭旋決定取道那邊的吊橋進入山地，這是進山的最後一段里程了。

苗老師摘去眼鏡擦汗，遮在斗笠下的是張黑瘦的尖臉，看上去比蕭旋年輕些，還透著一臉的稺氣，誰也不相信他比蕭旋還長上兩歲。

「要是涉水過去，比吊橋就近得多。」他說：「不過，隨你的意。」

苗老師說著從地上重又拎起那隻琵琶箱子，準備再往前走。「要是我，老蕭，我就要走吊橋了，省得涉水過去，提著襪子鞋子的，不大像話，人家擺隊迎接你這位隊長呢！」

蕭旋好像沒有聽見這位中學時代的老同學跟他說了些甚麼。他從堤壩上往下看，隔著河身，遠遠的一個身穿山地盛裝的矮子，腰裡佩一柄腰刀，手打著涼篷，發現河堤這邊的他們倆，便轉身飛奔上山，粗獷的長嗥著，引起滿山遍谷的回聲，挺有點兒威脅人。河裡那群涉水者立即加快了腳步，河水濺起一片金花銀屑，波光分外的燦爛。隱約的傳來一陣嘶笑，大約是因爲其中的一個跌倒在水裡了。

這才蕭旋興奮的笑道：

「老苗，你猜怎麼著？」他用中指和拇指打了一個響：「咱們也跟他們學學好罷？咱們也下水淌過去。」

苗老師也並不反對，他看了蕭旋的綁腿一眼，覺得下到河裡去要費那麼多的手腳，實在太麻煩。而且涉水過去，跡近狼狽，總似乎會使他這位老同學在威望上受到一些甚麼說不出的貶損。

蕭旋並不很魁梧，只不過骨架子大，人長得結實，血液也好像比常人多上幾百西西，看上去就令人覺得這傢伙精力太充沛了，時時要衝到哪裡去。只有那對深邃的眼睛對沖了他周身上下粗的線條，只有這使他不致流於浮躁淺薄，保持了他這種人所需要的那種深度。

走在河裡，他除掉揹著背包，另外還有一隻箱子，也學著剛才的那群一樣，把它頂在腦袋上。水聲嘩啦嘩啦的響著，蕭旋走在前面。「你說甚麼，剛才？」他轉一下身子問道：「誰在擺隊歡迎誰？」

這位老師只顧著把褲角提得更高一些，沒有應他。

「我說老苗，別那樣；我跟上面爭取派到這兒來，圖的是你在這兒，咱們合夥兒創一創，可不是要你給我這麼樣捧場的！」

「我們偉大的隊長，話說慢點兒成麼？」

「咱們年紀輕輕的，幹嘛好的不學，單單學來那些腐敗的鋪張！」

「鋪張？我的天爺！」這一個忍不住笑：「你別想得那麼鋪張好罷？待會兒，等你瞧見我那群光屁股高足，再批評我鋪張也不遲。」

蕭旋那張多血的臉孔罩上一層嚴肅的顏色，一直涉過了河水，坐到岸邊的紅石上晾脚，始終沒再說甚麼。

「說老實話罷，你也別那樣不通情理。」苗老師搧著斗笠說：「咱們倆交情也不淺，信上你又答應過我，將來夜課你要替我分擔一部份。那末，讓我的學生來迎接你，小小不言的，沒甚麼說不過去的罷？」

「再說，」苗老師瞧著這位老同學不言語，心裡很不安頓。「除掉我那些光屁股高足，至於那些所謂父老兄弟，我可沒敢去驚動，不過劉警員既要那麼做，我就不便阻止了。待會兒別都記在我一個人的賬上。」

「也許，我這身軍服穿久了，眞像你說的，有點不通情理了。」

「老同學了，誰還不知道誰嗎？」苗老師揀了另一塊紅石坐下來，蹺著一雙赤脚在晾。「劉警員的意思，我也同意，咱們都是大陸人，不互相幫撮幫撮，架架勢兒，也讓他們瞧不起。再說，你這次進山來組訓民衆，咱們這是軍、警、教，合成一家人。你沒來時我們是覺得有些勢單力薄，總壯不起膽似的。……」

蕭旋不禁詫異的望著他的老同學，似乎不大懂得他說了些甚麼。一片反射的水光在他的臉上和身上盪漾著，人顯得有些飄忽，搖擺不定。他的臉色明了，暗了，也就使人摸不淸他是怎麼的。然而在他們倆深深的對著凝視了一陣以後，有一種近乎幽默的諒解同時表露在他們的眼神裡。兩個人好像又回到讀書的那個年代裡去，多少爭執，多少衝突，最後總是被這種眼神輕輕的沖淡了，和解了。儘管現在他們倆不曾爭執和衝突，但他們都比年輕的時候更敏感了這些。

有一個靑年從山坡上奔跑下來，就像滾下來似的那樣快法兒。到了眼前，不知是出於誇傲還是甚麼，動作誇張的衝著蕭旋行了個軍禮。蕭旋一眼就看出這是一個接受過良好軍事訓練的青年，且是一名好兵，蕭旋還在赤著脚，就連忙把黑膠布鞋套上脚，提著襪子綁腿站起來。

「咱們趕路罷，天色不早了。」

他望一眼提著他的衣箱候在一邊的這位青年，卻在苗老師臉上發現到一抹遲疑的顏色。後者動動嘴唇，沒有再說甚麼。

之字形的山路，往復盤附在陡立的峭壁上。人是很難信任那些懸臨當頂的巨塊危石；同樣，對於脚底下鑲在懸崖邊緣的小道，也是放心不下。苗老師殿在最後，邊走邊爲他介紹這位曾在軍士團受過訓練，並且得過全團第二名褒狀的林軍士。

「將來你要借重林軍士的地方，恐怕還多著。在山裡，這就是文武全才！」

「恐怕也是你苗老師的高足罷？」蕭旋一路捲著綁腿，跟前面側過臉來的林軍士交換了友善的微笑。他從那張棕黑的大顴骨的臉上，發現到一種平靜的崇慕和信任。從這裡，他看到在我們古老的國度裡這個最年輕的新族系的特色；有如在母親懷抱裡眞誠的掙扎著要到地上試步的幼兒，皎潔的靈魂，高尙的心，超越於邪俗之外。好似從孩子們那一對淸可見底的眼瞳裡，可以窺察到黑是黑、白是白的那種潔淨，沒有成年人眼球裡那種貪婪的血絲，褪色或者汚髒了的斑跡，以及那些專看某一些，無視某一些的灰黯的雲翳。他愛這一些，是因爲他自己有一顆年輕跳動的心，不是每一個人都有的年輕跳動的心。

繞過前面山腰，人會陡然感覺到被陷進重重荒山。遠近的層峰疊嶺盡是深黑的森林，有幾處藍煙從山裡引升上天，又不像是炊煙。走在密密的樟樹叢林裡，到處都是翩翻上下的大彩蝶，撲到臉上，落在肩上，對於懷著複雜趣味的大孩子蕭旋，沒有比這更友好的歡迎了。但是沒有習慣深山生活的人們，就覺得難耐這種荒漠和孤零。人惟有處在這樣子景況裡面，才會相信群居的安全和需要。當蕭旋在這條荒無人煙的山路旁發現一灘新糞時，這才他彷彿嗅見了人的氣息，內心有一種微妙的寬慰和親切。他就停在這附近，彎下身子打起綁腿，然後把襪子握成一團，塞進褲子插口裡。

經過這一番涉水跋山，天色已近薄暮。往前再繞過一道山坡，便看到招展在叢林裡的鮮麗的旗幟。通往村子去的石子路兩旁，正排列著這山區的居民們，在迎接他這位年輕的民衆組訓隊隊長。

有一種自我的憎惡和鄙棄，立刻抓住了蕭旋。他側過臉去準備瞪他的老同學一眼。後者正忙於給他引見迎上來的歸鄉長，老酋長，劉警員，和山區的軍士們。卻不知怎的童年的一些片片斷斷的景象，泛著湧著，彷彿一片涵湧的浪花，一片在狂風裡翻騰的森林……侵略者踼著鵝步，馬靴的後面是蠢湧的木屐。侵略者挺進他故鄉黑山，一個被征服者身受的凌辱，苦難，三八式步槍和刺刀，雪原上殷紅的血洞……血洞……血洞啊……他從這個忽又喚醒他痛苦的舊夢的歡迎行列前面走過，努力想一一的審視他們，審視那些深陷的眼睛裡，是否會有一種「日本人去了，你們又來了！」的忍受、不滿、屈辱、種種沈默的憎惡。但連最幼小的兒童在內，沒有一個不是深深的躬下腰，雙手垂在膝蓋之間。這在蕭旋的感覺裡，不如說是一種羞辱和諷嘲。

彷彿這是天下最長的行列，就也走不完了。臨到排尾，他發現僅有一個仰臉向他微笑的孩子。他發現甚麼珍寶似的，拉住那隻滿是汚垢的小手，蕭旋這才發覺孩子不是在笑，齷齪的小黑臉上，只是爲著吃力的瞧著甚麼才形成的一種近乎笑容的筋肉牽動。

他遲疑一下：「叫甚麼名字？」

髒孩子噏動著嘴唇，半晌，卻「嘿嘿嘿」的只有形式而無內容的傻笑了兩聲。孩子的眼睛有毛病，始終獃滯的斜視著天空某一個固定的方向，沒有表情。

蕭旋正待直起腰桿兒，忽一隻手魯莽的打在孩子的後腦上，隨即是略嫌尖銳而使人不安的女聲：「說，阿卡魯！說，你叫阿卡魯！」

一對深陷得近乎空虛的大眼睛，閃灼灼的仰視著他，隨又惶懼的躱開，像是觸犯了天條那樣，那眼睛裡閃動著戰慄的光耀。

這是個大約十六、七歲的姑娘，棕紅的皮膚，身材在她的族人裡不算矮。惹人疑問的是一襲陳舊的壓著滾邊的黑衫，濕淋淋貼在身上，像是剛從水裡爬上來一樣，整個結實的身子隔著衣衫，劃出幾道主要的線條。

「怎麼啦，杜蓮枝？」苗老師一旁問道：「看妳弄成這個樣子！」

姑娘倉皇的笑笑，一時不知道要怎樣掩藏自己。向著山下河流的那個方向噘噘嘴，倉促間又深恐要受指責的瞥了蕭旋一眼。

「蕭隊長，」苗老師竟然這樣的改口了。「我給你傳報一聲，歸鄉長的意思，請你主持降旗，就便給大家講講話。」

這位隊長皺皺眉，他不知道自己來到了甚麼地方，完全不是他所預想的那樣——滿是他的沸騰的狂熱，他所期盼的潔淨的土地，最蠻荒的所在，沒有虛僞的假文明，人們是赤裸著，他也是赤裸而來的……

但必須抑制，他自信他的理想，他的潔淨的心田。

「隊長太辛苦！」那位劉警員一旁引導著：「還是先到裡頭歇歇脚，喝杯茶再說。」

朝著歡迎的行列，蕭旋拱拱嘴：「那末，大家呢？」

「管他們去！等等沒關係。」

蕭旋咬緊了嘴唇，沿進村的小道移動起脚步。晚霧裡荒凄的山色，把一抹淡淡的灰心喪氣的哀傷帶給了他。

「這樣好嗎？劉同志，」蕭旋停住脚步，按捺著自己。「你要有事，你請便吧。」

兀鷹在暮色裡盤旋，嗶嗶的鳴叫。

人們齊大夥兒來到學校的操場。

劉警員沒有去尋方便，心裡很不舒暢。這樣一番好意，反而碰上個不軟不硬的釘子。對於存心作好，而實在並不十分明白自己在作著甚麼的這樣一個小人物，沒有比這個更會使他作悶。今天這些村民一過晌午就在這兒擺隊歡迎，不是他挨門戶去通知，去動員，休想有這種排場。說起來這又爲的是誰呢？把這一支民族新元視作異類，劉警員正代表不知多少以空虛的文明爲誇耀的官員。爲一個小有地位的自己的同族裝點這點兒排場，劉警員已經感到夠寒蠢，夠過意不去，這位姓蕭的卻不識大體，不領受這份苦心。大夥兒走往操場上去，他落在最後，想著想著，一陣子悶氣，揮起腿來起把路心一顆不順眼的石頭子兒踢開，踢得很遠很遠，滾著滾著，帶著多少不服氣的意見，滾落進樹林裡去。

●

操場是在半山腰裡開發的一片平地，這山場的紅色土質才經過一場新雨沖刷過，又經過太陽的曝曬，便盡是些精細的龜縫。

站在山場上仰望上去，聳進雲天的胭脂紅的巔峰，山麓上黛綠的森林和挺立在那裡的巨人似的高壓線鐵塔，便成為正在熱烈飄揚著的旗幟的背景。有幾隻兀鷹低旋在傍晚的天空，勾著頭尋找昨夜宿處。

蕭旋的背後，揚起那帶有宗教虔敎意味的歌聲，帶引他飄向許許多多片斷的幻覺。在那些悠長的流亡和戰鬥的日子裡，在白音塔拉河上，義勇軍的戰士們曾高唱過的緯歌。在冰雪封鎖的塞北草原，蒙胞的羌笛泣訴著低徊感傷的招魂曲。還有那黃盪盪無邊無沿的沙海鱗波，沙原上捲起擎天的沙柱，容忍的駝鈴，口馬長嘶……太多了，那些感人的際會。他是在那些際會裡，在那些流亡和戰鬥的日子裡，由著風沙和雨雪打熬成人。在他的前面，總是這一面旗幟，一年又一年，一如每一個賢孝的祖國兒女那樣，跟隨在這面旗幟的後面，緊緊的跟隨著。

他那旺盛的心臟，便在這一片虔敬膜拜的歌聲裡，一陣陣收縮，抽動他每一絲精細的脈管。他思念海峽對岸被霸佔已經整整一年的祖國的土地和人民。在那邊，日夜渴念的是這面旗幟，是這個歌聲。他便像是個飽經憂患的老人那樣，體內裝載著過量的感慨，需要吁放出去。他輕輕喟嘆著，在暮色隱隱泛起的這個山場上，這又是祖國的另一面的邊陲，另一次的劫難。

半圓的月亮已在深山的那邊浮動，天還沒有黑透。

就在這山場鄰邊，一棟很像東洋廟寺的檜木建築，不算怎麼樣高大，但在這尚未完全脫離穴居的荒淒落後的山村裡，顯出它不知有多唐突，有多奢華，又有多孤獨！

他只知道剛才林軍士爲他安放行囊去了，現在林軍士從那棟建築裡出現，迎面走來，一步一跳輕鬆的下著臺階，嘴裡吹著口哨，一首蕭旋熟悉的日本童謠——

撒庫拉，撒庫拉，

三月的天空呀，望呀望不著邊，

……………………

這建築，這口哨，那末，他就要住進這裡了？唐突，奢華，孤獨，在往後的十個月裡？

幾株蒼鬱的鳳凰木把這棟房屋黑森森的罩住。它是這樣陰暗，總比室外早黑一個時辰。走進這屋裡，不像是一步踏進來，倒很像一失足掉到裡面來了。

燭光照著歸鄉長他們一雙雙眼神，那裡流露出一種期盼，希望從這位政府委派來的軍官的臉上，看到他多麼滿意他們刻意爲他安排的這個駐所。

他有一千個不滿意，也只有做出一萬個滿意。他的不安和不贊同，都被他的不忍所抑制了。

這屋裡似乎多著甚麼，又似乎缺少甚麼。蕭旋去拉動窗子，覺得急於要看看不屬於這屋子裡的以外的甚麼。

窗子大約很久很久不曾打開，被歲月和風雨封死，拉它不動，有幾隻手伸過來。窗檽上有些灰塵，指頭觸在上面就能感覺得到。

窗子猛拉開來，不知盤踞在甚麼上面的一條黑蒼蒼的小蛇，好像是從窗框頂上掉落下來，適巧就攔腰夾進兩扇窗頁窄得塞不進一隻筷子的間縫裡，眞不知道怎麼會夾到那裡面，牢牢的夾住，露出小半個上身，彷彿還很悠閒似的懸空盪著。夾在裡面的尾巴㕭㕭的抽打著兩面玻璃。

蕭旋一陣子發麻，不覺退後一步。

迎著西天金黃的雲霞，又映著燭光，蛇影扭絞著左右盪動，從那張喘息的嘴裡，隱隱吐出精細的紅信。

忽然老酋長搶著跪到窗前，往上直直的伸起一雙枯乾的光臂，喃喃的好像唸著甚麼。一陣子無來由的寂靜，山場上又傳來似乎仍是林軍士的口哨：

三月的天空呀，望呀望不著邊，

又像雲彩，又像霞……

…………

去吧，去吧，

大家同去賞櫻花……

還是那首淒涼的童謠，一個精明年輕野心勃勃卻又總是被命運播弄的民族，藝術的聲音就是這樣的淒涼。

年老的酋長張皇的扎煞著兩手，湊近去，眼睛直直的瞪緊這條垂危的蛇，不知道是想放走牠，還是要打死牠。那窗頁不管往哪邊拉動，都足以把牠軋做兩段。放走牠，和打死牠，都成不必要的了，眼看牠使出生命餘燼，用力蜷緊身體，蜷做一個個圓環，再顫巍巍的用力伸直，反覆的這樣，直到鬆軟的垂掛下來。

蕭旋並不懂得蛇在山胞的心裡、信仰裡，會有多重要。他把這當做非常難得而有趣味的奇觀。苗老師在學校那邊爲他張羅晚飯，劉警員的家眷住在山背的神社裡，裝著一肚子悶氣回去了。這裡只有歸鄉長，老酋長，三位軍士，和擁塞在門口的孩子們。蕭旋帶著這種趣味轉過身來，興奮的笑著。然而映在燭光裡和隱在暗處的那些臉子，就都跟他相反；有些惶懼，有些焦慮，老酋長更有些掩飾不住的不悅，好像是不歡而散的，一個個搭訕著走開。

燭光搖曳著，空盪盪的地板，空盪盪的四壁和屋頂，窗外是空盪盪的山場，這都沒有蕭旋這時的心情更空盪盪的摸不著邊緣兒。死蛇掛在那裡，那是甚麼意思？他記起父親教過他怎樣打蛇，怎樣處理蛇傷，怎樣抓住蛇尾把蛇刺抖脫……可是在老家那樣的地方，他父親一生沒有打過一條蛇，或許見都沒有見過。那些都已經遠去了，父親教給他的那些，可沒這樣用窗頁來把蛇給夾死，老家也沒有這種式樣的窗子，一切遠去了。

在這裡，臺灣省的山區也像其他邊遠的國土一樣，不知蘊藏著多少讓年輕孩子們迷醉的祖國的神秘。但是在山下，他想得多飄忽！多概念！那個天下最長的行列，雙手過膝的大禮；那一張張惶懼、疑慮和不悅的臉色，都使他感到迷惘和淡淡的悲涼，好像每一個陌生的地方都會給人這種感覺，而這裡，卻多出一些甚麼。山下他想像的那些，飄忽的和概念的，一切也都遠去了！

●

迷淒的月色給群山鍍上一層銀爛。在月光下面，遠山顯得出奇的逼近，卻又是沈黯的，浮動的。

山場上架起野火，四周圍攏著野牛一樣粗壯的半裸的漢子和盛裝的姑娘們。人類第一次認識火性的那個荒遠年代，大約就像這樣的瘋狂的喜悅。那些最單純的感謝和人類與生俱來的藝術欲望，使得他們熱烈的酣舞，就是這樣歌唱著禮讚他們的生命的罷。

火光給棕紅的膚色加深了一層壯健的油彩。這是一種夢幻的節奏，隨著每一個歡愉的躍動，發生無數金屬片的顫索，鎧甲一樣威武的音響，顫索著，鬨動的原始之歌激起深山裡繁複的和聲，群山都在歡頌了。

蕭旋第一次發現在這個粗獷的歌聲裡，是揉合著宗教的旋律和勞動的節奏，從這裡就閃耀出信和力的，樸實無華的光燦，沈厚而年輕，古老的民族多麼需要從這裡獲得激動！他已經抑制不住自己要衝進這個群裡——人還是那些人，卻不是那個天下最長的行列——笑和歌舞扭絞在一起，姑娘們的頭飾和壓滾邊的裙裾，在火光裡跳躍出不知多少綺麗的彩片，就是這麼樣的抓緊了人們無邪的狂熱。

沈甸甸的大鼓把這些歌舞推上高潮，就陡然結束了這些歡悅，接著是那個被苗老師介紹稱做山地之花的杜蓮枝，用那種山區的孩子們不適於獨唱的嗓音，一個接一個唱著甚麼「玫瑰玫瑰」一類的濫調子。在這上面，蕭旋感到難以忍受的厭惡，就和他的老同學起了爭執，他就像每一個忠心的藝術工作者對假藝術的那種深惡痛絕。

「咱們幹嘛要把這些丟臉的東西搬運到山裡來？」蕭旋那種年輕人的偏激，使他不自知的在惡毒的指責起他的老同學：「山裡那些洋琴鬼兒已經夠咱們砍殺一氣也殺不完了，你不怕這些丟臉的玩藝兒把山裡這塊淨土給弄髒了？」

苗老師側著頭磕磕菸灰，近視鏡子反映著火光，看不見鏡片後面他的眼睛，但在顴骨上浮現出一絲莫可奈何的笑容，嘴角俏皮的扯向一邊。他在用這種俏皮給自己解嘲。

「別的事，我不想跟你爭，」苗老師說：「唯獨提到音樂教材，就憑這些大姑娘，讓你說，你該教她們甚麼？這些流行歌儘管很俗氣，總比她們這兒那些呀咿呀嘿的好聽一些罷？」

「我不能原諒你，老苗！哪怕你還能找出一百個藉口！」

「我知道，在這方面，我遠不如你。這就看你的了，將來在識字班上看你教他們甚麼上流的歌曲罷！」

「並不，」蕭旋斷然說道：「音樂就音樂，沒甚麼上流下流。就憑那些轉門哄哄小市民的甚麼家，甚麼星，也配沾上音樂的邊兒？去罷！下流的渣滓！」

他狠狠拍了一下老同學的大腿。後者依然維持著顴骨上那一絲絲固定的笑容，莫可奈何的搖搖頭。

「不過，渣滓雖然是渣滓，」蕭旋嘆口氣。「我總同情那些可憐蟲。對他們來說，混飯吃當然比甚麼都重要，尤其是學著賣淫的女人一樣，揀最省勁兒的混飯吃。」

這位老師對於他的老同學不知有多麼慈愛的笑笑：「我不大懂得，是甚麼原因叫你這麼樣憤世嫉俗……」

「我也不大懂得，是甚麼原因叫你這麼樣貧乏！」

「誰都有理由貧乏；」蕭旋半晌又說：「唯獨你我，都嘗過亡國之痛，生命應該很充實了。」

火光照在他的臉上，在他陰沈的臉上跳動。他站立起來，火光又燒了他全身。強壯粗野的孩子們正在跳著火舞；一雙雙抖動的手指伸向天空，火就在那無數伸伸縮縮的手臂上飛揚了，熾烈了，偃熄了；又交替的飛揚了，熾烈了，偃熄了。火的精神就在那些粗壯的手腕上細膩的表現了。他看到那一雙雙同一種型類的深陷的大眼睛在沈迷的閉攏著，彷彿他們的心靈也在燃燒，騰躍。火是甚麼？他忽然追問起自己，火到底是甚麼？這些強壯粗野的孩子們最知道火，知道得那樣深切，以至表現得這樣眞誠。

蕭旋眼看著這樣深切眞誠的生命的躍動，沒辦法沈住他那顆旺盛的心臟。

火舞隨著一個個身體癱下去，緩緩的結束了，眞好似熄滅了那樣的靜悄，許久許久，才忽然轟起笑聲。蕭旋把那一面大鼓抱到懷裡，他在苗老師的眼裡成了癲狂，然而他彷彿一下子就跳到了這個群裡，這是工作在山地裡三年的苗老師再等三十年也難得投身進去的。他擊打著大鼓，鼓點子他會九套半，打的是龍抬頭——他自己卻埋著頭，鼓搥上下飛開像一柄展開的大摺扇。打得不過癮，中途換了獅子滾繡球，一時間，春雷夏雨一齊來，又好似滾滾黃沙，又好似澎湃洶湧的萬頭浪。

人們聽到了狂烈的海潮一波一波湧上山上來，強壯的孩子們瞪大眼，彷彿又不是爲的這陌生的鼓聲而驚奇，驚奇的倒是這麼個斯斯文文的軍官，怎麼會像他們的朋友一樣，一下子和他們靠得這樣攏，挨得這樣近，鼓聲打透了雙方心坎兒，透明透亮的見眞情。回溯吧，回溯吧，回溯到先古同一個脈流裡去了，總是流著一樣高熱的血液，就彷彿千條河，萬條江，大海大洋總是家……

鼓點轉到老虎磕牙兒，沈沈的，鬱鬱的，又頑皮的，他心裡卻高歌著樂聖黃自的遺作「漁陽鼙鼓動地來」：

漁陽鼓，
起邊關，
西望長安犯；
六宮粉黛，
舞袖正翩翩。
怎料到邊臣反，
那管他社稷殘！

……………

有雨點飄落似的，月亮暉暉沈沈穿進穿出在雲層裡。山場上一片岑寂，孩子們聽到了震顫他們靈魂的樂曲，也看到他們蕭隊長的眼眶裡噙著晶亮的珠光。這確是他們的；不是平地的，不是內地的，也不是山地的，這是中國的。

這還不能饜足蕭旋那一股狂熱的饑渴，他扔下皮鼓，眞的投身到這個行列了。

他把一雙手交叉起來，右手拉住左首的一位姑娘，就是叫做杜蓮枝的女孩子，縱情又任性的歌唱，把唾沫星星濺到了蕭旋的臉頰上。那一對老是急急促促瞧人一眼的大眸子裡，閃亮著火一樣的光流。不知是野火燒進她的眼睛，還是那對眼波使得火燒得更加熾烈。火光裡，映出她一嘴雪白的牙齒，丰厚的嘴唇有一股濃重的野勁，手心裡滿是粗硬堅實的繭子，把蕭旋的手緊緊箍住。一個不抽菸草的人所最敏感的那種菸氣，還有塗著過多油膏的頭髮蒸發出的垢膩的酸氣，便是這個山區少女噴放的氣息。而身上仍是那一襲潮濕的黑衫，大概是爲了趕來跳舞，沒來及換衣裳罷？蕭旋很不過意的這麼猜測。

——哪魯瓦——多——咿呀哪呀嘿，

咿嘿呀……

激越而雄渾的歌聲，生命的內蘊就是這樣奔放了。

哪魯瓦多咿呀哦喲，

哦咿哪魯瓦——

哆咿哪哪喲嘿……

這姑娘便把生命的內蘊，生命的熱流，從鐵鑄似的指尖上傳到蕭旋的掌心，他是這樣淸晰的感覺著，被刺激著。

●

一段不很短的日子過去，蕭旋的工作在繁亂和貧困中起步了。

一個清晨，比平時晚了一些，他照例爬上他一進山那天就被迷住的當頂那座蒼藍的山峰。太陽照到山場上旗桿的時分，他已經滿足的從那片叢林裡穿越下山。

途中他碰上村裡上山伐柴的姑娘們。頭一眼惹他注意的，又是那一襲黑衫，汗斑重汗斑的那一襲黑衫。走近了，越發發覺它骯髒破舊得夠瞧的，經過長期的汗水浸漬，布質粗糙得發硬，一圈重上一圈的白色汗碱跡子，便綴成令人瞧著周身感到黏膩不適的斑痕。

蕭旋把這個姑娘喊住，可並不知道自己把這個姑娘的名字弄錯了，以致惹得她們一陣子鬨笑。

「妳該換換衣服，妳看，別的姊妹都比妳清潔。」

這女孩慌忙看看自己，似乎一時弄不明白是怎麼回事，良久才拉起裙襬，坦然笑著說：

「我只有這一個衣服……」

好像說她只有兩隻手，只有十個指頭那樣理所當然。

那些已經走過去的女孩子們重又轉回來，把這一個團團圍攏在中間，嘰咕著問這問那，那些一個式樣的深陷而空盪盪的大眼睛，不時投到蕭旋的臉上。

蕭旋回到宿舍，隔壁的苗老師還在打著甜呼嚕。

他這間獨居的宿舍就是第一天用蛇來嚇嚇他，又被那位老酋長弄得他十分迷惘的屋子。木屋曾是異族派駐山區的警官官舍，他住的這間就是警官的臥室，傳說裡一個女鬼常在這兒出現，這是經過翻譯的語言，山村的村民不是這麼說：村民們相信人死之後化做家蛇，那女的就化做一條碧綠碧綠的小蛇。在太陽落山的時候，在月亮爬上高山的時候，不聲不響的遊來了，又遊走了。人們能夠看到她從窗口往外眺望，那樣子悠閒，恬靜，月光把她的身影投到窗玻璃上，她動都不動，她思想甚麼？懷念甚麼？蛇是山民們崇奉的神靈，從蛇到龍，那是一個型系的文化的蛻變，向前的，不是倒退。

每當那樣的時候，孩子們遠遠的唱起那個古調，那首童謠，比甚麼樣的寒月還悽愴：

撒庫啦，撒庫啦

三月的天空呀，望呀望不著邊……

唱吧，她遊去了，也許還在那兒聆聽。山民們作弄他嗎？作弄這位政府派來的軍官嗎？苗老師在這間屋子裡住過半年，不曾見過一條蛇影，但在他聽說這樣的傳說以後，這屋裡好像掛的是蛇，爬的是蛇，他吃的喝的睡的，都要碰上冷冰冰的，滑油油的，長長的，細細的，都是那麼些，他就一天也待不下，這間屋子一直就空著，堆積廢的桌凳和運動器材。山民們不管這裡面住著誰，放著甚麼，這是間神屋，永恆的神屋，一代一代都這麼流傳罷。行文來到鄉公所，給政府委派來的組訓隊長準備住處呀，就是這一間神屋了，該說這是虔敬的奉獻，尊重和崇慕，全都是那樣的單純。但不能激怒他們的，第一天他就傷害了他們的信仰——或者並不叫做信仰，總是他們看重的，他要怎麼努力挽回自己的過失呢？

苗老師仍在扯呼。

蕭旋坐到窗前的寫字檯前面，把給他妻子已經封口的信重又拆開，末尾附上兩行：

替我買兩件布料，身材比妳胖一些，矮一些，不要考究甚麼花色，耐穿就得了。我在試著能不能幫助一個孩子，使她貧困的生活能夠稍稍好一點。

他怔怔的瞅著這兩行字，咬著指甲探問自己，該不該這樣，能不能這樣；這樣了，又是不是施捨——他很憎惡「慈善」這個字眼，幾乎是無理性的反感。除非說他眞眞配得上理解那個人的出于至善。

窗外鳳凰木有一隻比皀角還長的黑褐色角殼，忽然掉落到窗臺上，他震了下，伸手去撿，一抬頭看見劉警員後面跟著他的妻子，緩緩朝這邊走來。女人手托著小包袱，肚腹隆起得很大，很笨重，快要臨月的樣子。

蕭旋把家信封上口，隔著窗子遞給劉警員。

「隊長該把太太接來，」女人不必要的笑得前張後合，彷彿拿誰開了個大玩笑。「這房子收拾收拾也還勉強住得。」

「哪兒都像妳！人家蕭太太是軍醫院的醫官。」

女的似乎沒感到受責備。「那倒好；生活艱難，夫婦倆都有進項。」就睨她丈夫一眼，好像說，意見都是一致的，何必見責呢！」

「我看，隊長這幾天夠勞神的了，這些傢伙生頭野腦的，不跟他們來厲害也不行，虧你隊長這份耐性，這份才能，又說的一口好日語，不的話，可眞抓不開。」

蕭旋茫然搖搖頭，他自己也不確知是不同意對方的某些意見，還是謙遜自己的才能。

「那——我們這就去了，還要帶點兒甚麼嗎？」

「山窩裡就是這麼個死地方，沒辦法！」劉警員的妻子說：「要甚麼，沒甚麼，簡直把人住膩了。」

蕭旋遲遲的覺得還有點甚麼事，拉開抽屜，湊齊二十塊錢：「就再麻煩你夫婦倆，帶一兩打洗髮粉回來。」

「洗髮粉？」

這夫婦倆一定都以爲他們聽錯了，不禁都望一眼他那個中國陸軍式的光頭。愣了愣，劉警員的妻子神經質的嚷著道：「要甚麼錢？蕭隊長，罵人嘛？」拉著丈夫就走，彷彿受到侮辱。

蕭旋冷臉望著窗外，那夫婦倆漸讓校園外面的香蕉園遮住。

遠山腰裡夜氣還沒有退盡，遠山在晨霧裡似乎沒有根，搖搖的動盪。蕭旋搖動一下手裡鳳凰木的殼角，想起搖著波浪鼓的童年，不隆咚，不隆咚，想過要做個走南走北的貨郎挑子，翹翹的長扁擔，挑著紅的和綠的，小巧的盒子亮晶晶的瓶，一跳一跳的來了，一跳一跳的去了，不隆咚，不隆咚，……隔壁的苗老師在漱口，滿嘴裡翻江倒海，並且發出刺耳的嘔吐。

需要嘔吐，他想。一個狂熱的革命者，不可能指定在一個固定的職份上而不准他過問他所看到的，所聽見的，所感受的。國家在一場大病當中，必須嘔吐，太多的渣滓，太多的污穢，要嘔吐淨盡，留著就是病。他想起舞臺上的老生，病了總是嘔吐，又嘔吐得那樣瀟洒風流，那麼美。他來在這裡，原只是奉命主持這一個鄉的單純的軍事組訓，協助國民學校辦理成人識字班。工作是艱辛而簡單的，他必須努力，卻用不著放在心上。然而這多少天裡，他走遍這一帶的山村，內心就泛起日夜不寧的一種責任的浪潮，又是一條抽得他痛楚的鞭子。

那些一律都是黑黝黝的停滯在穴居時代的石屋，那些不比茹毛飲血進化多少的粗陋低劣的生活，那些疾病，那些迷信和貧困，貧困和陋習，認命的忍受，忍受著……處處留下當年侵略者愚頑統治的罪跡，「理蕃政策」戕害了他們的生活進步，那是有計劃的逐步逐步要把中華民族這一支派徹底的滅除。他們那樣強烈的自卑於政治地位和種族地位的低落，就顯示了這些。

那一天的清晨，蕭旋在村後的第二座山峰上碰見一位老人。山峰向陰的一面，有個不易發見的大石洞，又黑又深，老人撫拭著一棵豎立在洞門旁的大腿那麼粗的青石柱，向他述說祖先抵抗異族佔領的那些事蹟。光復以後，石柱被供奉著。那個手持石柱打死十一個異族兵士的英雄卜拉爾揚，四十多年來，一直都活在山民們的心裡。

「我們沒有被當作人看待，」老人沈痛的訴說著：「不准跟平地人來往，書也只准讀兩年。漂亮些的姑娘，就注定了薄命，阿卡魯那個孩子，就是他們留下的孽種，眼睛生下來就殘廢了……。」

那就是蕭旋進山第一天，在歡迎他的行列裡排在末尾的那個髒孩子，眼睛總是吃力的斜視著天空裡一個固定的方向，甚麼時候都是癡癡獃獃的傻笑著。

老人望著遠天，衰乏的努力想記憶起甚麼。

「阿卡魯的母親是個好姑娘，比壯小子還有力氣，會唱歌不算，會跳舞不算，還頂能編歌，編舞，沒有哪個年輕人不愛在她家唱歌。……沒有誰比她更尊敬老人，沒有誰比她更會替大夥兒看管孩子，沒有比她更能幹的姑娘……」

老人凝神的注視著不知甚麼一個物體，彷彿看到那位被駐在這裡的外國警佐龜山糟蹋了的姑娘，那個害上一身毒瘡的可憐的少女。

「阿卡魯生下沒有多久，可憐的小母親受不住毒瘡的痛苦，受不住龜山的凌辱打罵，就打那邊的吊橋上跳下去了……」

老人原來在注視著那一架進山的吊橋。橋在遙遠的山谷間，俯瞰下去彷彿精緻的假山盆景，那故事也就如同這架吊橋，多遙遠多迷茫呀，然而那樣清晰得驚人，從高處看低處，平地上住慣的人就拿不穩那有多遠，有多近。

「只才十六歲的姑娘……只才十六歲……」

老人重複的唸著：

「十六チャツタ。ノウ，十六タケチャ……」

老人打著「十六」的手勢，帶淚的聲音，顫巍巍的，好像認定十六歲的孩子不應該遭受那樣殘酷的命運來蹂躪摧殘。

雲裡盪起哀婉淒迷的樂曲，風聲，雨聲，雲和流水的嗚咽，在山下那條溪河裡，他曾在那裡涉越，那個受苦的姊妹曾從那裡漂浮而去，浪花，流沙，那名字，那苦難，那罪惡，沖刷不完，掩埋不住的……。受苦的女子浮現在蕭旋眼前——棕紅的膚色，碩壯頑強的體軀，生一對老是急急瞧人一眼的大眼睛，閃亮著火一樣的光流，有那一股濃重的野勁，卻又怯生生的窺探著這個人世，彷彿已曾預見那個命運的結局。那結結實實的身體，隔著衣裳劃出幾道主要的線條，依稀那一襲衣衫也是灰黑的，陳舊的，一圈重上一圈的白色汗碱跡子，濕漉漉的。在清晨的山林裡，遠山被濃霧載沈載浮……躲躲閃閃的幽靈，躲躲閃閃的出現，又躲躲閃閃的隱沒了，在太陽落山的時辰，在月亮上升的時辰，碧綠碧綠的蛇靈從窗口遠眺，聆聽著孩子們爲她唱起「三月的櫻花」，那首不知安慰她還是刺傷她的古調子童謠。

因這樣，蕭旋不知怎樣去處理劉警員從山下帶回的洗髮粉，和他妻子買的兩件布料。他找苗老師把這些物件送過去，說清楚這都是他那位服務在軍醫院的妻子的意思。但在夜間識字班剛剛下課，他回到宿舍的時候，叫做杜蓮枝的孩子，頂著一簍肥大的香蕉闖進來。

在搖曳不定的燭光裡，那張壯健的臉膛紅得發紫，滿額頭的汗珠子，顴骨緊繃繃發亮，好像兩枚熟透的李子。

蕭旋拉過一張椅子讓她坐下，蓮枝搖著頭，手背在後面，窘得緊貼牆。

「謝謝蕭隊長，爸爸說——謝謝蕭隊長。」

「你們不要弄錯，我不是送甚麼禮物給你們，你們沒有，我有，我就得給你們，懂得嗎？」

孩子低著頭，本不要動用言語，頓了頓卻又艱難的說道：「爸爸叫我謝謝隊長，我最謝謝蕭隊長！」

她低著頭，看看自己翹動的脚趾。她身上自然還是那件黑衫，有濃濁刺鼻的氣味，恐怕那已經是從汗酸進展到又黏又腥的階段了罷，也許不會是衣裳發出的，那滿頭濃密的長髮塗著粗劣油膏，也得分擔一部份過錯。

「洗髮粉——那些洗頭髮用的粉子，是不是都分給那些姊妹們用了？」

女孩忙不及的點點頭。

「頭髮是要常洗的，搽油不一定能夠更漂亮，頂好不要搽。洗髮粉很便宜，用灶灰濾水也一樣，我將來教給妳們。不過，妳天天下山賣柴，錢都是怎麼用掉的？妳還是坐下來的好。」

蓮枝拿不定主意要怎樣，委委曲曲坐到一張竹凳的邊沿上，彷彿要是坐正點兒，就會犯了甚麼過失。她望著窗外，窗外黑蕩蕩的甚麼也不看不見。

「我祖父很老，」她發抖的說：「我父親，我母親，要種田。我沒有哥哥，弟弟很小，只有我砍柴，賣錢要買酒，買菸給祖父吃，給父親吃，給母親吃，還要買鹽，買……買很多，啊——我沒有錢了。」

她說這話時，很不安心似的，彷彿在扯謊。手放在腿上，又移椅到背上，又攀住肩膀，又抓撓頭髮，抓撓的時候，忽然又爲她那滿頭已經犯了過錯的頭髮羞愧起來，連忙放下，手互相緊緊的握住，這樣似才把一雙手放到適當些的定處。她的右腕上戴著一串紅琉璃珠子，陳舊得失去了應有的光澤，好像那上面也該凝固著某種刺鼻的氣味，而她又開始嚙咬這種珠子。

蕭旋打開抽屜，幾天前劉警員不肯收下的二十塊錢還放在原處沒動。

這女孩子趕緊起身跑走。蕭旋忙著喊住她。人在黑地裡看不清，不知站在哪兒。他就向黑裡喊著：

「杜蓮枝，回來，請妳把這錢帶去給劉警員，是我借他的，要還給他才行。」

這才蓮枝重又出現在亮處，爲這個誤會，越發窘得不知多出了多少隻手沒處可放。

他一把拖住蓮枝：「還有，這麼些香蕉，我一個人哪一天才吃得完？放著會壞的。」說著，從簍子裡取出兩箍，其餘的叫她帶回去，到山下去賣錢。她可是爭執著不肯，有股子可以拖得蕭旋站不穩的力氣，一面央求著：

「不，我父親會打我。」

但結果還是被蕭旋提起簍子，放到她頭上頂著，把她推出門去。

蕭旋坐到床邊，看看時間。然而他剛剛脫下一隻黑膠鞋，那孩子卻隔著窗子喊一聲：「蕭隊長，再見！」香蕉簍放到窗臺上，人跑開了。

他赤著一隻脚跳到窗前，外面是一片深黑。

村子裡傳來起起落落的男女青年們齊唱的歌聲：

哪嚕哇，

哪咿哪哪呀歐，

歐哇咿呀嗨歐——哼嗨呀……

他懸著一隻脚，伏在窗臺上。這裡——窗玻璃的第二格，曾在進山的第一天晚上活活夾死一條小蛇，但不是碧綠碧綠的傳說裡那個色調。

傳說裡的女鬼會常常來到這間屋子裡嗎？這時望不見那架懸在山谷間的吊橋了。這是一個甚麼地方啊？他覺得自己是幸運，他有工作，又廣又遠的工作。

天是陰沈的，沒有風，沒有星斗。

●

這村落是個「非」字形：中間一條沿山坡一路傾斜下來的大道，兩側便是排排對稱的小巷。

山民的「美麗新節」一到了，這種祭典要一連七天。

山民們把應有盡有的裝飾全都堆積到身上，銅鈴和銀鈴，骨片和甲片，到處閃灼著飾物的華彩，到處是綷綷縩縩一片喜悅的躍動。

第一天，美波福日，照例由部族的老酋長領著全體族人　集到第二峰那個岩洞前的會所祭祖。

男孩子們一定要一個挨著一個去撫摸一下那根聳立的青石柱，那是驍勇的祖先留下的無字碑，四十二年前，英雄卜拉爾揚曾用這棟石杜擊斃十一個外國兵士。而英雄卜拉爾揚正是阿卡魯外祖父的親叔。

於是蕭旋決心提早實現他早就有了的打算，他要把阿卡魯送下山，要他的妻子在軍醫院裡設法爲孩子療治眼疾。因爲在祭禮完畢以後，可憐的阿卡魯抱著青石杜，人們都散去了，他一個人孤零零的不肯離去。他不曾見過有這麼樣一個孤獨而有著沈重心思的孩子。那是一種先天的悲苦麼？還是由於失去母愛的打擾而有著過多的寂寞使得這孩子長於思索？讓他的眼球矯正過來罷，讓他能夠正視面前的這些景象，不再是他母親活著和死去的那個羞恥的年代，不再是他降生時那個灰暗的年代，不再是了。

蕭旋那顆惻隱怵惕的活潑的靈魂，便又被阿卡魯這孩子佔去了。這樣的靈魂總是常時脫離他，而被別的事物全部佔去。

「美麗新節」第六天是哈闊摩特日，七天中最重要的日子，家家傾巢而出，齊聚在山場上，從清晨到夜晚，從夜晚到天明，歌舞連場，一刻也不中輟。

這天夜間，最精彩也最少見的歌舞，要算是老酋長率領著一般高齡老人跳的「大祭」。從那種粗獷猛烈的大線條的扭動當中，蕭旋看到一重被壓迫者不可抑制的忿怒，重濁而帶著嚎叫的歌聲，也成了一種可怖的咆哮。那該是最早的入侵者紅毛人逼使他們報復的出草獵取人頭，用來血祭那些慘死在殘酷殺戮下的族人。以後也曾經經過祖國的王道宣撫化育——延平王爺那個世代的經營和生息，出草馘首雖已終止了，但還留下這個儀式上的習俗，延續到五十年前的另一個時代，新的侵略者由於心虛，索性就把這種富有濃烈的民族色彩的「大祭」強制取銷。如今除掉老一代長者，幾乎沒有人還會跳起這古老的舞蹈。

年輕的孩子們入神的注視著這激情的大祭舞，迎著烈火，那一雙雙深奧的眼睛瞪得更大了，那裡面含蘊著近乎妒嫉的傾慕。也許正爲著孩子們不夠熟稔那些遠古的故事，那些故事便在孩子們的心靈上更爲珍貴而神秘了。

大祭舞剛罷，林軍士就跳起來，提議要請蕭隊長彈奏琵琶。

在這樣狂歡的氣氛裡，琵琶是不適宜出現的。怎奈蕭旋一再解釋，也平息不下去大夥兒那種不可理喻的固執的要求。他就只好就近吩咐杜蓮枝，請她到劉警員家裡去一趟，琵琶被劉警員借去好久了。

蓮枝卻搖搖頭。她一向總是搶著替他做事的，防止她都防止不了。蕭旋有些詫異。

「劉太太……她不在家。」蓮枝囁嚅著：「我要去看看田秀玉，她生病了。」

這才蕭旋覺得這個理由很可愛，又很可笑，而林軍士早就等不及的跑開替他拿琵琶去了。

通宵的火光使人遺忘了黎明的天色，疲勞偷偷爬上蕭旋的一雙眼皮，他撐不住了，而大家夥兒也都有些在勉力支持的跳著，只是興頭還沒有盡。

他沒有彈琵琶，劉警員的門上了鎖，人不在家。他跟大家告罪離開。向來他對自己的精力都很自信，可是擱不住連日連夜的這樣興奮，這樣舞踊，他但能撐持下去，也斷不會這麼失禮的早退了——在山民中間，這是個規矩，你可以不參加，參加了就得有頭有尾，不能中途掉隊。

回到宿舍裡，人摔到床上，彷彿連睜睜眼的氣力都沒有了。隔壁兩個人的鼾聲正好是一起一伏，那樣巧妙的配合著。窗外的樹影已經依稀可辨，天空是那種沈睡未醒的淡灰，寒氣微微襲人，他也懶得去拉上窗扉。這樣的佳節盛會，那個女鬼——那條碧綠碧綠的小蛇會否偷偷遊進來？她會停立在對面的窗上眺望山場那邊的野火和酣舞嗎？

山場上傳來鑼鼓，和歌舞，和嘶笑，他眞傾服他們那股像大火一樣蠻悍的體魄和豪興。門輕輕的推開，他一點兒也沒察覺，直到低微的脚步聲挨近來，他恍惚意識到身畔有人的氣息，那個女鬼？那個阿卡魯的母親嗎？這裡住的不是那位外國警佐，她愛他，還是恨他？——似夢又似醒著，他好像聽見自己娓娓嗦嗦的問著自己。

一陣鈴鐺珠子嘩嘩啦啦搖曳的響聲。面前眞的佇立著一個黑影，背後襯著窗外微弱的曙光。

啊！他模糊的意識著，那倒不光是一個傳說了……那個曾在這間屋子裡開始了悲苦命運的姑娘，那個薄命的十六歲的孩子，在這麼個歡騰的夜晚，被遺忘的孤零零的幽魂，漂遊到生前使她抱恨的這個舊地……面前的黑影該多眞實啊，他不信這是一種錯覺，幻象。

「蕭隊長！」

又是一陣鈴聲，綷綷繚繚的珠子搖曳的聲音。

蕭旋隱隱的返醒過來。

「誰？妳是？」

「卡拉洛。」

他起身尋找火柴，一時忘掉放在甚麼地方。

一雙手按到他膝蓋上，他能感覺到對方在他面前跪下來了。

「快站起來！」他握住那雙粗硬的手：「有甚麼事嗎？」

對方的酒氣和菸臭隨著急促的呼吸噴到臉上。

「蕭隊長，不要生氣，生我氣。」

他才確知這是杜蓮枝，但他不懂這是甚麼意思。

「這是從哪裡說起？生妳甚麼氣？」

蕭旋找著了火柴，把白蠟點上。

「卡拉洛是妳的小名？」

蓮枝站在那裡，點點頭，卻嗑嗑絆絆的，要說的話好像在嘴裡結成了疙瘩。

「我不要去劉警員家，他……最不好。上次我替你送錢還他，拉我手，要把錢給我，不要我走……要這樣我……」

她噘噘嘴唇，補足她的言語。

蕭旋放下蠟燭，不當心指頭被澆上一滴油脂，很燙。他吮著指頭，良久良久。

「那也沒甚麼，劉警員把妳當作小孩子逗著玩兒的。」

「不是，他還這樣我……」

蓮枝又打了一個手勢。

燭光在他的背後，他的影子正好遮在孩子的身上。好像是無來由的，他感覺著自己有些兒欲念在隱約的湧動。這是沒有過的，在不知多少次的歌舞中間，挨著扯著，縱情的談著笑著，都沒有過這樣的慾念。

他閃開來，坐到床沿上，望著牆上這孩子的影子。他很清楚自己簡直有點可鄙，卻不禁帶著點研究——彷彿是自欺——的意味，設想著一個可能的光景。一切都很簡單，連抑制和放縱也是一樣，一如要看手背還是手掌，就是那樣的簡單。他嚙著指甲，覺得自己一雙眼睛也邪了，也是沒有過的；他忽然覺得欲念的本身，並不是想置人於死地的那種大惡——儘管結局多半是那樣的不幸。慾念本身似乎和愛也是那麼接近，他第一次發現這樣的解釋，也發現對於自己一向所深惡的，竟然會如此寬厚了。

蓮枝一直凝神望著他，嘴裡咂著一團菸草。

「十五了嗎？還是十七歲了？」

他像是害怕犯了甚麼忌諱似的，但願這孩子在兩個年歲裡面挑選一個。

「十六歲。」蓮枝坦然說，給他送過來一團嚼菸。她爲甚麼那樣不經意的就說出了？她一點也不思量一下麼？蕭旋衝著自己的內心冷笑笑，一如他嘲笑蓮枝這麼個年輕的孩子竟然有這麼個辛辣的嗜好。

屋門被推開，燭光飄搖著，一時明處看暗處，看不清是誰。

「劉警官！是你？」蓮枝跑到門口去，張望一陣子招呼道。

劉警員抱著蕭旋的琵琶扁身進來。一進門，便愣了一下，就像做錯了甚麼事似的陪著笑臉：

「太莽撞了，我不知道杜小姐在這兒。」說著就急忙要退出去的樣子。

「有事吧？」

那一個大笑著搖搖頭：「沒事兒，方才到附近去巡查，剛剛回來就聽說要琵琶，特意趕著給你送來。不打擾隊長的雅興了，琵琶就放在這兒？」

蕭旋忽然很清醒；也許並不是所謂清醒，而是恢復了他那個純粹的眞我。他像看一齣瞞不過人的戲法那樣，玩味的欣賞著劉警員在他臉前笑一陣又說一陣，說一陣又表情一陣，直到對方去了以後，趣味的笑容仍然掛在他臉上。

蕭旋自然不願意劉警員誤會他甚麼，但也不急於要消除甚麼誤會。儘管他清晰的發現劉警員對他的態度多少有了些改變，凡事老是表示點不買賬的意思，然而那對他似乎是不關痛癢的，因爲他從不曾打算過要誰買他的賬。他要做的工作太多，份內的，以及所謂份外的，這就沒有多少功夫給他去調整那些婦人式的事務的枝枝節節。

他有他的快樂，太豐厚了。偶爾的那點慾念在他很難得再想起的時候，大約就如同十五歲那年還尿過一次炕那樣，他相信不再發生了，就拿來取笑自己，簡直是頗爲光彩的取笑著自己。

年輕的孩子們對於操練和歌唱的認眞學習，這就足夠佔去他現時生活的一大部份。他那種熱中於拓荒邊疆的情操，使他變成一個建設狂者；他們把多年蒐集的祖國各地的民謠，把屬於中國自己的歌曲，傳授給這些年輕的一代，啓示了他們創造新的廣闊的境界，並且從山區裡趕走他所謂的那些洋琴鬼的濫調子；他在他經常舉辦的歌舞會裡，用品茶代替飲酒，山上也到處在墾殖茶田；屬於他工作地區的每一個山村裡，婦女們的浴室建立起來了；男孩子們上課的學習風氣，也替代了深夜的閒蕩；……生命向他下達的命令很多，他做的是這樣少。他做不到的，可以找出一百個理由，但他老是要找出他應該做的那一個理由來譴責自己。就因爲他那顆惻隱怵惕而永遠活潑的靈魂，使他長期陷身在永難滿足的欲望裡。他明白自己充當的是個被指定只須執行，無須去理想的職位，他就越發要日日夜夜抑制不住去苦苦追尋那些永難塡滿的欲望了。

●

南國冬短春更短，時光就像漏去一樣，不知漏到甚麼地方去了。

已經是河水陡漲，鳳凰木盛開的季節。

到處都是一片熱辣辣火紅，人走到樹下，就像走進喜氣洋洋的洞房，滿臉的紅光。氣候卻是頂惡劣的，一天裡不知有多少場大的和小的暴雨，雨來之前，山區裡低沈的氣壓又總是把人窒悶得透不過氣。

鋼鐵就這是這樣煉出來的，高熱和低冷，反覆的磨難著。青年們每一個時刻裡，總要忍受一場暴雨，和接著而來的一無遮攔的烈日的烘烤。

這番動人的辛苦，苗老師也許比甚麼人都看得淸楚。他自然不是不要善，不是不認得眞理，他要，他認得，但他似乎只看到老同學個人的辛苦，而他自己又是這麼懶憊，不很想把人生安排得過分吃力，他總相信善和眞理自有那些先知先覺的聖賢去追尋，去創造——不管在他看來這種人物是如何稀少得令人不安。他自己無意去追尋創造的，也認定自己無能去追尋創造。多年的教學經驗，使他過分重視人的秉賦，老同學的辛苦放在他面前，給他帶來的是喜悅，而不是鼓勵，因爲他發現既然善和眞理果然有人——他自己的老朋友——在追尋創造了，反而非常安心了。

「老蕭，」他總是這樣說：「你有這種秉賦！」

散學時是午後四點鐘。苗老師停在樹下看出操。瞅著蕭旋走到他附近時，「隊座，」他低聲招呼著：「出完操，過來品品我的酸梅湯做得如何。」

他是體貼蕭旋的，他感到自己也只能如此愛護蕭旋。

後者會意的笑笑，轉身去爲一個青年矯正裝退子彈的槍身角度。

冒然的，一個女孩子從村子裡奔出來，一路喊著直奔學校那個方向跑過去。

村子裡一下子湧出許多人，一個老人拖著一根長長的臼杵從衆人拉扯中掙脫出來，追向那個女孩子去。

不一會兒，從蕭旋的宿舍背後又冒出那個女孩子，差不多同老人頂面撞上，那老人下死勁的衝著女孩桁過去，那一下雖然手脚亂了，沒有桁準，可是倒像是決心要把人打個稀爛才稱心。

女孩子也亂了手脚，在滿是泥水的地上滑了一跤，順著那一段斜坡滾將下來，連跌帶爬的往山場這邊奔跑。

蕭旋迎上去，認出那是老鬧病的田玉秀。對方好像得到救星似的一下子把他抱住，周身的紅泥，跪倒在地上。

他一時弄不清這是怎麼回事，只見這孩子哭叫著，滿臉披散的汚膩膩的頭髮，臉是薑黃的，牙齒凝著血。

老人已經追到跟前，那是玉秀的父親，喘哮著上氣不接下氣。

「甚麼了不起的事，動這麼大氣！」蕭旋把玉秀遮住，陪著笑。

做父親的一雙眼直瞪瞪的，嘴唇歪歪扭扭的發抖，彷彿得了面部痙攣症那樣。他瞅著躲在蕭旋背後的女兒，幾次掄起手裡的杵棒，都被蕭旋搪過去。

「有甚麼過錯，你叫她改過就得了。孩子一身的毛病，你這麼毒打，不把她給打壞了！」

老人打雷似的吼叫著，滿口的外國語言。他記得這老人在識字班裏國語說得很好，不知是急成這樣子，還是對他表示某一種敵對的態度。

「有話好好說，頂好你先把那個傢伙放下。」

玉秀的父親虎下臉來，態度非常壞，眞的是含有敵意，咆哮著向誰呼求正義似的：

「她的肚子！你們！都是你們！她的肚子……」

蕭旋被這個刺耳的「你們」一震，笑容從臉上消失了。

老人已經收攏不住他的咆哮，並且暴跳著。

蕭旋忙把隊伍交給值星軍士繼續操練，把這父女兩人請到自己的宿舍去。

老人還不放下手裏的傢伙，似理不理的從苗老師那兒接過一枝菸捲，狠狠抽進一口，嗆得一陣子咳嗽。

「老蕭，」苗老師靠近他低聲說道：「勸說勸說不妨事，倒不要太干涉了，鄉裡現成的調解會，別太攬事兒！」

蕭旋咬著指甲，他在等老人慢慢的消氣。

門口擁塞著還沒散學回家的小學生，苗老師一出去，就都散開了，窗口卻還攢動一些小腦袋，那裏像個小鳥巢。

「到底是哪一個？是誰？」

「是哪一個？」玉秀的父親重又暴跳起來：「都是你們……都是你們平地人！自己有老婆，有孩子……」

「平、地、人！」這好像衝著他胸口搗了三拳，好像一下子捉住他的短處，好像被那根胳膊粗的臼杵當頭桁了一棒。

他努力使自己鎮靜下來，說他需要知道那個人是誰。

「你問她！問她！」

姑娘雙手捂著臉，抵在牆上，周身都在顫抖，灰色的長衫後襟上，整遍的紅泥沾著幾片鳳凰木的殘紅。

姑娘抽噎著，模糊的說不清楚，但蕭旋聽出了主要的那個字音。

天又要來雨了，室內光線一陣比一陣沉暗。

阿卡魯伏在窗口，戴一頂白運動帽，那對經過三位主治醫官會診動過手術的眼睛好似特別明亮。然而似有一種從生命裏帶來的憂鬱，孩子仍常皺緊眉頭。

蕭旋走過去招呼孩子道：「歸有義，到操場上去給我請兩位班長來。」

「要不要林班長？」

阿卡魯候了一陣兒沒得到答覆，逕自去了。蕭旋轉身走近玉秀。「妳喜歡劉警員嗎？」

「不！」

玉秀把披在臉上散亂的頭髮往後一摔，回得很斷然。她哭著說，美麗新節的第六天夜晚，大家都不在村子裏，她一個生病躺在舖上，那個人就趁那機會，帶著手槍嚇唬她……。

蕭旋聽著，激憤的走來又走去。他那個暴躁的性子，只恨不能把那人立時抓到手上，三把兩把撕上個粉粉爛碎。當那兩位軍士出現在窗口時，他已遏止不住滿腔的惱羞和忿怒，揮著臂膀喊道：

「把我給劉警員綑了來！」

他坐到床沿上，覺得這床舖要不是高了些，就是矮了些，總那麼不對勁兒，重又跳起來，這屋子，這間出蛇的屋子幾乎沒有他站和走的地方。

「老蕭，你要冷靜點兒！」苗老師又從隔壁趕過來。「凡事不要太過分，你也要考慮考慮自己的職權」。

蕭旋彷彿壓根沒有聽見，咬著指甲，要把它連根拔下來才稱心。

然而在他那個可笑的慾念浮現的片刻間，他曾原諒過那個外國警官，曾原諒過這個劉警員，也原諒過自己。慾念的本身也是一種愛，它沒有理由非要製造悲劇。

雷聲就像北國大牛車，轟隆隆，轟隆隆，從一個遠處朝著當頂推動上來，催雨的尖兵風搖動著山林，山在喘息的蠕動，窗口飄進幾片鳳凰木的落花。

屋門一下子推開，劉警員冷著臉進來。他抱著胳膊，努力想把胸脯挺高一些，給自己壯壯氣勢。他進來以後，把屋子裏在場的看了一圈，笑笑。

「隊長大人把我給提溜來，這是怎麼回事兒？」劉警員儘管努力想使自己顯得流氣一些，俏皮而不在乎，但卻是個很惡劣的演員，周正的五官怎樣做作也還是那樣周正，看不出他是個惡人，到處都可以看到這樣平平凡凡很體面的國家公務員，碰機會作點小惡，碰機會也一樣的行點小善，都不是打定主意要怎樣怎樣，就是這麼樣的一個人。

蕭旋不由得又有些心軟，覺悟到自己的魯莽和激動。

雷聲近了，風雨欲來的陰暗彷彿帶著一種天譴的慍怒，要發作又不發作的。

他想，自己很可做個好人，魯莽的把這個警員教訓一通，打一頓，綁起他送下山去，眞是大快人心。蕭隊長是蕭靑天呀！軍人比警察優秀多啦！不是這些；他追尋的不是這些落伍的東西，這些也一點解決不了問題。把劉警員踩到脚底下，也是把自己踩在脚底下，田玉秀父親口裏的「都是你們」，那是一根繩索，把他，和劉警員，和苗老師，和所有的國家公務員全部綑綁在一起，這還不夠嗎？開始的道路就偏了，一直偏下來。進山的第一天，劉警員和苗老師便張著這根繩索要把他們三個一同自縛起來，那樣的甘心，認命；你們，我們，他們，這樣的支解，他還該再繼續支解下去嗎？他是永遠不肯認命的人。

「現在，我不是隊長，你也不是警員；」蕭旋戲劇性的脫下身上佩戴官階的軍人制服。「國家只叫我擔任國防安全的職分，只叫你擔任社會安全的職分，我無權過問你這樁子事，你更不是受命執行這樁子事，咱們得把彼此職分給撇開，別連帶上國家的體統跟體面，現在姓蕭的跟姓劉的打商量，怎麼收拾這個爛攤子！」

蕭旋娓娓道來，一旁擔憂著會發生甚麼不幸衝突的苗老師似乎有些安心了。

「沒你說的這麼嚴重罷？」

劉警員不屑的橫著食指抹一下鼻尖，仍在做作他那副惡劣的演技，爲甚麼老要扮那一副惡相，偏偏又扮得不像，這是很使人費解的。

「我很想不通，當初我剛剛進山的當兒，你總是把我們和他們分得那樣清，你總想著，在這個山窩裏，你、我、和兩位老師都該是一夥兒的，要彼此關照，彼此捧場，門戶之見不知有多深，我一直都不同意你這樣……」

蕭旋埋著頭說，抬起眼來看了看對方。後者冷笑笑，似乎表示，「你現在總該同意了罷！」

「可惜了，沒有用到刃兒上，用到刀背上了。門戶之見不知有多深的人，反而這樣敗壞起自己這夥人的門戶，這眞叫人想不通！」

「正是這麼說了，你這樣神氣的把我提溜來，你可想到要顧全咱們大夥兒的體面沒有？你就是把我劉某人踩在脚底下擰個稀爛，了不起你落個自相殘殺的名聲，白白在外人面前丟自家人的臉！」

「對了，你關心的就只是這些個，怨不得……」

「好歹我總是國家的警察人員，你這樣像捕人一樣把我拘留了來，你又顧全大體沒有？」

「不要這樣說！」蕭旋嚴厲的頓一下足。「這樣說，你就把全國的警察人員統統給侮辱了！今天是你姓劉的個人做錯了事，你不能像田玉秀她父親那樣，把所有的平地人統統拉扯上，統統陪著你替罪！」

說著說著，蕭旋又激動起來，但立即被苗老師暗暗遞過來的眼色制止住，重又坐到舖沿兒上。

一陣大雨潑下來，但像刀切的一樣齊整，忽然又停住。

劉警員打鼻孔裏冷笑一聲，彷彿嗤笑這陣子下雨太不像話。

「其實，認眞的說，誰又是陪著誰替罪啦？橫直都不大乾淨！」

「這麼說，你倒是眞打算拉扯上誰陪一陪你了。」

「用不著拉扯，蕭隊長，你是聰明人，事兒戳穿了彼此都不好看。好歹我還懂得顧全大體。」

「你這是甚麼意思？」

「老蕭！」

苗老師板著臉，衝他瞪眼睛。

「不必說穿，咱們太太不在身邊，各人玩各人的……」

劉警員帶著沒有說完的話，甩頭就走。

「站住！」蕭旋跳上去攔住。「你以爲這樣可以唬住誰是嗎？」

「蕭隊長，你不要做糊塗事——逼人過甚！」

「你今天不把話說清楚，休想走出這間屋子！」

「算了，我劉某人至不濟，總還識點兒大體……」

「老蕭！」苗老師硬插到兩人中間，把這兩人儘量往兩下裡推開。「是是非非，咱們隔天再談成麼？老劉，你也別這麼大的火氣，咱們別鬧笑話給外人看！」

「好啊，老苗，好像你們都爲這個莫明其妙的『大體』弄得不辨是非了！難道我蕭旋就不識大體？我很奇怪，這裏哪兒冒出外人來了？誰是外人？指給我看看！」

苗老師推推眼鏡，爲難的結結巴巴說不出甚麼。

「難道我蕭旋落下甚麼把柄給你們捏住了不成？照你們這樣的口氣！」

「是啊，算你蕭隊長玩得神氣，沒留下把柄！」

「老劉，住口，你先回去！」

苗老師衝著劉警員掛下臉來。

暴雨開始不分點兒的往下傾瀉，屋子裏可擠著不少人，光線暗得需要點燈才行了。

「你把話說清楚！」蕭旋發青的臉色像有一百天沒修面的樣子。

「把話說清楚！」他重複的催促著，顯得那樣的固執。

在苗老師一再的暗示制止下，劉警員到底不顧一切的說出了：

「當然了，你蕭隊長自以爲很神氣，沒留下把柄。可是村子裏哪個不知道卡拉洛是你隊長大人的禁臠！大概你是把大家都當作瞎子聾子罷？」

大約這話使得蕭旋感到太荒唐了，他一臉緊張的筋肉反而鬆弛下來，好像天氣在他的臉上慢慢放晴了。

「這多新鮮！」

他笑笑，搖搖頭，眞像是有些惋惜怎麼會有這樣新鮮的事兒。

「果眞有這層事，我會改過的；要是沒有這層事，也用不著我再辯護。只是很不幸，國家到了這種地步，還有這麼大的興趣搬弄口舌！」

淅淅瀝瀝的簷水，嘀嗒，嘀嗒，雨後餘音給人一種安慰，一種安定。蕭旋那種莽撞的火性似乎也隨著雨勢緩和下來。

「那末，你想過沒有？打算怎麼收拾？」

「這倒不必勞動隊長大人來煩神。」

劉警員掏出香菸，要擦火的時候，又停下來，抽出一枝丟過去。田玉秀的父親端著斗笠悶氣的蹲在牆脚，香菸飛到面前的斗笠。

「那就到調解會去罷，雨也住了。」

蕭旋緊了緊草鞋，打算走一段長路似的。他站到門外等著，簷水的打在身上，他站在那裏動也不動，感到身上些發燒，黑雲就在樹梢上翻滾，走動。

他依稀聽見老酋長憤慨的嘆息。

「孽種！孽種！又來了個阿卡魯！」

多羞慚啊！他把頭垂得很低很低，好像老酋長的指頭正點在他的鼻子上。

「催催你父親、你妹妹，到調解會去。」

他囑咐田玉秀的哥哥——那個一直都含怒站在一旁的義警，他的黑眼球很小，漂浮在太大的眼白上

在一場大雨後，山場上操練的口令，又恢復了那種嘈雜。

蕭旋看看錶，看看天色，也看看屋裏一張張忽然陌生的面孔，似乎是無來由的，他痛苦的微微搖搖頭，指甲又送到嘴裏狠狠嚙著。

●

暴風雨一直不停不歇，眞不能夠想像出天上哪會懸起那樣大量的洪水，幾乎不分點兒的往下傾瀉。閃電把夜幕扯裂，遍山一片慘白。山坡上一股一股的洪流，也好像天上的閃電，彎彎曲曲發出

刺眼的亮光，從窗口便可看到山下陡漲的河水，平時是看不到的，大水已經浸上石龍長堤的半腰。

太多的苦思圍繞著蕭旋，他離開窗口，重又倒到床上。

又來了第二個阿卡魯的母親，又來了第二個阿卡魯，爲甚麼還會來呢？甚麼樣的一個時代！人就永遠逃避不了這種可詛咒的悲劇麼？慾念從天而降，加在每個人身上的份量總是公平的，然而就是那麼簡單，人的操行彷彿和物體運動同是一樣——下墜比上昇要省力、要方便。人的千萬種悲劇即是這樣省力而來，方便而來。省力屬於自己怕克制，方便便是來自權勢了。

第二個阿卡魯的結局要怎樣收拾呢？將近十個月的奮鬥，一切都在他面前傾倒下去。他奮鬥的目標只有一個，他要山地民衆相信他們自己是主人。這一切都破滅了，一些也不剩，縱有剩下的也已立不穩脚。

不管是誰，都無權命令他收拾這個殘局。但這不是職責啊，是別的甚麼。

暴雨依舊傾注不歇，不時有山石崩陷和樹枝摧折的響聲，這些動靜會直接給人一幅幅清晰的可怖形象；那巨大的胭脂紅的岩石在欠動著，欠動著，裂縫一點點大了，分開了，直立著，慢慢的傾斜下來，半空中遲疑的停留一下，彷彿還須下一次狠心似的，終於挾帶著無數砂石投進無底的深谷。那景象帶有一種巫術的邪氣，烏黑的夜雲，電光和山洪，那些呼風喚雨的妖法，山和天多麼靠近啊，潮濕的雲塊似已飄進了屋裏來，艷綠艷綠的小蛇該騰著雲，駕著霧，輕飄飄的遊進屋子來了罷？巫師們好像都有一個樣兒的癖好，專跟美麗的女孩子們作對。

卡拉洛是個美麗的女孩子；但是那一種美，一如山地歌舞所給人的美感——良善和無邪。就憑這樣的完美，也曾惹他引動過慾念，人是多麼不可救藥的腌臢！

第二個阿卡魯的死結算是把他困惱住了，躺在床上翻一個身，又翻一個身，把身體怎樣安放，也沒辦法和夢更靠近一點。腦子在失眠的時候，眞是一件多餘而可恨的東西。他重又來到窗前，望著曾經軋死過那條小蛇的窗檽。窗扉和灰黑的天空眞難分辨得淸，凝視久了，就看到一條小蛇在那上面盤動。因爲知道那是錯覺，就伸手去抓，手貼在水涼的玻璃上，臉也想貼上去冰一冰，想淋一場冷雨。

好像是在西南那個方向，忽有長長的一聲呼叫，像要了命似的，蕭旋側著耳朵換一個角度仔細的諦聽。他判斷那一聲呼叫不會遠，但被雨聲隔住，分不出遠近，他努力想判斷會有甚麼事情發生。

又在呼叫了，這一聲顯得非常近，好像就在村子裏，接著有模糊的嘈雜，的確是在村子裏。

他拿過枕頭下面的手電筒，照著牆上的雨衣，取下來緊裹在身上。

一陣更大的豪雨像是特意要阻擋他，由遠而近眞有千軍萬馬的氣勢，逐漸逐漸逼上來。蕭旋不管這些，從屋子裏一頭衝出。雨眞是大得可怕，想把這山窩也給淹進去的瘋狂的朝下傾倒。他一衝出屋子，就覺得周身被密密的雨水沉沉實實的打著，兩隻露在雨衣下的褲筒立即就被澆濕了，貼在腿上，比打上綁腿還服貼。他爬上教室屋基的高坡，遍地都橫躺着凌亂的樹枝。學校的花園已經完全沒進水裏，閃光照射出露在水面上菖蒲蘭和矢車菊的梢子，很像小溪岸旁漂盪的水草。一種談不上災害的景象，卻給人沒落蒼涼的感觸，眞像一場災難正在襲劫這兒。

在教室的廊簷底下，蕭旋停下來。風也大，雨也大，電筒的光柱裏，照出雨點是橫著打到地上的。

村子裏似乎到處都鬧嚷嚷的不安靜，他倒疑心是是不是雨聲。有時一陣子大雨就很像菜市場上那麼樣嘈雜。

這才他忽然得自甚麼靈感指點似的想到靠近懸崖的入山檢查站那間警屋。那裏面輪班住著兩名義警。這個發現還沒有等到確定，人已從廊簷底下奔出來，直往村南的懸崖那邊奔去。

山道兩旁的排水溝裏，絞成辮子似的滾滾流水急湍的奔流著，跑起來，脚底下飛濺起水花，常是整片整片的揚起，裹住雙腿，可以把人絆倒。他眞的摔了一跤，身體縱出去好遠，好像往游泳池裏跳水那樣，幸而掛在腰裏的電筒不曾跌壞。

果然那間警屋不見了，他的判斷一點也沒有錯。

山並沒有坍陷太大，湊巧坍陷的部份正當警屋的半邊牆基，崖頭上還留下橫三豎四的幾根大毛竹。

他急忙跑向前去，摘下電筒往懸崖下面左右照射。過於陡立的崖壁生滿了灌木叢，下面只是一片迷迷濛濛的雨霧，連山谷底下的河水也看不見。到處盡是瀑布般山洪奔瀉的巨響，把人吵鬧得心頭不知有多慌亂。

據他所知，這警屋裏兩名經常輪班住著義勇警察。他判斷不定是否二者之一已經摔到懸崖下面去而另一個奔向村子裏呼救去了。村子裏人聲嘈雜得更厲害，好像有火把出現，這似乎證實了他的判斷，他就不再猶豫，扯下身上的雨衣，摔在地上留做標記，人便順著之字形的山道一路滑滑擦擦的奔下懸崖。

狂暴的豪雨更兇猛了，就像人是它存心要謀害的，不准誰來營救，整百噸、整千噸的雨量加緊的集中向他當頂傾倒。太密太大的雨點聯合起洪流拍擊著山石而飛散開來的水霧，已經充塞滿了龐大的空間，把大氣排擠得稀微而又稀微，吸進鼻腔裏幾乎盡是水氣，嗆得蕭旋一聲連一聲的咳嗽。

之字形的山道不如說已經成了一條曲折的澗流；水從崖頭上瀉下，打側裏橫著漫過路面，流向下面折回頭的山道。脚上穿的是已經磨平底子的帆布膠鞋，越發滑得站不穩脚步，只有抓牢道旁的樹根和葛藤，艱難的一步步向下面挨，一次又一次的失手，沿著斜坡衝滾下來。他背上已讓山石劃破不知多少傷痕。這種緊急的掙扎拼鬥，已使他沒有餘暇顧到其它的甚麼，肉體上的痛楚好像成爲可有可沒有的奢侈的感覺了。

彷彿走了四天路程，才彎上第四道轉折的山路。面前的景象使他愣住了，原來河水已經漲到這裏，他停在滾滾翻騰的大水岸邊，用握著電筒的手背抹一把臉，電筒的光柱隨著他的手在空中打上個大弧。他頂著當頭澆灌下來的瀑布，許久才又爬回第三道山路的轉折點。現在等他去奮鬥的，是怎樣攀附那些很難經得住自己體重的雜樹和藤子，附在峭壁上往左面橫爬過去。

所幸雨勢小了一些。他向要爬過去的那邊探照了一陣以後，便把電筒底板上的環扣啣進嘴裏，讓電筒吊在下頷，靠著反映上來的一點餘光，他伸過手去拉住第一棵靠近的聖誕紅老根，試了試牢，他知道這種小樹是最脆弱的，儘量往根底去把握，隨即果敢的橫跨出一大步，騰出左手，繼續摸索著尋找下一個抓手。人就這樣吊懸在峭壁半腰，摸索著奮鬥。

那一股又一股當頂沖下的來的洪流，不斷挾著泥沙碎石擊打下來。多少次抓在手底下的小樹被超過負擔的重量扯斷，或者連根拔起，人便一閃的墜落，滑滾著成了泥人。

歇一陣又爬一陣，蕭旋冒著撲臉的水花望上去，上面一片死黑，甚麼也辨不出，他就再往左面蠕動。也不知歇上幾次，爬上幾次，他發現頂上山崖偏左那兒發出微微的紅光，他興奮的向上打著電筒聯絡，一面直起喉嚨喊叫：「我在這裏！我是蕭隊長！……」

半晌，上面有回音，聽不清楚。他繼續往左側掙扎，想跟那發出紅光的地方取得垂直，那樣當會發現到甚麼。

從一股扯成弧線奔瀉的流洪下面鑽過去，他扳緊一塊山石的楞角，停下來，好像就在這一帶了；從上面一路下來都是沖刷的新土，他慢慢地探照尋找，發現一片破屋笆掛在高處頂坡的幾株小樹叢裏。這才他喘噓著，周身的筋骨忽然感到極度疲勞，他摘下軍帽把水份擰乾，擦去臉上的水和泥吵，開始用電筒搜索。在他的脚底下，不到兩丈遠，便是大河裏洶湧的激流。如果那位義警已經墜進河裏，早就該隨著湍急的激流冲去十幾里外了。

到這時，蕭旋好像已經掙不出多大力氣，他扳著狼牙似的山石，一點點往頂上爬。也不知道是甚麼時候，手錶的蒙子和針子全都報銷了。

忽然在他的右上方又發出崩裂的巨響，他攀附著的崖壁都被震撼得動搖了，人是渾沉的，對甚麼都失去判別，他驚懼的緊貼著身子，靜候這不可抗拒的暴力重擊下來。他的耳畔連續響起震聾了人的動靜，山石在滾動，泥沙飛揚著，隨時他都在準備著挨上一下或許可以致命的擊打，直到不多一會，下面的河水裏激起場水嘯，這才他吁一口氣，神志定了定，繼續往上面攀援。

但沒有比這個更令蕭旋興奮了，立時他抖擻起精神，加快爬上去，在那幾株相思樹的夾縫裏，他抓掀起一片破屋笆，下面赫然直挺挺躺著一個人。

電筒光落在躺著的人臉上，頭朝著下面，這樣倒著看，一下子認不清是誰。他急忙伸手過去試試，袒露的上身試久些似還有點微溫，鼻息也很微弱，頭部似乎受到很重的傷，髮根裏凝結著黑紫的血凍。他來不及判明是誰，趕緊用電筒向崖頂上招呼，他用國語、山地語、日語交互的大聲呼叫上去：

「繩子！繩子！繫繩子下來……」

這裏距離崖頂只有三、四丈遠，然而可詛咒的雨又大起來，緊起來。

他呼叫著，一面把這受傷的義警扳正過來。因為脚也沒有蹬頭，手也沒有抓首，扳動起來就很困難。他用軍帽翻過來，輕輕擦拭這人臉上的泥沙，擦著擦著他認出不是別人，這是田玉秀的哥哥，頭朝下控得充血了，臉像豬肝那樣紫黑紫黑的，他又向上面喊了一陣以後，開始幫助這個義警呼吸。

濕漉漉的一大綑繩縋下來，他看到崖頭上不少的火把照得半天一片通紅。人像攀在電桿上的電氣工人，他半臥著把繩索一根根理齊，四股重起來，攔腰欄腿打起救人扣，另留一根繩子拖下來，留著掌握方向，免得人在空中撞到山崖上。

繩索把人緩緩提携上去，他一手打著電筒，一手拉住縋繩。電筒的蓄電耗得差不多了，他自己筋力也一樣的耗不賸多少，第二次繩索縋下來時候，他簡直想長遠躺在這兒不動了。

崖頭上，那麼些村民冒雨聚在這裡，執著松香火把向他歡呼。他摔開人們的攙扶，強打起精神，一個十足的泥人搖搖晃晃的站不穩當。這才他發現自己的左腿骨好像不聽使喚了，身體老向這邊傾斜，走不兩步，就沒有辦法再拒絕人家來攙扶他，很恥於自己會這樣脆弱無用。

有人從後面替他披上雨衣，他努力回過臉來，只見那個老人張著一雙顫抖的手，要攫取甚麼似的，在火把照耀下，深陷的眼睛裏耀著同情的痛楚，要向他表達甚麼，又不知道要怎樣表達。

「你兒子不要緊吧？」蕭旋勾著頭問。

「沒有比隊長受的傷重。」

不知是誰接口回答。在他前面，杜蓮枝執著火把引路，雨打在火焰上嗤嗤的響。她的頭髮和衣衫也都濕透了，長長的髮梢往下滴著水，又好像他進山那天的光景，豐實的身子裹在衣衫底下，畫出緊繃繃幾道主要的線條，身上又還是那件陳舊的黑衫。

蕭旋在人們的架持下，彷彿爛醉了一樣的迷亂，一切顯得那麼渺茫和模糊，他弄不清自己做了些甚麼。

●

在那個豪雨夜裏，蕭旋傷的膝蓋原不很重，沒有折損到骨頭。可是山裏醫藥缺乏，創口發炎一天天的嚴重，他的妻子得到信息趕進山來時，他那條左腿已經腫脹像隻象腿，不能落地，夜來發著高熱，呼吸也很急促，整夜不住的打著囈譫。

老是盤旋在三十八、九度之間的熱度在燃燒著他，從心臟深處往外燃燒。夢像裏有無數的蛇群，一窩又一窩的糾纏不清，有這樣顏色，也有那樣顏色，千樣萬樣的顏色，毒菌那樣的美得使人神經顫抖。

彷彿他始終在昏昏沉沉的弄不清自己苦苦的尋找著甚麼，他能看到自己的一雙眼睛燒得赤毒毒的噴著岩漿，要尋找啊，總是要尋找，他翻越著一座座火山。只見一窩又一窩毒菌那樣美的蛇群，在他的左右，在他的前後，紅的船纜，黑的船纜，上過漆的光亮的顏色，七巧板的年代裏那些使孩子們嚮往的慾望。

「要綠的，要那條綠的……」

他直著眼睛喊，堅持要爬起來。人把他按住。

「綠的，要那條豔綠豔綠的……」

他恍恍惚惚，看不眞切執著注射針管的女人是誰，那針管沒有限制的膨大了，彷彿蛇的肚皮坦挺挺的迫近來，上面有摺扇的花紋，洋傘的花紋，紙燈籠和神社的花紋。

一屋裏人焦灼的你望著我，我望著你。

「黃的是新的，新的……拉住她呀，你們拉住她，不要讓她跑到吊橋上去，新的……」

做軍醫官的妻子卻溫和的笑著，還好像第一次做母親那樣的有些羞怯。她安慰大家：「沒有多大關係，退燒就沒事兒了。」

人們倒似乎並不是擔心甚麼危險，而蕭旋那副突兀失常的神色，那樣陌生，好像隔著一個世界，他不再認得他們了。

「我不該跟他講那些神話……」苗老師低聲自語著：「不該跟他講那些，沒意思，我就沒見過半條綠蛇。」

「體溫太高時，人總是這樣的。」

「不，妳不知道，平時要不是留下這種潛意識，就不會這樣了。」

「這也沒甚麼呀，你總愛給自己找過失。」

女醫官卸下針頭，看了看錶。「你們都休息去罷，這兒有我一個人就夠了。」

沒有人肯離去，反而又來了人，田玉秀的父親陪著老酋長冒雨趕來，要給蕭隊長禱告驅邪。這時已過了子夜，連綿有半個月的陰雨似還難以望晴。

老酋長褪去鎧甲似的棕櫚簑衣，彷彿誰也沒有看進他眼裏，岸然走到床前。

慣會使眼色的苗老師給蕭旋的妻子招呼，怕她反對這個。她沒有察覺，也沒反對，反而帶著新鮮的趣味就像當初第一次學習解剖人體樣，退縮而又不甘放過。

老酋長念念有詞的祈求，又正像師生們在動解剖刀之前，照例要圍住浸過藥劑的屍體所作的默謝那樣，女醫官不禁有些肅然了。她為老酋長的虔誠而動容，她也看到了丈夫在這山區裏的十個月當中做了些甚麼。

一向她都不知道山地的語言會是這樣的美妙，眞使她驚奇。伴著窗外不停不歇的雨聲，它引領人沉向一個深遠的地方，又好似張起片帆漂洋而去了，那份沉厚和信賴的情誼在顆顆粒粒的數說著不少個年代積存的念珠，用檀香煙那樣的溫馨把人纏繞，女醫官便不自覺的緩緩跪倒在床前，像要跟她丈夫同享這一份古老的祝福。

她載著這沉厚和信賴的情誼，載著這古老的祝福，下山去了。妻子去後，蕭旋仍需要勉強一點才能下床。

他從連日連場的高熱和惡夢裏清醒過來，第一件就是焦慮田玉秀的事解決到甚麼地步。他明知道，這樣的事一經發生，眞就千古之恨，永遠不可能解決，除去懊喪，還是懊喪，他可很少有過這樣。

田玉秀的事，經過法律的裁判，田家獲得了一筆未來的教養費。但這就解決了嗎？不是法律，這要用愛來重新建造。然而他在山裏的日子已經不多，他已經無法來補贖，要靠誰呢？他縱然能在這裏待上一生，又該怎樣？從來他都不會懷疑過自己的薄弱，他覺悟了，莊嚴的民權建設是全靠群衆有志一同的；單槍匹馬是這麼樣的脆弱而落伍了！多年的老朋友苗老師卻不了解他這份沉重的心情，反而讚揚他——那確然不是恭維——這個成就，那個成就。在錯誤的道路上而能有成就，這是他欺騙了這個又良善又不愛思想的老朋友。他爲他製的酸梅湯放在那兒放餿了；他這次新換的熱水瓶膽可以保暖四十八小時也不止；山下又時興了大花大朶的香港衫，他買的這件倒還素雅，大花大朶穿出去不大好意思……苗老師的人生興味就是這麼些，小花盆裏種棵雞冠花，嘴裏含著遊阿里山買的黃楊木鏇製的菸嘴兒。他也滿足，他的小學生有天說過：「我們家的牛三民主義了——跑了，自由了！」他就高興得不得了，含著牙刷和一嘴的白沫跑來告訴他。對待老朋友該怎麼樣呢？他暗暗的抹去臉上被噴到的白沫子，那個微微傴僂的背影，良善的好人，又安貧又守拙，趕點兒時髦還會不大好意思，那就是冒險了罷！這樣的人生也有三大險事：聞花、嗅骨、倚闌干，都可以使人喪命的，他就常念著這一類的座右銘，屋子裏到處也張貼著立身處世的格言，床頭就是朱子家訓，眞像位夫子，只可惜海峽對岸的砲聲不停的響，而這兒，又是新收復的失土，又是敵人兵圖上紅色箭頭指定的方位，情況就是這麼樣的。寂寞的蕭旋！在陽光裏，他望著自己拄著手杖的傾斜的影子，他把手杖扔得很遠，打掉一顆鮮木瓜，站立了很久，望著地上的影子，一步也挪不得，就倒在自己的影子上。他是這麼一個人。

不錯的，全島十七個隊，射擊的總成績裡，頭一名是蕭旋這個隊。結訓的青年孩子們大批的獎品搬運到山上來。然而他要跟誰競賽啊？鞭炮震天的炸開灰撲撲的火煙，青年們跳著唱著：

蕭旋！蕭旋！

熱熱太陽不黑天

教我們唱新歌

教我們做主人

……………

「你怎麼不唱蕭大天神呢？」

苗老師拉著杜蓮枝過來，特爲向他推崇這是這孩子編的新歌時，蕭旋不知哪兒來的一股怨氣就這麼冷冷的打發過去。可是他立時又爲蓮枝臉上的那一掠而過的陰影而有所不忍了。

「你怎麼會成了英雄！你知不知道有多少英雄是踩人的！」他踩著自己的影子默默斥責自己。這一代的英雄不是出將入相，也不是單槍匹馬；應該是一個群體。他明白這個，做起來就又身不由主。

「咱們這一代，似乎還只在知的階段。」才進山到職的徐警員這麼說：「這已經是很開明很進步的好分子，比如你，我，這些。」

徐警員也是個和蕭旋一樣的人物，驚歎和嘆息一樣的多，在認識上兩人很投契，徐警員也是這樣的看法：「對於山胞，祖國是甚麼樣子？——看不見；能看見的，只有你你我我這些身穿國家制服的人罷。」

在他就要離去的這個山區，就將是這個樣子了，徐警員一個人在這兒單槍匹馬，職務上要他做的並不多，並不困難；國家要他做的可就太多了。幹得好，是個過時的脆弱英雄。然而這樣的方式要奮鬥到幾時呢？這又無關於樂觀或是悲觀，就很使他這一代的青年感到恍惚和迷失，痛苦也跟著他們，到東，到西。

●

進入颱風季節的第一個中型颱風，現在襲進山區裡來。

山林翻騰，誰也不知道要尋找甚麼，把到處都翻得這麼紊亂，群山都在飄著。

也像颱風所帶來的這樣紊亂，蕭旋就是這樣子的心緒。從杜家回來，他埋著頭，頂風走回宿舍裡，明天他就要下山去了，十個月裡虧負夠多的了，現在又加重了這些虧負。

那一對痛苦絕望的大眼睛，彷彿兩張膏藥黏在他的心口，隱隱螫著痛，撕不掉。

大風呼呼呼呼的狂吹，屋頂像有整疋整疋的大布在那裡拍打。颱風初初襲來，低悶的氣壓，說不出是寒是熱，胸膛裡的臟腑就在這氣壓底下沈落，往下沈落，蕭旋暴躁的扳開近床的拉窗，躺下來。垂在床沿下的氈毯立即大肆飄打著。也許這是一齣喜劇。總是那樣的，善良的誤會把人作弄得團團兒轉，又總是那樣很難解釋。

杜蓮枝的父親請他到家裡去吃酒，那樣誠摯而固執。他了解他們，在他們堅持要怎樣的時候，你只有聽從的份兒，因爲他們從不虛僞，他們是那樣的誠實，不准誰跟他們討價還價。特別是他已經分別接受過歸鄉長和老酋長的餞行，就更不能拒絕這位老人。

他一進門，就讓坐在蓮枝的石床上。若不是苗老師給他遞眼色，他會很坦然坐定了一動也不動的。照著這兒的禮俗，到了待嫁年齡的女兒，那張石床只有求婚的男子才會讓到上面去坐。蕭旋知道這個規矩，可並不知道這是蓮枝睡的床，也不會想到避這種嫌疑。苗老師的眼色使他覺得被開了個大玩笑，他就忙著喚道：

「杜蓮枝，杜蓮枝呢？瞧我坐妳的床了！」

一道兒請來的歸鄉長，老酋長，徐警員也都被惹笑了。不過蓮枝並沒有在場，爲了抵擋颱風更顯得黑沈沈的石屋裡，似乎只有蓮枝的祖母和抱著小弟弟的母親。

雖然覺得是個玩笑，蕭旋還是移坐到另一座石墩上了。

酒杯是木製的，上面刻著直線構圖的花紋。大家舉過三杯酒，這老人把女兒從屋裡最黑的角落喚出來。

「卡拉洛，妳要敬蕭隊長一杯。」

做父親把自己面前斟滿的木杯遞給了女兒。

蓮枝的雙頰好似熟透的西紅柿，指甲掐上去似乎跟手就會破裂開來，流出又甜又酸的漿汁。她穿的是一身還顯出摺痕的潔淨的裙衫，黛綠底子印著白茶花，在過暗的屋子裡底子看不出，只見一朵朵白色的碎花，湊成一個大致的跪坐的體型，剪貼似的失去了立體感。

和蕭旋挨肩坐著的老人，挪出一個空兒，命令女兒跪過來。她頭也不敢抬，咧著身子，生怕碰上了蕭旋。

這兩人舉起杯子，孩子的視線迅速打他臉上掃過去。

「別喝那麼多！」他偏過臉去看看蓮枝杯子裡的酒。「我是不會吃酒的。」

酒杯在蓮枝的手裡抖動，酒有些濺出來。只見她一仰首，那麼滿滿一大木杯的米酒就一口呑下去了。

這動作顯得很突兀，木杯鈍重的放到石桌上，孩子顫慄著，頭髮披在臉上。她不是平時那樣野生生的，不知她馱載著甚麼樣沈重的心事才會弄得這麼笨重，這麼呆滯。

「喝得太猛了罷！」

蕭旋的酒還端在手裡，低下頭去問道。但他聽見坐在那邊扶侖神龕下的蓮枝的母親催促著：

「快呀，卡拉洛，快快的。」

她父親一旁也接著催促。不知爲甚麼，屋裡的空氣好像有些發硬了。那掠過屋脊的山風也一陣緊似一陣。

這才蓮枝下了決心似的，撿起一枚檳榔放進嘴裡，立刻又吐到掌心兒裡。她猶豫著，凝視著這顆檳榔，好像要看個仔細，上面是否生了蟲子。

蓮枝的母親又在那個黑暗的角落裡催促，似乎還帶著責備的口氣，這一次蕭旋沒有聽懂。但他剛剛感到有些驚懼，那顆亮晶晶帶著唾液的檳榔已經送到他的嘴邊。

「蕭隊長，你一定要吃下去！」

老酋長帶著他那種對於族人習慣了的權威的語氣：

「這是卡拉洛自己的意思，她一家人和我們全族的意思。本來照著我族的規矩，不准和平地人通婚，如今一律都平等了……」

蕭旋站了起來，他不肯再讓老酋長說下去，一如他不願再聽本國的同胞使用外國語言一樣。一時徐警員，苗老師，連歸鄉長在內，都一致幫助蕭旋解釋，表示這是不行的，最大的，也是僅有的理由，當然是因爲蕭隊長已經有了家室。

「都沒有關係，你可以娶很多的妻子……」老酋長岸然站起，用手裡的菸管指著蕭旋。「我知道，你結婚五年還沒有孩子，不行，卡拉洛能給你生孩子——可以生五個，八個！」

「是啊，蕭隊長，」蓮枝的父親吵嘴似的嚷嚷著：「你看看我的卡拉洛，你看看，大腿有多結實！胸脯有多大！一定要給你生八個兒子！」

蓮枝的手心兒裡仍還托著那顆亮晶晶的檳榔，彷彿不知怎麼安排，扔掉也不是，呑下去也不是，迷惘的望著大家爲她在爭論。

開始時，對於這樣的事蕭旋雖然很認眞，倒還沒有感到怎麼樣嚴重，因爲他知道這一點也不可能，簡直像一齣戲，幾個人在這個小小的舞臺上重複著一段很不出色的臺詞，這幾個人在微弱的光度裡各顯出部份的輪廓，眞是一幅上乘的木刻作品，沈厚而樸實，一種深邃的情感凝煉在這樣的一幅畫面上。然而他發覺到杜蓮枝在直直瞅著他的那一對湧著淚水的眼睛裡，含著他從沒有見過的遲滯、迷惘、和敵意的怨怒，他就不能不有些感到錯亂了。

室內顯得很騷動，就像強烈的颱風鼓進了這間石屋，把甚麼盆盆罐罐都颳亂了。這不光是尷尬和不可能接受的誤解的善意，還有杜蓮枝的那一對眼睛，還有因爲不能接受而給這一家人的羞辱……這都像一筆筆的債務，還不起，還不了，又不能不還，跟在背後的一夥又禮貌又親善的債主，這該怎麼好呢？明天一早他就要下山，沒有多少機會給他去償還了。

這眞是莫可奈何的煩惱，被吹落的蚊帳在他臉上拂來盪去，他一隻隻的扳著指頭骨節，扳得咯吧咯吧的響。

風勢彷彿有些減低了，天空被飛跑的灰雲充塞著，這山看不見那山，人就有些像騰雲駕霧的懸在半空裡，在神異的天界裡。

在文具書籍全都收拾乾淨的光光的書桌上，均勻的落著一層薄沙，人要走了，這些就顯出說不出的蒼涼。他指頭劃在薄沙上，一道又一道平行線，像在畫著五線譜。後來不是了，畫完了五道，又畫了六道，七道……在風聲裡他聽見村子那邊鬧嚷嚷的喊作一片。

「卡拉洛！卡拉洛！」

「卡拉洛……」

村子那邊沸騰起噪亂的呼喚，隨著起伏的風聲傳送過來。他張望著，一眼瞧見蓮枝穿過山場，沒命的直往東面飛跑。

蕭旋跳上桌子，翻出了窗子，頂面攔過去。

蓮枝已經先他十多步奔進樟腦林裡。暮色加重了林裡的陰暗，黛綠色的裙衫在同樣色氣的林子裡消失了，裙衫上的白茶花也就看不見了，只落一雙白帆布膠底鞋隱隱現現的跳動。

林裡是另一條迴旋出山的道路——河水暴漲的季節裡，出山的唯一的通道。

蕭旋沒敢遲延，頂著大風追趕上去。村裡追出來的人們落在他後面還有一截子距離，喊嚷的鬧聲在風裡攪亂了。

林裡的山路很窄，很彎曲，好像當初走出這條路的人們都很調皮。山路是一路傾斜下去的，他比不上蓮枝那樣如履平地的飛跑著。

「杜蓮枝！杜蓮枝！卡拉洛！……」

他跑著叫著，蓮枝頭也不回，只顧奮勇狂奔。他可還是看不到她人，仍然是那雙白鞋隱了又現了。

奔出山林，前面轉彎那邊，山崖場陷了一段，把路給堵住了。蓮枝正攀附在峋嶙的岩石上，迅速的爬著過去。那一堆亂石下面便是幾十丈的深谷。

「杜蓮枝！杜蓮枝！……」

蕭旋不住的喊叫，可是蓮枝已經慌慌促促通過了那一段絕壁上的險路，轉個彎子，人便看不見了。緊接著他趕上去，艱難的扳住零亂的岩石往前爬行，隨時那都會一下子掉進絕壁底下的深谷裡去。

繞過前面的彎路，路就平直了，然而那座吊懸在兩面懸崖之間的吊橋立刻呈現在眼前。彷彿有一面龐大的黑色喪幕抖開來，兜面蒙住了這個山窩。他眼前一黑，不由打一個冷戰，蓮枝就快要跑上吊橋去了。

他有些發急，忽然一雙腿軟了軟，彷彿抬不動了。這感覺好像立刻傳給了蓮枝，她摔倒了，跌在懸崖邊緣上，身旁便是可怕的死谷，洪水奔流著。但她扭動了一下，重又掙扎起來。人好像栽傷到甚麼地方，身體有些失去平衡，然而她執拗的跑上了吊橋。頂面那股子流竄在山谷裡的厲風把她急切的哭聲撕下一片傳送過來。

那吊橋靠著兩股鐵索扯在兩大峭壁之間，長有三百公尺。又稀疏又狹窄的橋板下面便是令人暈眩的深谷，滾滾激流翻著攪著，一個大漩渦，又一個大漩渦。

風把吊橋推過來，又搡過去，橋身狂烈的動盪，彷彿一條被鎖住的痛苦的巨蟒，輾轉反側一刻也安靜不下來。那些擁塞在山谷間的灰雲挾著細雨被狂風三把兩把撕扯碎了，宛似無數失去了形骸的亡魂，惶惶亂亂四處奔散。

「卡拉洛！杜蓮枝！……」

他錯亂的喊著。吊橋的鐵索和薄薄的橋板不時發出碎裂的響聲，大風眞要把它席捲而去。

他不斷的叫喊著：「杜蓮枝！回頭！回頭！……」

這都沒有用。風從峽谷裡竄過去，愈顯得不可抵擋的兇暴，劃過二七一根垂絃的鐵線，便拉出長聲不歇的尖銳的唿哨——挑上去，打一個旋轉；挑上去，打一個旋轉。蕭旋緊跟著跑上吊橋。橋身分外的擴大了動盪的幅度，挺上去，又落下來。

眼看著蓮枝踉踉蹌蹌跑近仰弧的索欄的最低處，她是那樣固執，始終沒有回過頭來。但她忽的一隻脚踏了個空，一脚陷進横桁的空檔，人倒下去，抱緊了橋欄。她頑強的奮力掙扎，要抽出那隻陷進空檔的腿，可是動盪的橋身摔得她的身體作不了主。在她努力抽出左脚的時際，那隻白鞋卻被橋板刮掉，一下子就被狂風捲走，空裡打一個盤旋，就不見了。

蕭旋抱住了她，但是兩人都失去重心，一同倒下來。蓮枝下死勁掙扎，衝他臉膛撕打。那滿頭蓬亂的長髮撲在蕭旋的臉上，劈劈拍拍熱烈的抽打著，他甚麼也看不清，他得抱緊蓮枝，騰出一隻手去攀住橋欄。視界裡是這樣的紊亂，飛揚的長髮，横三豎四的鐵線，橋下的激流……好像置身在打著跟斗的飛機裡，上下和方向也都分辨不出了。

蓮枝那棕紅而略顯腫脹的臉孔上滿是水珠，也分不清是淚，是汗，還是雨水。她在蕭旋緊緊箍住的雙臂裡仍在爭執著甚麼，慢慢的也就動不得了，除掉她那把又黑又濃的長髮。

淚是直流著，但她不哭，好像不管她需不需要，眼是非流個完不可了。

蕭旋抱起她，像走在黑暗裡，他得一步一步試著，在滑擦擦的橋板上往前挨。她那不時扭動的身體和搖擺的橋身，老是使蕭旋時時停下來，穩一穩重心。

那些耽著心事的人們已經跑上吊橋來了，在漫天的風雨裡，他們呼叫著湧上來。

臨窗書桌的那一層薄薄的灰沙上，還留著那幾條平行線，一隻鞋底和五個指頭的痕跡。

蕭旋向這些痕跡抛上一眼，便離開這間他居住十個多月的屋子。他只覺得自己沒能留下甚麼，就只有薄薄的灰沙上留下這點兒痕跡，經不住一抹，經不住一擦。而那留下的五個指頭卻只剩下四個了。

山場上人們聚集著等他再主持一次升旗。他慌促的走開。在這間木屋的最後一夜，他沒能合上眼；前半夜裡，一直都在開導蓮枝。守滿屋子蹲著坐著和站著的人們，他約定了等她明年的現在從國校畢業以後，接她下山去讀書，然後學習醫護，回到山區裡從事衛生建設事業。

「妳瞧，阿卡魯這一對眼睛多亮！妳的眼睛也應該跟阿卡魯一樣亮！看遠點，看深一點！」

他就帶領著他們去周遊世界了；他們偶爾下山一趟，所能看到的是些甚麼呢？不是那些。那些漂浮在街道上的，披掛在人們身上的，陳設在貨架上的，那些流星般沙沙鳴叫的時髦，煙一樣雲一樣的浮華，那些炫耀富貴的大盜和小偷，都不是。祖國的榮耀光照著遼闊的疆土，悠遠的文史，那些雄渾浩瀚的大山和大川，爲創造這些，保衛這些，祖國廣袤的原野上，無處不是她兒女的血和汗，撒種和戰鬥——默默流著的血和汗，默默奉獻的錢糧和犧牲。沒有說鄉野的麥子是哪個豪傑種的，沒有說沙場的敵屍是哪個英雄殺的，祖國就有世界上最好的農民和兵士，不打名號的豪傑和英雄，長遠默默的背負著歷史的軛架，長遠默默的歌唱……。

他眞像個謳歌歷史的歌手，動人的故事說不完，他那種對於民族特異的熱愛，深深的播弄著人們每一根脈管。然而他自知不是農民，不是兵士，他也不是在默默的歌唱。他多想撒種！多想戰鬥！但總是情不自禁的只相信他自己，只想獨自挺身去幹。一個人有一百個錯，兩個平分，錯就少了一半。千萬個人一齊來幹，眞理才產生。然而時勢總是在造英雄，不多的人就成爲英雄，就多了錯誤。

一個錯誤結束了，他將要前走？後退？還是原地踏脚？人們散去後的下半夜，這一切就留給他獨自一個深思了。很快的他就發現到，一個才結束，他給杜蓮枝的保證，不如說又是一個錯誤的開始，爲甚麼總是只相信自己呢？那麼阿卡魯母親式的悲劇何以斷不了根，他就豁然醒轉來似的明白了：一如那位劉警員一樣，他自己也曾對另一個身體生過慾念，那麼一個簡簡單單的慾念，一點也不奇怪，人都是那樣一個專生慾念的有機體。

白燭噗突噗突的燒著，在屋頂上跳躍。他順手取出琵琶，緩緩弄著琴絃，不知爲甚麼，彷彿也不曾察覺，信手彈著他一點也不存心要彈的東西：

撒庫拉，撒庫拉

三月天空呀，

望呀望不著邊。

……………

聽起來彷佛古箏，冷冷的，斷續的，幽遠而蒼涼。這兒就是阿卡魯小母親接受慾念的屋子，簡簡單單的慾念，人人都有的。一切消失了，留下一條豔綠豔綠的小蛇，這小蛇就出現在蕭旋的面前了。

早就懸在那兒，他以爲那是幻覺。從跳躍著燭光的板牆上，懸下一條綿綿邐邐的帶子，也不知懸在那裡多久了，也不知他無心的瞟過幾眼了。

牠遊動著，不時的四下裡張望，好像這是牠第一次來到陌生的地方，或者是許久不曾來過了，要看看這兒有沒有甚麼變動。

他沒有見過這樣鮮豔的碧綠的蛇，對於這一門的知識似乎太貧乏，他猜想也許這就是叫做竹葉青的毒蛇。果然這是一間出蛇的屋子，果然如同傳說那樣，這屋裡眞就有這麼一條蛇。一如他不知怎樣竟彈起這首日本童謠，他也不知道怎樣就停了下來，全神注視著這個在山區裡被奉爲神靈的毒蟲。

牠動時不知有多溫柔，靜下來翹著小小的三角頭，卻又像木刻石雕那樣的的莊嚴，剛硬。牠想甚麼？牠要怎樣？牠是這樣的美，又是這樣的愛著美的樂聲，美得和毒連接不到一起，眞怨不得人們把牠認做那個美麗的姑娘的魂靈。然而牠一點一點耐心的試探著過來。牠不急於要怎樣，也說不出要怎樣。在覆著他半個身體的軍毯上，牠擺出走開的樣子，停下來思想著，又變了主意似的滑過來，美妙的款擺着腦袋，靜止了，良久良久，再一個滑動又轉向牀尾去……牠動一次，就是一個難測的念頭，牠自有主意……看慣了有脚有爪的動物，這眞是個奇異乖張的東西，隔一層毛毯，多清晰的感覺——就不是美的感覺了。他抑制著微微發顫的雙腿，屏息的容忍著。他依稀記得父親說過的，你不去驚動牠，牠也不招惹你。可是容忍到甚麼時候呢，牠這樣要去不去慢吞吞的樣子？如果爬上胸口來，爬上露在汗衫外面的胳臂和上胸呢？他僵直著脖子，大氣兒不敢喘一聲，深怕眨一下眼睛也會驚擾了牠，惹牠襲上來。

蛇藥全都送了出去，縱使還有罷，縱使就放在枕頭底下，裝在汗衫的口袋裡，他卻動也不能動一下了。如果說抽菸可以防蛇，那他也是注定無法可想了。現在他就只有把自己給凝住不動，讓自己瞧在那一對機靈的小眼睛裡，和一張床，一張桌子，一把椅子都是一類的物體，牠總不會衝著床腿無來由咬上一口罷！

然而這都跟他的性子太衝突，就在綠蛇的尾巴距離他右手很近的時候，他著實隱忍不住了，手指痙攣了一下，好像不是由他作主的，伸過手去就把個精細的尾巴抓住，滑膩膩涼冰冰的，他便像擂起鞭子一樣，提起來猛抖一陣子。據說這樣抖動就把蛇刺抖亂，抖脫了肉。可是慢了一步，在他猛一提起的時候，他沒能夠用上離心作用，以致蛇頭迴轉來，攻擊他的光臂。在這個眨眨眼的功夫，他那隻左手立刻捉住了蛇頭。也許太細，握在手裡用不上勁兒，拇指就被咬住了，不十分痛，彷彿碰著玻璃尖兒。他把蛇身拽得緊緊的，頭朝著下面，下狠勁兒抖上一陣子，這蛇就像觸電一樣，和牠的身體比起來，顯得那樣大的嘴巴就從他的手上鬆開了。

順勢他把牠丟到地上，只見牠發著抖，接著痛苦的翻一個身，又翻一個身，粉綠的肚皮朝上翻。他跳下床來，一時找不到合手的東西，便又回到床前套上膠鞋，踩住蛇頭用勁的擰搓。

毒性發作得很快，左手的大拇指已經暗紫暗紫的瘀血似的腫脹起來，卻又並不覺得怎樣劇痛。

蛇頭被他擰搓爛，擺出一個「？」形狀。他處決一件事情總是那樣迅速，轉過身去他就開箱子，取出他的自衛手槍，拉開窗頁。颱風已經過去了，風力還在四級以上。風從他的領口灌進來，背後汗衫鼓得像船帆。他把槍口抵緊在拇指的第二個關節上，抵了又抵，隨著一聲槍聲，眼前一亮，呼呼的風聲一下子顯得那麼遙遠，留下尖銳的耳鳴響個不停。

他這隻拇指便這樣迸散了，他用一條乾毛巾堵進傷口，地板上一片又一片的血跡。

槍聲驚醒了不少人趕來，天似乎有些矇矓亮。整整一條乾毛巾都被他太旺的血液所浸透，又換了一條毛巾，血仍然湧流不住，他把左臂紮緊，浸進冰涼水裡也還是不發生作用。在這麼個窮山窩裡，再沒有辦法可想，他這隻胳臂已經流血流得發痳了。

然而杜蓮枝第二次奔了進來，握著一把從自己頭上剪下來的頭髮。因爲她去跟老酋長求救，老酋長說，蕭隊長怎麼不去找他？他能替他吮去蛇毒的。旣然這樣了，止血要緊，燒一把髮灰敷掩上去就行了。蓮枝就像得了救星，也不選個位置，當頂就剪下這麼黑黑粗粗的大綹頭髮，趕到這兒來。可是她燒得不得法，糟蹋許多，只有一半敷到傷口上，然後用那條又被鮮血浸了一多半的毛巾裹住。

好幾雙手替他包紮，蓮枝夾在其中。他咬緊牙根，注視這少女當頂禿去的一大塊。他爲被愛護的幸福弄得酸楚，爲他不知該當怎樣來報答而自覺又軟弱，又無能。他就咬緊嘴唇，咬得很痛，想用這痛苦驅走那麼多他不願意有的痛苦。

老酋長古老的偏方眞的很靈驗，血不再那樣迅速的從層層包紮的毛巾裡湮出來。天剛亮時，他就得啓程，不然便趕不上進出山口那兒的班車。

他最後一個離開這屋子，這間他居住十個多月的出蛇的屋子。書桌上留下的五個指頭的痕跡，給他一種又安慰又是留戀的感喟。這裡留下一個錯誤，留下個痛苦的經驗，他將長遠的記住這間蛇屋。

在山場上，他所熱愛的旗幟在他的面前緩緩上升了。進山那天傍晚的情景，彷彿是昨天晚上的事。在他背後，重又揚起那帶有宗教虔敬意味的歌聲，重又帶引他飄向許許多多片斷的幻覺，在那些悠長的流亡和戰鬥的日子裡，在白音塔拉河上，義勇軍的戰士們曾高唱過的緯歌。在冰雪封鎖的塞北草原上，蒙胞的羌笛泣訴著低徊感傷的招魂曲。還有那黃盪盪無邊無涯的沙海上的鱗波，沙原上捲起擎天的沙柱，容忍的駝鈴，口馬長嘶……在未來的記憶裡，將又爲他增添一頁在海拔一千多公尺亞熱帶的叢山裡留下新事，且不管那是失敗抑或勝利，人生總歸要靠著這些來給養，來塡充，來幫助成熟。

這裡結束了。這些稟性憨厚、熱情、純良，祖國的懷裡最小的兒女們，他們挺起胸膛，不再雙手過膝那樣卑微的鞠躬。蕭旋和每一位握手，緊緊握住，他的手被握得和他受槍傷的左手一樣疼痛。而那一個式樣的深陷而眞誠的大眼睛，多容易就被泡在淚水裡啊！年輕的一代爲他齊聲高唱著經他矯正過的蓮枝所作的歌：

祖國！祖國！
熱熱太陽不黑天，
教我們唱新歌，
教我們做主人
……………

蘊藏著何等濃郁的愛情在這平和愉悅的旋律裏，這裏面有海洋的光耀，山的沉厚和草原上那種狂放而又深遠的歡樂……從來他還沒有聽過一個女性作的歌曲；這混合著國語和山地語言的歌曲的作者，他沒有在人群當中再看到她，她感到自己的情感忽然軟弱下去，臨去他又瞧一眼那隱蔽在火一樣赤紅的鳳凰木樹下的木屋，就記起進山那天傍晚的情景，他的眼淚不由得湧上來，他笑著說：

「你們唱『撒庫拉』的機會不多了！」

林軍士帶著淚笑了笑，要說甚麼，卻沒有說。

蕭旋握住徐警員，順勢背過身去，舉起他那隻負傷的手向背後擺了擺，就離開山場，一直走進樟腦林子裏。背後高嚷著：ㄙㄚ•ㄌㄧˋ！ㄙㄚ•ㄌㄧˋ！這才他拉出手絹，擦擦眼睛。

「我羨慕你們！」

「希望眞的能讓你羨慕。」

徐警員走在最前面，說著就托起一棵攔在路上的小樹，讓苗老師和林軍士他們搬運他的行囊從下面過去。

「只是有一層，別像我一錯再錯把自己看得太重要！」

「你看我會夢想做個英雄嗎？」

這兩人隔著一棵倒在路心的相思樹，默默的相對了一陣兒，在他的背後，歌聲更嘹亮了：

教我們唱新歌，
教我們做主人，
沒有高的和矮的，
你都愛……
她好像眞懂得那麼多，那麼深奧，就在這揮別的當兒，她把自己隱匿了，然而她心靈震顫的音樂正從大衆的口裏唱出，她竟是這樣的美！比他自己完美得太多，太多！
山下的大河在奔騰，當初進山時的路淹沒了。在搖擺的吊橋上，蕭旋又停下來，依稀還能聽見那遠遠的歌聲。他彎下腰去，不必要的緊了緊綁腿。從稀疏的橋板俯視下去，谿谷裏翻滾的激流使人有些兒昏眩，橋身就彷彿逆著大河飛馳，一顆不自覺察的淚水就這樣落下，落進幾十丈深的谷底，總會落進滾滾不息的激流裏去的。
太陽穿過雲層，山背的那一邊，有千道萬道的毫光輻照上來，噴放上來。

一九五三・四・鳳山初稿
一九六二・二・板橋定稿

狼

就在爹爹墳旁，緊挨著漆色還那樣新鮮的棺柩，又挖一個長長的深坑。我站在堆土邊上，站在那許多人的前頭，踮起脚尖也看不到坑底。土塊滾落到我穿著孝鞋的脚面上。舅舅跳進坑裡，接替那個矮大爺，一鍁一鍁的往外清土，只在他直起腰的時候，能看見他大半個腦袋。

我娘的棺材慢慢縋進坑裡，一塊糊著紅紙的木板，上面寫著「仙人過橋」，兩端擔在兩口棺木的棺蓋上，就開始填土。有人從背後按住我，叫我叩頭，我用心的磕著，額頭抵進鬆軟的鮮土裡，涼涼的。我沒有哭，大概有人在脫我草鞋，丟進坑穴去，使我分心了。娘嚥氣的時候，我狠狠的哭過，哭得手脚發麻。這會兒彷彿很不相信從今後會再看不到我娘。

舅舅抱我，撲去我額頭上的泥土。我伏在他肩膀上睡熟了，也不知繞道家去沒有，醒來時在離我家三里外的二叔家裡，二嬸正把一雙白粗布的孝鞋往我脚上套。

「穿兩天，踩踩就鬆了。」二嬸抱我下炕，叫我走著試試，問我擠不擠脚。

「不擠。」我是因爲走不動，才這樣說。大概舅舅揹我太久，一雙腿全麻了，好像一大窩螞蟻在亂爬，站不穩，覺著腿不知有多粗，有多重。

我不能昧著良心說二嬸待我薄——可是僅只在我初到她家的那一陣兒。從那以後，我怎樣討好，也總得不到二嬸歡心了。二嬸緊蹙一雙濃濃的粗眉，盯著我望，不時深長的嘆一口氣。沒有想到娘死去，惹她這樣傷心。我垂著眼皮，覺得這全都是我的過錯。

「索性就改口喊娘罷，趁著還小。」舅舅朝著二叔兩口子和我說：「別喊甚麼二嬸不二嬸的，反倒隔了一層兒。」

不知道舅舅怎麼會這樣的忍心，我要是趕著二嬸喊娘，我要喊我娘甚麼啦？或許就爲了我不肯改口，才失掉二嬸的歡愛。前脚剛送走舅舅，後脚二嬸就不是方才的鼻子眼睛了。

舅舅剛剛走出前面一排柳樹行，我扯扯二嬸的衣角：「鞋子擠脚，二嬸，好痛！」挺以爲這是討好她，可是我手被摔開，二嬸一折身走進屋裡去。

眼淚往上湧，我靠在門框上，二叔站在麥場邊兒跟誰招呼甚麼事兒，眼淚使我看不清二叔，不知道一下子受到多大的委屈，胸腔一股勁兒擴張著，擴張著。舅舅越走越遠，我甚麼也看不到了。

到晚上，爲著我睡甚麼地方，二叔兩口子在屋裡拌嘴。我只有坐在院心兒小板凳上，兩手捧著下巴等著。大門口的冷風直往裡頭灌。天色一點一點黑下來，鞋子擠得脚痛，想起娘，又想起那塊糊著紅紙的小木頭板兒，很想懂得「仙人過橋」是甚麼意思。

屋裡，二嬸忽然尖聲挑上去：「我不管，隨你要怎麼就怎麼！」

「這不是跟妳商量嗎？」

「那麼大了，一個炕上睡！」

我才不要跟他們睡一個炕，舅舅走過後這半天裡，二嬸那對一不高興就皺成三角稜的眼睛，已經使我膽寒了。

「唉，倒有多大？」二叔像害著病似的沒氣力的說：「總要過過冬，等明年開春，天暖和點兒再讓他睡吊鋪。」

「有的吃，就凍不死！」二嬸越發放大了嗓門：「我讓開！我睡灶門口去，你別管我！」

二嬸抱著被物往外走，又讓二叔拖進去。

家裡少了一個娘，二叔這兒好像又多出一個我。我不大明白爲甚麼要這樣。凍得縮成一團，翹起小板凳的兩隻後腿，前後搖晃著，這樣似乎可以取點暖。捱到二叔到後院去喊小住兒帶我去睡覺，北斗星橫到正北了，小住兒已經睡醒了一覺。

小住兒是二叔雇的放羊夥計，做甚麼都那樣慢吞吞的。小住兒領我爬上羊圈裡的吊鋪，打著呵欠給我一條麻袋，教給我怎麼樣疊起來做枕頭。

二叔後院裡，只有這三開間當做羊圈的北屋。這三間屋全都打通了，中間沒有牆壁隔著，只有幾根粗粗的站柱。跟在小住兒後面走進來，小住兒移動著手裡的油燈，照照羊們可睡得安實。燈光把幾根站柱的大黑影子投射到四周的牆壁和屋頂笆上，橫來豎去，滿屋子裡盡是這些大黑影子在轉動，起初老是使我吃驚。還有羊眼睛，也是冷不防有那麼一隻兩隻閃出碧綠碧綠的燐光，弄得人眞有些心神不定。

小住兒告訴我，這兒有一百零多少隻羊，我沒有聽進耳朵裡。「有多少？」我堵住鼻孔，受不住刺鼻的羶騷。小住兒重又告訴我，一個字一個字的說，很有耐心。我還是記不清，開始害怕那根繫著吊鋪的繩子，能不能經得住兩個人的重量。要是忽然斷掉，離地一丈多高，會跌死的。

吊鋪是在兩隻橫木上面搭著鋪板。吊鋪的三個角都擔在屋樑上，只有一個角是用一條結上很多疙瘩的廢井繩吊在屋椽上頭。到晚上一爬上吊鋪，總爲這條廢井繩提心吊膽，又耽心睡熟以後會從上面滾掉下去。

白天裡，一樣也使我耽心；耽心的不是那根不結實的廢井繩，是二叔這一百三十二頭綿羊。清早一喝過小米兒粥，就得揣兩個冷饃，跟小住兒趕羊到山上去。二嬸說，已經唸過兩年學，夠記賬就行了，咱們這種人家還想出狀元？山上放羊的，不止二叔一家。有同村的，也有鄰村的。放羊的夥計們把羊穩住，就都聚到山腰上一座破瓦窯裡，偷偷抹紙牌，打老槓。

我不懂這些傢伙怎麼不怕那個東西來拖羊，小住兒也是聚在那兒賭錢。我眞耽心，要是少了羊，又不知道二嬸要用甚麼臉色對我。瓦窯並沒有壞，只是瓦窯的高煙囪倒去大半截，說是雷公打的，瓦窯就廢了，沒人敢再修。我爬到頂上去，瞭望東一遍西一遍的綿羊。望久了，總相信那是山下石灰窯裡燒出的白石灰。眞的，山底下到處都是整堆白石灰，羊就正是那樣的顏色。

地上躺著破落的煙囪黑影，頂端上蹲著我這個孤單單的影子。山上的草兒眼看一天一天的枯黃了，煙囪裡不時揚上來賭鬼的鬨笑和爭吵。數過多少升上來的月亮，數過多少落山的太陽，煙囪上孤單單的影子，懷裡多出一隻雙銃子火鎗，那是小住兒使喚的傢伙，儘管我還舉不平它，開不響它。但我看出小住兒壓根兒就想二叔的羊裡少掉幾隻才稱心，他說他早就不想在二叔家當僱工了。

小住兒鬧著要辭工，不知道爲甚麼。小住兒一碰見二叔，一張口就催促二叔趕緊找替手，等不及要捲舖蓋走路。他跟二嬸從不說話，我猜想這就是原因。

坐在半截煙囪頂上，也聽得見這些傢伙在底下經常提起這個。他們總是說：「還戀著啥哟，小住兒！」

窯洞裡隨便說甚麼，總是一字兒不漏的打煙囪裡傳上來。

「要做花蝴蝶兒，你也找朵鮮花去爬爬；要做屎蚵蜋呀，沒出息的，你就戀著那個老騷娘們兒罷！」

「孫子才不想拔腿就走！」小住兒讓大夥挖苦急了，就這樣賭咒發誓。可是那樣慢言慢語的，才不是賭咒發誓的味道。

「三十如狼，四十如虎呀！如狼似虎的娘們兒才妙咧！」

「妙個卵子！要不是跟你借種，憑你那副三分像人，七分像鬼的長相，找得到你？」

「小住兒你呀——不是我說，眞沒出息……哎哎哎，禿子你打的什麼玩藝兒，你啞巴啦？」

「爺啞巴了，孫子才瞎啦！」

「都別吵！」大富兒哥喊呼著：「那玩藝兒沒驢腎壯，別去歐家活現世！」

「小住兒，扒開給大夥兒瞧瞧，可有驢腎壯！」

說的歐家，不知道是不是指的我二叔家，這村兒上我不知有沒有第二家姓歐。可我想著，這天清早點羊，一下子少掉兩隻羔子。我總不相信沒一天我不是蹲在這座破煙囪上，再不就坐在瓦窯頂，沒一個時節我不是盯住二叔的羊。二叔說，少的不是老羊，少的是羔子，準是那個東西拖去了。可是我怎麼甚麼東西也不曾看到？難道那個東西來無影去無蹤的那樣神通廣大？以前我害怕，是害怕那個東西比惡狗還兇，現在我簡直覺著牠是個妖怪精靈了。怨不得人總是說那個東西，那個東西，好像只要說一聲「狼」，就會被偷聽去，把牠惹了來。

羊少掉，小住兒更有理了。「歐二爺，我早說，你再不找替手，早晚總要出事。你聽歐二娘的，沒錯兒！」

小住兒到底捲起舖蓋辭了工，我枕的那條麻袋也是他的，我連枕頭的東西也沒了。小住兒雇給北村兒的任大戶，聽說那邊的工錢不比二叔這裡的多。二叔把工錢加了又加，沒有留住小住兒，找好幾個頭兒，才算把家後小沙河邊兒賣豆芽的大轂轆雇過來。

還在我家的時候，老早我就認得大轂轆。年年秋天一落過霜，只要趕集碰上大轂轆，總看見他背上揹一隻塡滿麥穰的狼皮筒子，大尾巴握在手裡，後面跟著一大群孩子看新鮮物兒。大轂轆打狼出了名，方圓二十里，沒人不知道有個大轂轆。

大轂轆有一張赤紅的羅漢臉，臉上帶角又帶稜兒，像是三斧頭兩鑿子劈砍成那樣的。還有老牛一樣的寬顎骨，分住兩邊崛起，誰也相信，只要他一張嘴，就能把挑草的鋼叉咬個彎。人都說他是吃金銀銅鐵長大的，要不怎麼壯得像座山！他的名字也沒有叫錯，眞是兩條老牯牛才拉動的大牛車的車轂轆。二叔又細又高的個子，正好能裝到他裡頭去當車軸，他能改成兩個二叔。我就更耽心吊舖上那根打滿結子的廢井繩了。

「沒有味道，放羊這玩藝兒！」大轂轆歪在山坡上，枕著塊粗石頭，也不嫌硬得慌。

他這樣的身架，放羊還眞是屈廢了材料。可是我覺著，賣豆芽那個行業，才更委曲了他。

他玩弄手裡火鎗，不知道怎麼一陣子高興：「我教給你打雙銃子。」

「我怕捧不動。」說出口，我又有些懊悔。時常我都做著打火鎗的夢。或許他有甚麼訣竅，能教我省點勁兒。

「慢慢來，跟我學。」

那張大嘴巴總是啣著一點也不襯的沒五寸長的旱菸袋，空的他也啣著，除非吃飯和睡著了時。

「你要記住，頭一槍打到打不到，都不打緊。」大轂轆仰臉朝著天，像跟天上的雲彩談閒話：

「第二槍，可千萬不能慌著扣。」

「我知道，第二槍要沉住氣兒才行。」

他把眼珠子轉到眼角上，很生氣的瞪住我。

「你要等牠頂著火藥煙氣竄上來，不到槍口跟前，不要開第二槍。」

我點點頭，心裡覺得那太拿命不當命。

「等你學會本事，明年你二叔就不用找僱工了。」

「行嗎？明年？」忽然我覺得眼睛亮起來，明年好像和明天是一個意思。

「大轂轆哥，」我也趴到地上，雙手抵著下巴。「你還沒有來的那幾天，我坐在那上頭，眼睛一會兒也沒離開過羊，盯著盯著，可一下子就少掉兩隻羔子。」

「那還算好。」

我不懂得那是甚麼意思。

「你就算二郎神，」他用指頭指在腦門上說：「額蓋上這隻眼要不生在後腦勺兒上，也是白多出一隻。」

「會打背後衝上來，你是說？」不由得我望望背後，太陽正當天中央。

「算你周身都生了眼睛罷，」大轂轆坐起來裝菸。「要是只看到羊，看不到狼，有一千隻眼睛，不還是睜眼睛的瞎子！」

「你記住，」大轂轆用他小菸袋點著我：「山上草一黃，就算那些傢伙走運了，大白天都照樣出來，跟荒草色氣一個樣兒，打牠身上越過去，你都不知道。」

我皺皺鼻子，笑他把那個東西說得太離譜兒。可心裡我還是相信，因爲那都是些妖怪精靈。

「山上草一黃，你還不是也走運！你有皮子賣錢啦！」我討好的說。

大轂轆臉色一暗，天上沒有過雲彩呀，好像我說錯甚麼，揭短他了。好像很灰心的把破氈帽往臉上一蓋，枕的還是那塊髑腦袋的石頭，打算舒舒坦坦睡一覺。棉襖脫在一旁，胸脯隆得像奶著孩子的娘們兒。

「要有一隻狼，不跟我耍刁猾，明來明去玩硬的，我不讓牠我不是人揍的。」

「讓牠甚麼？讓牠咬你？」

「我不制牠，各走各的。」

「你碰見過那樣的狼嗎？」

他欠欠腰，深舒一口氣，把蓋在臉上的破氈帽扶正了一下，大概沒有碰見過。

「我惱是惱牠總以爲比人聰明。」

他蹺起一隻腿，彎到另一隻腿的膝蓋上，他的耳垂下面，有一顆凸起的黑痣，上面生著三根毛，正好可以編個小辮子呢。

羊都跑得很散，都想找青一點的老簍根去啃。放羊的夥計照樣還是聚到破窯洞裡抹紙牌，有大轂轆在山上，那夥兒好像更放心，不到牲口上槽那個時候，不肯出來。

秋陽一偏過晌午，人就懶得直想衝盹，身上像生病一樣不舒服，望著遠遠像座墳的瓦窯，半截兒煙囪就是墳前的大石碑。山上還有山，一層層堆疊上去，罩在秋陽底下山也貪睡得似乎矮下去。要不是貪睡，一定也是生病了。

放羊的夥計都有一套唱的，我試著學，又沒有腔，又沒有調，彷彿專哄自己睡一覺才那樣哼哼，忽的大轂轆翻一個身，伏在地上，揚起臉衝著山頂上窺望，把下巴抵在草上，換動著位置，想使一雙眼睛能再低一些，再低一些，不知道他究竟想瞧甚麼。

我也學著他那樣子，轉身伏在地上，望望他，再望望他瞧的甚麼東西。眼睛貼近地面，覺得那些小草都變成沒打葉子的高粱棵子那樣高，我甚麼也沒有看到。

眞佩服大轂轆有耐性，定睛望著，動也不動一下。我把䩞幫在手臂上守著他，巴望到最後，不是去抓住他的雙銃子，便一定告訴我，他看到了甚麼。

時候又該是趕羊下山了，瓦窯裡放羊的夥計們打鬧著散場，急急忙忙各趕各的羊，吆喝著，羊都在咩咩的叫，天上滿是嚷嚷著歸宿的老呱子，黃昏前纔有這樣的一陣嘈雜，彷彿一整天收尾了，就該這樣嚷嚷一場才是道理。

還有稀黃的落日，就要沉到山背後去，山坡上的人影長得不知所終，好似打著燈籠趕夜路那樣，只看到一雙雙杵棍似的長脚搗動著。夜霧一點點濃上來。

誰也沒有留神，大轂轆撇下羊，拎起槍，折回去往山頭上跑，不知道他要做甚麼。後來大夥兒才發現，一隻少見那樣肥壯的大狼，跑在他前面大約兩百步遠。那種灰又不灰黃又不黃的毛色眞跟草色分不出。

這條大狼似還不很在乎，柔軟的身子一伸一縮不吃緊的往前跑。

山頂上，迎面先奔下一條黑白花的大狗，我立刻就知道，山頂上遲歸的羊，一定是大富兒哥的了。

遍山的羊都惶亂的擠來抗去，互相驚擾。大夥兒顧不得了，拎著槍分往四面圍上去。以前都是聽這個講，聽那個講，這可是我頭一遭兒親眼看到打狼，興頭得抖成一團兒。

人都說，咱們這一帶的山都是窮山苦山，我這才相信，眞是這樣的；山上沒有一棵樹，沒有一間房子，我該躲到哪兒去？手裡沒有傢伙，除非爬上那半截兒煙囪，才能安實點。可被人圍急了，牠會亂竄的，瓦窯還離著那樣遠，我眞沒膽量往那邊跑去。大轂轆爲甚麼還不開槍？我只好撿起兩塊石頭，緊緊握在手裡，隔著老遠觀望著。

一股黑煙噴到狼身上，大轂轆到底開鎗了，可好像沒有打中，槍聲拖得很長，很長，遠山近山都連續響起回聲。其實是打中了，只是沒有打中要害，遠遠看上去，狼跑得有些歪歪扭扭的。大富兒哥那條花狗拼命想要攔截，卻不敢挨近點，只管狂吠著。

好像不大要緊了，我試著走近去。太陽一落山，天就起風。我頂著風走，覺出不像先前那樣發抖。

可牠陡然轉了方向，奔向瓦窯這邊跑來。不像大轂轆說的那樣，並沒有頂著火藥煙氣撲向他。我猶豫著，一時還拿不定要不要往回跑。

很想不到，狼在大夥兒越圍越小的圈子裡。一頭鑽進了瓦窯裡，這一下牠該要捱剝皮了，瓦窯只那麼一個門，裡面只有通進煙囪的不比灶門大多少的風洞，牠休想從那樣高的半截兒煙囪裡爬出來。

跟在狼後頭的大花狗追到洞口外面，光叫著不敢進去。人都圍了上去，我加緊脚步往山上趕。往山坡上爬，最累人不過，怎樣也跑不動了，像陷在泥淖裡。抬一下腿不知有多少斤沉，我一步步挪著，等著瓦窯洞裡會發出槍聲，彷彿煙囪口上還會冒出一陣煙來。一面想像著，大轂轆怎樣用他的槍托擂著那隻又肥又壯的大狼。

那許多人，白是漢子，沒有一個敢進去。跟那條大花狗一樣，只管亂嚷嚷。我趕到跟前，正待找大轂轆，只見他從瓦窯裡衝出來，空著手，他的雙銃子不知哪裡去了，正替他著急呢，大夥兒一鬨散開來，可是大轂轆一縱身，跳到瓦窯頂上，攀住煙囪往裡頭看。

煙囪只頂到他鼻子尖兒，他去推搡煙囪口的磚頭。捲著的褲角下面，露出雙暴著彎彎曲曲粗筋的腿肚兒，用勁兒用得直抖。

有人似乎懂得他要做甚麼，爬上去幫他忙。大轂轆把頂端兩三層的磚塊推進煙囪裡去。從那裡面揚出一股灰沙，好像又生火燒窯了，同時傳出一連聲尖嗥，就像刮著鍋底那樣刺耳，惹得人肉顫。

煙囪被推倒一個缺口，大夥兒直著耳朵聽，不等大轂轆從上頭跳下來，你推我擠的湧進瓦窯裡去。

瓦窯裡眞黑，地上那些沒燒成的生磚胚，把人絆得左一跌，右一蹌。誰個把通進煙囪的風洞裡堵住的磚堆挪開，那一大塊磚堆八成是是當初燒窯時，把十幾塊磚胚燒黏在一起作廢了的，平時抹紙牌總把它當做小賭臺。

「腦袋在這兒，扁啦！」有人尖著嗓子叫。

狼被拖到外邊，嘴巴和一隻後腿都掛著血，眼睛定定的睜得老大。人人都說沒有見過這麼樣又肥又大的狼。大富兒哥走過去把尾巴掀開來，說是隻母的。

大夥兒就拿這隻母狼互相開玩笑，大轂轆不聲響，撲撲身上灰土，拱進窯洞把他那雙銃子取出來。

「揹不揹得動？」他望著我說，指的是地上躺著的母狼。

沒有想得到攤上這樣好事兒會讓給我，就算能把我壓死，我也要揹下山的。大轂轆提起牠一雙後腿，放到我肩上，倒不感到怎麼沈，回頭望望，那顆血糊糊的腦袋可還拖在地上，也不知怪我太矮，還是牠身子太長。

山下的村子裡，家家都舉火燒飯了，煙霧低低的遮住那些小得像火柴盒的農舍。孩子們嬉戲喊叫的聲音，清晰可聞。我沒有那麼命好，打我到二叔家來，我成了個孤鬼，人家玩甚麼，都沒有我的份兒。但是待會兒他們就得圍上來，看我有多神氣。

二叔兩口子一定更樂呢，前幾天少掉小羊羔，如今給他們出口氣了。狼不是我打的，可是我揹回來的。多沉呀！越揹越有些撐不住，又不甘心讓背後趕羊的趕上來，拉縴似的探著身子，臉上冒著汗。還沒有進村子，就把村子裡的人招惹來了，我就硬充不吃勁的樣子，大步大步往前走。

「二叔！二嬸！」我喘噓著，歪歪斜斜的衝進大門，沒有這樣有仰仗的大聲喊呼過，我要撐到二叔兩口子出來，讓他們看看我多中用。

半晌也沒人應，我就踏進二門，還在喊著，二嬸從灶屋裡走出來，手裡剔火棍還冒著煙。我趕快轉轉身，讓她看看我揹的甚麼。可是二嬸怔了一下，趕過來，忽然臉色變了，那是我頂熟悉，也頂害怕的臉色。我知道我又在二嬸的眼裡做錯了一樁事，但我不信這又犯了甚麼過錯。

還隔著幾步遠，二嬸就舉起冒著煙的剔火棍，我很明白就要發生的事，一如每次捱打的情形一個樣子，我不懂得那要逃開。

「也不管甚麼東西，就往家裡拖！」

我被狠狠的摔了一巴掌，本來已經站不穩，便連人帶狼一起跌到地上，但還算很知足，沒有捱上剔火棍。

「這麼大的孩子，你也還懂得忌諱罷！」二嬸用還在冒煙的剔火棍指著我：「你把你老子娘都剋了，還不甘心！你要剋到我頭上還是怎麼著！」

剔火棍冒的煙把她嗆得直咳嗽，眼睛也燻到了。看熱鬧的鄰居出來說情，幫忙把死狼拖出去。大轂轆從後園門把羊攆進圈，也趕來拉著我出來了，給我拾起一隻落得很遠的白孝鞋。

我就相信，我再怎麼樣討好，都是白費。一時恨起來，眞想送給她打死，好讓二叔把她休掉，再不就逼她上吊，只有二叔是把我當做親生的兒子，二叔也只是偷偷的疼著我。

天色黑下來，我揉著臉上分不清是汗還是眼淚，望著大轂轆把母狼吊到麥場邊兒的馬樁上，望著他進去找刀子。我不該那樣想，有一天那上面吊的是二嬸，進去找刀子的是我二叔。可想一想，也不該恨她；二叔總是拉著我到沒人的地方跟我說，二嬸沒有甚麼不好，只不過性情暴躁，那一陣兒過去，對誰都和和氣氣。我懂得二叔疼我，就完全相信二嬸無論怎麼毒打我，都只因她性情太暴躁，那是應該的。儘管我還沒有嘗過二嬸是怎麼樣的好待我。

院子裡二嬸嚷著，叫大轂轆先吃飯。聽見這個，我就得趕緊進去收拾碗筷了。

二嬸盛著稀飯，數落著大轂轆：「剝得兩手血淋淋的，我才不讓你上桌呢，惹我惡心！」二嬸是帶著笑臉在數落。她要是知道她笑起來有多俊，就眞不該動不動的生氣，把自己弄成那樣難看。二嬸是個大美人兒，人都這樣說，有個單酒渦，鄉下少有她那樣白淨的娘們兒，又愛打扮，個頭兒比二叔大一套，又胖又壯。也許二叔眞的沒她力氣大，打不過她，才那樣處處聽她的。

二嬸只盛三碗稀飯，我知道二叔準又到縣裡去了。這一去，至少三天五天說不定。我就是最怕這三天五天的日子難熬，站也不是，坐也不對，只有白天趕羊上山，山上才是我的天地。

大轂轆吃飯本來就很快，忙著要去剝狼皮，那張盆口大的嘴巴，一口就能吞進半個饃，兩邊腮頰撐得鼓鼓的，像個吹鼓手。赤紅的寬臉上、額角上都暴跳著青筋，也正像使足勁兒的吹著喇叭。

坐在大轂轆對面的二嬸，半晌都沒有吃去小半個饃。「大轂轆！」她喊著，那樣子不是在吃饃，是在吃魚——害怕扎了刺。

「我跟你說話，你聽見沒有？」二嬸板著面孔。

大轂轆一怔，嘴巴停止不動，好似噎住一樣。

「有了饃，嘴堵住了也罷了，耳朵也堵住啦？」二嬸不悅意的睨著大轂轆。看不到她躲在饃後頭的嘴巴是不是也像罵我時那個樣子。

「他二叔去縣裡，要五六天才得回來，待會兒記住，早點兒插門。」

大轂轆點點頭，又認眞的大嚼起來，扭動著結壯的顎骨，那上面淨是烏黑鬍碴子，一直通到耳朵根兒，和頭髮分不出界線。在他嚼一陣兒往下吞嚥的時候，總要伸一伸脖頸，老牛反芻的時候，就是那樣。

「快交冬了，皮子要値錢了罷？」

「也賣不成錢。」大轂轆食物堵住嘴，說不大清楚。

「再不成錢，也夠買雙洋襪子孝敬我呀！」

大轂轆似乎沒有聽懂，後來才笑道：「一雙洋襪子值幾文？還等著賣掉皮子才買得起？」

「那要看你大轂轆有沒這份孝心呀！」

打我到二嬸家以來，二嬸從沒有這樣放聲笑過，嗆得咳嗽，臉都憋紅了。儘管那是對大轂轆笑，可我也跟著高興，這樣總使我感到所有的恐懼遠去了。

「忙甚麼？」大轂轆用手抹抹嘴巴，打一個很響的飽嗝。「歐二叔上縣裡去，還怕不給妳整筐整籮買回來？」

「他呀？他也是那種人！擱家裡都想不起我，到了縣裡，三朋四友的，你當他不把我丟到腦勺後頭去！」

我默默喝著粥，不敢看二嬸，怕她看出我臉色對她不服。二叔哪一次從縣裡回來，不是多多少少總捎個她喜歡的？吃的、穿的、戴的，都有。她幹嘛要衝著大轂轆扯謊？

「算了罷，省著點兒，攢點兒錢也早早娶個塡房。」二嬸依舊說著笑著，好像扯那樣大的謊，很得意。

大轂轆拍一下大腿站起來，嘆口氣，從門框上拔下那把尖刀。

「還打那個主意？」他面朝外站了一會兒，回過頭來：「像我這種人家，一輩子能討一個老婆，夠是三生三世修來的，死了就死了，還再討得起？」

「好歹孩子不能老跟姥姥呀，你又這麼年富力壯的。我替你做媒罷！」

大轂轆不再說甚麼，咂咂嘴，啣著菸袋走出去。灶臺上的燈燄一點點小，二嬸碗裡的粥沒喝完，饃也剩下半個，就叫我收拾收拾，去給大轂轆打燈籠，她自己出出進進的，暖罐裡倒了水，端進房裡洗臉洗脚去了。

麥場上還聚著許多人，那燈籠掛在棗樹椏兒上，用不著我挑。

大夥兒喳喳嚷嚷的，有人打賭，咬定這隻母狼肚子裡準懷著小狼羔子。

「你眞作孽，大轂轆！」大富兒哥捧著大黑碗，蹲在就近的石滾子上喝湯。「你知道你這一下喪了幾條命兒！」

「瞧這奶膀子，不定早晚就下羔子啦！大轂轆你咂一口試試。」

大轂轆熟練的剝著狼皮，笑罵著跟他們回嘴。大轂轆做甚麼都是又快又乾淨，不一會兒就剝到前蹄脅窩兒了。給剝過的狼腦袋，齜著白牙，長嘴巴咬得緊緊的，痛成那樣子，可也像含著笑，只有那一對暴突的眼睛珠子瞪緊了一個固定的方向，發誓非要報這個血仇不可似的。

「今夜你要留神，公的準要找你算賬！」

大富兒哥敲著空飯碗，喊四富兒家去再添一碗來。

「我倒怕公的不找上門來。找別的我這兒沒有，找我雙銃子還不方便？」大轂轆把刀子交我拿著，用拳頭搥打著去剝扯脊樑上平平板板的那一片皮。

皮剝完了，大夥兒就跟大轂轆到田裡去埋狼屍。儘管人這麼多，我可眞怕公的找了來，擠在人窩兒裡，其實也沒有誰逼我非去不可。

忽然聽見二嬸在背後喊我，沒有比這個能使我的耳朵更尖了。

「天到多早晚了？還跟著去遊魂！」

二嬸走近來，看不淸她是不是舉起手來，只有站穩一些。

「燈籠給我！」二嬸好像怕我不給她，伸手把燈籠奪過去：「家去躺屍去，把後門插緊！」

我不能說一個不字，儘管心裡有一千個不！不！不！……回去要穿過一塊大豆地，一片打麥場，只我一個人。天都黑透了，沒命的跑。跑在收割不久的大豆地裡，覺得打麥場上整群的狼坐在那兒等我。跑到打麥場上，又聽見背後有甚麼追上來的動靜。就那一點遠，倒有五里路那麼長。直等摸黑爬到吊鋪上，這才眞像一步登天一樣，一點勁兒也沒了，倒下來直喘氣。

下面的綿羊很安靜，我喘定了，放心把燈點上放在舖沿邊口，抱著站柱滑下來，把圈門用槓子抵牢——門上有個窟窿，待會兒大轂轆回來，伸進一個指頭就能撥開抵門的槓子。

我睡得很熟，做許多惡夢也沒有把我嚇醒。我夢見公狼找上門來，抱住吊舖下面的柱子往上爬，一次又一次的滑下去，又往上爬，吊舖上只我一個人，摸不到雙銃子，也摸不到洋火，心裡著急的想，大轂轆怎麼還沒有把母狼埋掉？我跟公狼說，我揹回家的，可不是我打死的……

我以爲天亮了，大轂轆總是醒得早，抽著旱菸等天亮。

「睡好！」他按住我：「天還早著，才三更天。」

「你才回來？」到底我還是翹起了身子。

「睡你的！」

我沒有見他這麼不樂過。

「等你二叔打縣裡回來，我要捲舖蓋走路了。」半晌，他磕著菸袋說。

「幹嘛？你才來……你才來六天，」我眞驚慌，以爲這又在做另一場惡夢。「二叔要是不讓你走呢？」

「你二叔管得住我的工，也管得住我身子？」

我猜不透幹嘛他忽然出這個主意。

「沒想到你二嬸眞是這種女人！」

我坐起來，驚詫的望著他。二嬸難道罵了大轂轆，打了大轂轆？他不是在生氣，眼睛直瞪瞪的發愣，不知想著甚麼。

「我二叔常跟我說，二嬸就是性情暴躁，過去那一陣兒，就……」

「睡你的！」他仍然瞪著眼睛發獃，看也不看我一眼。

下面羊都很安靜，偶爾有那麼一隻公羊發騷兒，悶著鼻子叫兩聲，或者打個響鼻，跟著又一點動靜也沒有了。

不知他衝著誰，「哼哼！」從鼻孔裡冷笑一聲，歪過身子去安菸。

「沒兒子，只怪妳沒那個命，」沒頭沒腦的，不知他跟誰發脾氣，拍了一下大腿：「我不是畜牲！我大轂轆不是畜牲！」

我一點也不想睡了，全不懂大轂轆到底是甚麼意思。他吹熄了燈，並沒有睡，還在抽旱菸。那隻小菸袋窩兒裡的菸油燒得吱吱響。菸火一明一暗，照出他臉上靠近鼻子那一團兒。

我不知道二叔是甚麼時候回來的，可二叔是回來了。他把我喊到家後菜園裡，爺兒倆在水井邊兒蹲下。

只要是二叔避著二嬸把我帶到沒人的地方，要不是給我甚麼好吃的，就一定用好話寬慰我。我用一個指頭抹弄井邊的稀泥，裝做一點兒也不用心的專心等著二叔隨便賞給我甚麼。

「大轂轆來咱們家快半個月了，」二叔開口就問我這個：「他比小住兒呢？」

「有大轂轆哥，管保羊不會少。」

「比小住兒會服侍羊？」

我一點兒也不詫異二叔問我這些，我正要替大轂轆說好話，好讓二叔不准大轂轆辭工，可說著說著，我可發現二叔的臉色很不對勁，刮瘦的白淨子臉上，陰陰沉沉的使我好生不安，就不敢再往下說了。

「大轂轆給你甚麼好處啦？你這麼受他哄！」二叔攥攥緊他枯瘦的手指，從他腮頰上，可以看出他一下一下的咬緊牙骨，甚麼事情讓他氣成這樣子呢？

「他那樣糟蹋咱們羊，你就看不見？」

「沒有，他怎麼糟蹋羊了？」要不是覺得這太冤枉大轂轆，我也不會這麼頂撞二叔。

「你二嬸都看到了，你就沒看見？」我以為二叔生來就不會瞪眼睛，可是二叔瞪起眼睛來比甚麼都惹我害怕，那不是兇惡，好像誰捏住他脖頸，要謀害他。

「我不是要你少貪玩兒，多照應著羊嗎？你成天價跑哪兒野去啦？」

二嬸怎樣毒打我，我都沒告過饒，沒哭出來過。經二叔這麼數說兩句，反而忍不住哭了。

「他死掉老婆，他不能把咱們家的母羊當老婆！」二叔對著井口吼，彷彿井裡躲著他要罵的那個人，井裡應著回聲。我全不懂他發的甚麼脾氣，眼淚拼命流，我只想到連二叔也不喜歡我，我還有甚麼親人！

「白疼你了！白把你當做親生兒子疼了！」二叔頓頓腳，走開了。

我眞願意一頭栽進井裡去，兩隻棉襖袖子全都哭潮了。大人們怎麼就這樣蠻不講理，說翻臉就翻臉。

不知道是大轂轆辭工，還是二叔解他的雇。大轂轆捲起他的被物，啣著小菸袋，跟誰也沒招呼，他不走後門，微微含著笑從大門走出去，就像平時做活兒走進走出那樣，他離開了二叔家。當天二叔就把大富兒哥雇來。

大轂轆就在家後不遠的小沙河邊兒上，小河常年沒有水，淨是蕃瓜似的大卵石，他那間孤凋凋的小屋子和四周圍著的院牆就是用大卵石砌的。淸晨趕羊上山的時候，要從他門前過。他家裡沒有田，快入冬的時令，也沒有誰要雇工，又拾起老營生，自己一個人生豆芽，去串村子做小買賣。

大富兒哥有女人，有孩子，三天就有兩天回家過夜。夜晚大富兒哥一走，我就把羊圈門兒反扣上，點起避狼的火繩，翻過牆頭，溜進大轂轆家去。聽他淘著大豆，跟我講狼。

大轂轆教給我怎麼樣打狼，不一定要用雙銃子火槍。滾籠，陷阱，打索扣子，都一樣。狼腿是蔴稭做的，一條頂細的桑條兒，也抽得斷。可是打狼容易，怎麼樣瞅到牠，那就要靠工夫了。

就像他能拿穩盛在漏桶裡的大豆，澆幾次水能抽多長的芽子一樣，他懂得那個裝著一肚子刁精古怪的東西，甚麼時候一準出來，甚麼天氣一準出來；甚麼時候、甚麼天氣出來又是打的甚麼主意。我眞相信大轂轆是狼托生的，要不他怎麼摸得那麼淸楚。

「你能看到牠，就算你不錯了。」他用高粱穗穗的莖子穿成的大鍋蓋滾著大豆，選那些最整齊的顆粒生豆芽。他不像別人把爛豆子也摻進去充數兒。亮晶晶的豆粒兒跳動著，燈光照在那張多角多稜的大臉上，把他的臉照得眞像乾朽的大樹根，再也吹不動，劈不開，就丟在那兒風吹雨打，雨打又日曬。「你不剛見牠在這邊山坳兒裡嗎？等你一理槍，就又沒了，不知道有多快，鬼呀！轉眼，又在那邊山頂上了。坐在那兒，周吳鄭王的瞧著你，你再理起槍，牠就不動了，牠可懂得火槍能打多遠，懂得你是想嚇唬牠，還是眞的要幹牠。」

風吹動院心的楊樹梢，老是使人疑心天又落雨了。燈燄飄飄忽忽的搖曳著，大轂轆嘴裡的狼永遠講不完。總是他提著一把鐵叉送我回來。愈害怕，愈要聽到底，如果到了二叔後門還講不完那一段兒，我就坐在牆頭上，不等他講完，不肯跳進來。

不單等大富兒哥回家過夜，我就能溜去大轂轆家，我眞不喜歡他跟我睡一個吊鋪，他睡覺愛扯呼嚕，吵人睡不著。好像他睡熟了也要告訴人，他那身架有多大有多壯。大富兒哥逢人總賣弄他個子高，胳膊粗，我就討厭買他的。

過沒多久，點羊的時候，二叔沒在眼前，少掉那隻剛出角的羔子。少別的羊，或許我不知道，單巧這是隻頂貪饞的小羊羔，總在你前後打轉兒，愛偎著人，吃你剩下的饃和炒糊鹽。

大富兒哥仗著二叔兩口子寵著他，拍著胸脯說：「出事兒有我頂，你怕個啥？」

不管怎樣，他回家過夜，羊圈裡只我一個人，少了羊，不是我的事兒，也是我的事兒，讓二叔他倆知道，那就要廝扯不清了，儘管拿不穩是在山上丟的，還是在羊圈裡少的。

「大富兒回家過夜，圈門兒你都關牢啦？」我告訴了大轂轆，他這麼反問我。

「怎麼沒關牢？另外還抵上兩根槓子！」我睜大眼睛叫著，彷彿讓人平白栽誣了。

「你清早起來，圈門兒沒變樣兒？」

「沒有，一點也沒有！」

人就是那樣蠢，賊把東西偷走了才忙著關門。少了羊的當天，半夜就醒來，巴巴的等天亮好趕緊數數羊，深怕再少掉。只因這樣的事，最後總輪到我倒霉，我有一千張嘴也洗不清自己。

「大富兒哥！」我低低的喊，要是他還睡著，就不要吵醒他。過了好一陣，儘管屋裡這麼黑，我能覺得吊舖上實在沒有他這個人。

我又喊他兩聲，伸手去摸摸，果然他枕的羊皮褥子是空的。一定是我睡熟以後，他又偷偷回家去了。連忙我爬過去，爬到吊舖邊兒上，老天哪！圈門兒大敞著，外面不是有月亮的夜，離天亮恐怕還早著，圈門兒外是星夜裡才有的那種淡灰淡灰的亮兒。

我滑下吊舖，趕緊把圈門兒抵結實，一根木槓，又一根木槓，願意自個兒也算一根，可以抵得更牢靠。

天剛矇矇亮兒，有人打門了，那不是大富兒哥，還能是鬼？「我不管，」頂面我就鬧著：「我先告訴二嬸！」

「幹嘛？你睡醒了沒有？」

「你以爲我不知道？偷偷又溜回家去，讓圈門兒敞著！」

「誰說敞著！」大富兒哥拉著門鼻子，「反扣上的，還揷了根樹枝兒！」他往地上到處找到，想找到他說的甚麼樹枝兒。

「還找樹枝兒呢，找羊罷！」

我嘴裡說著要去告訴二嬸，心裡才不敢。點了點羊，又少掉了一隻，另一隻老母羊脖頸下面被扯爛了。血已經乾結，把一大扁羊毛黏糊成一團，看不出傷口有多大。儘管這樣，我似乎寧可挨到最後躲不過一頓打，也不敢去告訴二嬸。就是二叔在家，打上次井邊兒上捱了他罵，我也不敢跟他說實話了。

我知道，二嬸巴不得看不見我，我也巴不得躲開她。白天在山上的時候，夜晚睡到吊舖上的時候，我還知道有我自個兒這個人，怕的就是端起飯碗來，守著二嬸總是非出錯兒不可。二嬸要是叫我放下搪風的麥稭苫，我會糊里糊塗走過去打開灶屋的門，讓風像刀子一樣鑽進來。要是叫我倒刷鍋水，總要濺到她的繡花鞋子上。難怪二嬸氣得罵我存心跟她作對。可是我愈想把她吩咐的事兒做好，結果總是愈壞得不堪設想。我總要到灶臺上去添粥呀，總要走她面前過去呀，心裡還在唸著：小心哪！留神啊！結果翹在背後的棉襖襟子還是把二嬸的筷子拐掉到地上。

我就站著動也不敢動，揹緊手裡飯碗，捱打是逃不過了，總不要把飯碗震落到地上，捱雙料兒打。

「還愣站著，你也給我到筷籠裡再拿一雙來呀！」

沒有想到二嬸不單沒動手，罵也罵得那麼和軟，似乎還笑著。

大約太意外，一時我弄不清筷籠在哪裡。大富兒哥欠欠身子，伸手抽了一雙筷子。

「誰稀罕你拿！」二嬸用眼角睒了大富兒哥一眼。二嬸有一綹頭髮沒有壓進角攏子裡，懸在眉梢上，也不招上去。怎麼我忽然覺得二嬸不那麼可怕了，彷彿她應該就是鄰家的哪位大姐姐，哪位大嫂嫂。

大富兒哥把一雙筷子分開，先給二嬸一隻，另一隻扣在手裡。

「快點呀！」二嬸催著。

「甚麼快點？那麼急！」大富兒哥逗著玩笑。「一個還不行，非要倆？」

二嬸一點兒也不火，伸手等著。裝做很生氣的樣子，臉都憋紅了，酒渦兒憋得更深，看她實在忍不住要笑。

我眞想趁二嬸的興頭上告訴她又不見了羊。這樁事兒憋在肚子裡像捱著餓，又像吃得太飽，撐得難過。結果還是憋不住，走去告訴了大轂轆。

油燈碗子一跳一跳的，大轂轆淘大豆，忙他的活計。我就蹲在牆犄角兒裡，娓娓訴說著，自覺像個大人一樣。

「你聽我沒有，大轂轆哥？」

他忙東忙西的，好像忘掉屋裡有我這個人。我不放心他能聽進多少，伸開腿把一隻小板凳踢翻，逗他注意。

「你二叔又上縣裡去啦？」

「二叔在家也不當事兒，二叔不跟往天那樣喜歡我了。」

我打著呵欠，打出一眼的眼淚，燈燄在眼前模糊了，放出千道萬道的金針，長長短短的四處迸射出去。大轂轆放下手底下事情，側耳在聽甚麼，又不是聽我說話。

「二叔二嬸都喜歡大富兒哥呀！」我欠動一下身子，伸過腿去，又把踢倒的小板凳撥正過來。

大轂轆還是一動不動的在聆聽甚麼，樣子好像等著打一個噴嚏。可是我甚麼也沒有聽見，只有裝在大笸罩裡淘過的大豆，滴溚，滴溚，過半晌兒滴一滴水。

「我送你回去！」大轂轆順手拖起那把鐵叉，拉開門。他背著燈，看不清他臉，燈燄晃晃的幾乎要熄滅了。我有些沉不住氣。「有甚麼動靜嗎？」從牆犄角兒裡，我遲疑的站起來。

「我送你回去。」他把鐵叉在地上頓一頓。「火繩給點著！」

燈燄愈是飄飄搖搖，手愈是發抖，火繩便愈是點不著。

「你沒聽見嗎？牠是存心要來惹我。」

我張著嘴望他，不懂他說的甚麼。我能覺得到自己張著的下巴也有些發抖。

「就在這兒，」他用鐵叉點點門外：「剛才，在這兒抖毛。」

「你聽見啦？」

「你趕緊回去，看牢了羊圈。」

我眞巴望他能發發慈悲抱我回去，可又不肯露出我有多害怕，便硬著頭皮，擠在他身旁，從小河底的亂石堆裡，摸著黑，一脚高，一脚低的趕回來，直到爬上了院牆這才定下心。

天上是整塊整塊的雲朵，落西的月牙兒只剩最後一口氣兒似的癱在樹梢兒上，好像打算草草了事的趕緊落下去。

我準備跳進後院，大轂轆喊住我。

「嗚……嗷嗷嗷嗷……」

要多悽慘就有多的哭號，從不知有多遠的地方顫巍巍的飄來。大轂轆告訴過我，那叫做「哭月」。

可我不懂得月亮爲甚麼會使狼那麼傷心。

「等月牙兒落了，今夜或許又要出事兒。」

「你別回去！」

我簡直要哭出來，明知道大轂轆不能不回去。

「夜裡要有甚麼，過來喊我。」

「我不敢！」

「我在這兒安兩個夾子。」他點著脚尖，指的是牆根外面。「或許就在這兒把牠夾住。」

「要眞有甚麼，我怎麼去喊你？」

他想了想：「不是有我給你的石弓？往我院子裡打，我聽得見。」

我又怕打不上那麼遠。回到院子裡，前院還有燈光，隱約有低沈的講話聲，我就安心多了：二叔到今兒還沒回來，那一定是大富兒哥，天到這個時候，他今夜準不回家了。

要睡著的時候，吊鋪搖動著，我知道是大富兒哥在前院做完了活兒，回來睡覺。他喊我兩聲，我沒有應，十分安詳的找我好夢去了。這一覺睡有很久，醒時能感到那種沉睡後的舒坦，四肢有脹脹的滋味。不知道是甚麼忽然提醒我，大富兒哥怎麼不在吊鋪上?他怎麼到底又回家去了?急忙點上燈，從站杜上滑下來，不明白這是怎麼回事兒，抵門的槓子歪斜在一邊，好像大富兒出去時，手從門縫裡把槓子抵上過，可又是誰把圈門兒搡開一條縫兒。

羊都站著，沒一隻睡下來的，我心裡好像有個底兒了。這麼下去怎麼成呢?等天亮我再不一五一十的告訴二嬸，當眞還要挨到羊圈空了那一天！

悽慘的哭嗥又從遠方傳過來，我知道這是我疑心，我沒有聽見甚麼，分明那是村裡的犬吠，緩緩的，斷續的，好像是叫著消遣的。迷迷糊糊剛有一點兒睡意，心裡一驚，整個床鋪都跟著震動了一下，只聽得下面羊在跑動，有一隻慘叫出來。我眞慌了，到處瞎摸，記不得洋火放在哪兒，找到了，又連連的擦不著。

從吊鋪上往下看，燈盤本身的大黑影罩住大半個羊圈，看不清甚麼，羊又非常安靜，一點騷動也沒有，我很疑心不要又是做惡夢罷。

圈門兒抵得牢牢的沒有變樣子呀，我實在沈不住氣，一定是把狼關進來了。我把牆上的石弓搆下來，反扣上圈門兒，裝了一布兜兒的石頭子兒，騎在院牆上，一顆連一顆瞄著大轂轆院子那邊打去。

月牙兒早已落下去，可是天上的星光依樣把枯樹梢兒影襯得那麼清楚，可以看見大轂轆的房屋黑沉沉那一片。一布兜的石頭子兒也打完了，恐怕壓根兒我就打不得那麼遠，黑沉沉那一片，沒有動靜，瞅久了覺得那座房屋膨大起來，還好像搖搖晃晃的在移動。可那黑沉沉的一片裡，現出了亮著燈光的小窗子，我像得救似的，把石弓也摔掉不要了。隔不多會兒，又現出亮著燈光的門，大轂轆當門繫著腰帶。

眼睛能看到的，都是這麼灰暗，大轂轆在這無邊無際的灰暗的布幔上，用剪刀剪出來似的開出那麼兩個方塊兒，讓我看到布幔子外面透進來的金光閃閃的盼頭。

「眞有甚麼啦？」大轂轆來到院牆跟前，準備縱身躍上來。

「快點罷！」我焦灼的嚷著：「羊要挨拖光了。」

我端燈盤，照著大轂轆查羊。

「大富兒呢？」

「還大富兒呢！」我剔著燈捻兒：「等我睡著了，到底又跑家去了，圈門兒就大敞著。」

有一頭羊，肩胛骨被咬得露出來。可一百二十九隻羊，一隻也沒少，我眞失望，好像我把大轂轆騙了。

「你眞的聽得很清楚？」

「怎麼不清楚？還呱嗤呱嗤抓門哪！」我不懂得爲甚麼要連連扯謊。

他仰著臉想了一下，給我打一個手勢，我立刻跟著他爬上吊鋪。

噗的一口，大轂轆把燈吹熄：「睡會兒，聽聽動靜再說。」

我從來沒有需要甚東西像現在需要圈裡有隻狼這樣的心切。黑黑的，眼睛睜有多大，也看不見一點甚麼。巴望有隻狼的妄想，也似乎是這麼樣的黑得甚麼也不會出現了。

大轂轆咂著菸袋，沉沉的喘呼著。我相信他那滿鼻孔的黑鼻毛，一定像傷風一樣的堵得很不舒服。

巴望卻似乎有了，那是慢慢試著來的，先是一兩隻羊騷動一下，隔不上多會兒又是一陣子不安靜，有羊角觸碰的鏗鏗聲。

心裡猛一陣兒跳，有些兒止不住要喘。羊沒有叫，卻著急的在蹦跳，身子擦著石牆根。我抓住大轂轆，抓緊他襖子，催他。

剛擦亮火柴，下面就沒有動靜了。

「多刁猾！」大轂轆閃亮著眼睛，四處窺探著。我渾身都在發抖，好像掉進冰窖子裡。

羊溫馴的望著人，沒有一點兒求救的樣子，像是從沒有發生過甚麼。那些「一」字式兒的瞳孔，老是不一定從那個角落裡閃出一朵綠色的燐火樣兒的反光。兩個人和幾隻站柱的黑影，又在四壁上和屋頂笆上旋動了。

「奇怪，」我抓住他的粗腰帶，也跟著四處窺望。「能藏到甚麼地方啦？是不是能縮得很小很小的？」

「來，趕到一頭去！」大轂轆把手裡的長竿子給我：「你把羊都攔到這邊，我一隻隻拖到那邊兒數。」

大轂轆又不放心的走去把圈門抵結實。

「眞的，」我說：「或許眞的夾在羊肚子底下。」

我端著油燈，一手捽住長竿子，背抵緊在牆上，眼看著他抓住羊角，一隻一隻牽到羊圈那一頭去。我睜大眼睛，準備在我這邊一隻一隻少去的羊群裡，隨時能看到一隻又肥又壯的大狼跳出來。

「準是隻老傢伙，」他休息了一下，抹抹額頭上的汗：「牆外頭放好的兩副夾子，都沒有去上當。」

「我敢說，牠一定還在這屋裡。」我這邊攔著的羊，剩下不多幾隻了，我害怕大轂轆不再數下去。

靜得很可怕，好似甚麼都屏息的注意最後這十來隻羊。這樣的靜，使人覺得轉一下腦袋，脖頸骨都會吱喲吱喲的響。

最後我這邊只剩六、七隻羊了，已經可以看得淸淸楚楚的。這六、七隻羊畏怯的擠在一起，好像犯了甚麼過錯。大轂轆不甘心的直數到最後兩隻，他不得不搖搖腦袋，長嘆一口氣。

雞叫了，開始的頭一聲使人吃了一驚。

但我發覺大轂轆兩手叉著腰，偷偷瞟著一個方向。忽然他的臉色變了，邪氣得使人害怕想躲到甚麼地方去。

「瞧見沒有？」大轂轆神秘的喊著，沒有喊出聲音，他又瞟一眼左側的那根粗柱子：「你瞧，牠像個人，直站在那兒。」

「像個人？」不由我一冷，周身的寒毛根根都直豎起來。

「到那邊牆上，把鞭子拿下來！」他喊喊喳喳喊著：「再找一塊石頭拴到鞭梢上，快！」

我慌亂得不知道鞭子掛在甚麼地方，直轉圈兒。找到鞭子，又找不到石頭。

「太小，要拳頭大的。」

不知道爲甚麼我要眼淚直滾，手裡的石頭又老是滑落到地上。

「有長點兒的粗繩沒有？」

「啊？」好像要等上半天，才懂得他叫我做甚麼。他接過長長的鞭子，那是耕田時打牛用的，他把繫著石頭的鞭梢又打下一個結，試了試牢，只見他矯健的一折身，揮起長鞭抽向那一根最粗的站柱，鞭梢的石頭繞著柱子打幾個轉，把柱子緊纏住。在他下勁拉緊的那一刻，柱子後面掙扎出狼的前蹄和腦袋。

原來牠眞的像一個人那樣，扶住柱子直立在那後面，一直跟我們轉來轉去的捉迷藏，捉到現在，也除非大轂轆能夠看到牠。

大轂轆拉著那條我到院子裡找來的井繩，另一端交給我。叫我圍著柱子轉，把牠綑緊。現在牠怎樣也逃不掉了，在很小的一點限度裡扭絞著直立的身體，翻著白眼，從發怒的白牙裡發出淒厲戰慄的乾號。

「大轂轆哥，是不是那隻公的？」

「是隻公的，」他摸一把那背峰上的毫毛：「也許跟那隻母的是一對。」

牠還不放棄掙扎牠的腦袋，顯然想嚙咬綑著牠的繩索。鮮紅狹長的舌頭，老舔著鼻孔，舔著兩邊的嘴角，似乎身體上既然還有這一點可以動彈，就先儘量的動動再說。大轂轆找來一塊石頭，照著牠腦蓋連鼻子好像不費勁的一磕，牠就不哭了，打盹似的一下子垂下腦袋。他跳過去，拉開圈門，外面的天色似乎有些微微的發亮，遠近響起一片雜亂的雞鳴。

兩人面對面的，插著腰在喘氣。

這是很寒冷的凌晨，外面有初冬時常見的薄霧。大轂轆讓我拖住這隻還沒死透的老公狼，去送給二嬸。

「我才不一清早去找她打。」天根本沒有大亮，二嬸大約跟椿樹上那些烏鴉一樣，還正睡得酣熟。

大轂轆彎下腰去，拖住狼兩條綁著的後腿，一路拖到前院二嬸的房門口。

「你不喊你二嬸？」他的聲音很大，我眞怕他把二嬸吵醒，遠遠的退到碾棚裡，躲在碾台後面，深怕二嬸房門一打開，頭一眼就看到我。

「大轂轆哥！」我小聲求著：「天就要亮了，等二嬸醒了罷！」

大轂轆好像壓根兒就沒有聽見我乞求，他走去掀開二嬸窗上的麥稭苫。

加上天寒地凍，我抖作一團兒。我寧可靠得那麼近，看他跟一隻惡狼去鬥，可不敢看他招惹我二嬸。他拍著窗櫺：「嘿，天大亮啦！公的母的可都逮著了！」

裡面沒有動靜，他略停了一刻，我眞要去拖開他，求他別這麼莽撞。他又去拍那窗櫺。

房門吱喲一聲打開來，裡面現出二嬸那張朦朦朧朧的白臉，分明還看不清她的鼻子眼睛。我不由自主的縮下身子。蹲伏到碾盤後面，只把眼睛露在外頭。

「喲，這是幹嘛啦？」二嬸跨出門檻，往門框上一靠，口裡呵出一團團的白氣。

「我當是誰呢，大清早起的，」二嬸狠狠的咬緊嘴唇，冷眼瞅著大轂轆：「做甚麼惡夢啦？」

「歐二嬸，打擾妳好夢了！」

「好夢？哼！」二嬸往四周掃上一眼，把披在身上的花襖裹緊。「那個人敢又回心轉意啦？」

「眞伶俐，眞讓妳給我猜著了。」大轂轆冷笑笑。

「那也要挑個時候呀！那個人不是白長那大的個兒，沒長心眼兒！」

大轂轆抱著胳臂，靠到二嬸對面的另一邊門框兒上，下巴指指地下還在搐動的老公狼：「妳不瞧瞧這是誰？」

二嬸的臉孔陡然拉長了，退到門檻裡去。定一定神，忽然想起甚麼似的：「噢！眞好記性，那晚上不也是打到過一條？」

「咱們也別裝孫子，妳讓大富兒哥大模大樣走出來罷！」

「誰？」二嬸一昂頭，咬著牙說：「你嘴裡放乾淨點兒！」

「我跟大富兒親兄弟一樣，我跟他無怨無仇，妳放心！」

「你說話要留神，別在我家裡胡唚！」

「那就怪妳歐二嬸太不留神，把咱們兄弟毛窩穿到脚上了，不太大？」

我偷偷從碾盤後頭探出頭來，果然瞧見二嬸兩隻脚上穿的不是一個色氣，儘管都是羊毛窩兒。

「別怪我說話不中聽，」大轂轆從懷裡摸出小菸袋裝菸：「不長莊稼的砂磕地，再借誰的好種撒下去，也是白費。」

二嬸雙手蒙住臉，就要搶回裡間去。

「我沒別的心，」大轂轆伸過一隻胳臂把二嬸攔住：「妳怎麼樣挑撥歐二叔解我的雇，那都是小事兒，我不計較。可有一點，是我大轂轆今天求著妳，別怪我管到你們家務事兒。」

一點也沒有防著大轂轆冒冒失失的轉回身子來招呼我，我驚得跳起來。地上有灰白的冰霜，和我脚上灰白的孝鞋一個色調。彷彿我就要赤著脚走到這霜屑上面，戰慄的猶豫著不敢向前。走出了碾棚，我就站在那裡，低頭等著定罪。滿胸前儘是碾盤上沾的白麩粉，我都不敢撣掉。

「老天爺不是沒長眼睛，麒麟送子也送不來這大的兒子給妳，又聽話，又中用，爲人總得要知足。」大轂轆低沉的說著：「親生肉養的又該怎麼樣？要捱多少苦？要受多少難？妳當是養孩子容易！」

二嬸木木的板硬著臉，像經過哭泣的那樣腫脹。從那緊閉著的嘴角上看得出是在強制著心裡面的又是恨、又是痛。

「沒爹沒娘的苦孩子，就是外姓人，誰見著也憐，」大轂轆好像要走的樣子：「只要妳疼惜這孩子，大轂轆不把這事情張揚給二人。要是妳存心養漢子，慢說我這個外四路的，就是歐二爺也管不周全。妳放心！」

不知爲甚麼，我心裡直爲二嬸湧上一陣陣酸溜溜的螫痛，怎麼會那樣軟塌塌的可憐！她眞不該受苦。我眞要呼喊著：「大轂轆哥，你饒了二嬸罷！」我瞪瞪的望著二嬸，用我的眼睛說出我全沒有一點兒甚麼非分的乞求，我全沒有跟大轂轆勾結來欺侮她，眞心求她還照往常一樣的對待我，哪怕更壞一些。我想到我娘活著時，不也是經常打我罵我？

「二嬸！」我奔過去，一心想要抱住她，照舅舅當初的意思，喊一聲：「娘！」我卻繞到她背後，替她把棉褀從地上拾起，拍打上面的塵土。

「二嬸，妳要招涼了！」

她抱著手臂，不理我。不知她愣愣的望著甚麼。我仰著臉，只能看到她抽搐著嘴唇，又不像要說甚麼。

「大富兒，我沒意思要跟你過不去。」大轂轆拖起那隻半死不活的老公狼，又朝著屋裏說道：「咱們端人家的碗，拿人家的錢，總要給人家看好了羊，頂起碼的。」

忽然二嬸跪倒在地上，抱住我，笑也似的失聲大哭，她的臉龐埋在我胸口，那樣猛哆嗦，把我嚇住了，好像不知道甚麼樣的災難就要臨到我頭上，就如同眼看著我娘嚥氣時那樣，驚惶得不知怎樣是好。

大轂轆要走不走的，我側轉過臉去求他教我該當怎樣。他啣著小菸袋的嘴裏，冒出一口白氣，卻甚麼也沒說。

我把手上的小花襖給二嬸披上，抱住她，抱了滿懷披散的頭髮，那上面有冰涼淚水，染到我的臉上。我並不要知道是我的眼淚，還是二嬸的。

不是我心裏不肯，我的臉埋進一堆冷濕的頭髮裏，眞是費盡很大的力氣，才低低迸出一聲：

「娘！」

隨即我像犯了不知有多大的過錯，膝頭一軟，也跪倒在地上。不知道是甚麼把我深深的、深深的埋藏了。一雙溫熱的臂彎，把我熔化在悲痛欲絕的歡快裏面……

我還能聽見大轂轆踏著霜屑的沉沉的脚步，和那隻老公狼在霜地上沙沙的拖走，緩緩的遠去，緩緩的遠去了。

一九六〇・七・大溪

試論朱西寧

司馬中原

讓我們撥開衆多迷亂，從中國文學的厄難中撿起一個默默的名字，一個沉默謙和的負軛者——朱西寧。

經過十餘年默默的耕耘，他才繼「大火炬的愛」之後，向人們展示他種植在作品上的理想。狼，這部代表他十年來創作總結的專集，共收他九篇重要作品，合約廿萬字；「狼」一書中所收的雖非他重要作品的全部，但就作品的創作時間而言，從「海燕」（五二年作品）到「蛇屋」（六二年作品），他已經給予我們一條完整的、長達十一年的時間縱線，讓我們看到他的文學生命生長的痕跡。

一個有着堅強信守的文學創作者，時間就是他的道路，俾容他不斷的自我尋求，自我引昇，向前耕耘他的理想；寂寞更如適宜播種的春風，容他把對民族對人類的愛心隨風播入文學的沃土。

從朱西寧的作品，我不難發現他精神深處站立着一個神秘、諧和、無限展延、不息流動的玄色宇宙；他以那樣的宇宙和他生命中歷史和現實的雙重感受相對照，相比重，建立了他的觀念；他滿懷愛心，欲圖牽引人間世界，朝他精神深處的宇宙奔向；這樣形成他原始的創作動力，這種動力是巨大的、恒久的，兩者之間的差距，足以貫穿他生命的全程。

在作品鍥入的角度上，朱西寧似乎先要在東方——民族生存和延續的大環境中尋求其思想的站立，作爲他作品的支柱；他放棄使時間爲這一民族髹飾成的各種不同的歷史表態，僅將其安放在作品的次要地位；他認爲若就波流不息的時間觀點上看現代，現代瞬即化爲歷史；無數朝代的所謂「現代」，都已化爲歷史的階梯；故他緊緊掌握住人類內在的靈明和愚昧，抒寫他內心的大愛，作爲他作品主要重心。打「大火炬的愛」到「狼」，我們追尋他作品進行的痕跡，發現他的作品，幾乎全置於民族生存、繁衍、延續的大環境之下，以他最熟悉的事物作爲背景，向四面八方展射。

我們不能以朱西寧「採取較古老的題材」爲病，否則我們就將自投進淺薄的時間的繩圈。就人類的內在而言，歷史就是無數現代纍成的梯子，無論在哪一層，人們都將能發現自己。從「大火炬的愛」到今天，從較薄的寫實境界躍展至深厚的寫意境界，他對作品內容的追求遠勝過對形式的追求；在思想的開拓方面，他更爲我們留下太多心血凝成的斧跡刀痕。

與作品表達同時，朱西寧在在不忘給人以環境中羣性的束縛感，以及這一民族悠久歷史傳統的重量；他很少以思想和觀念直接撞動讀者，他注重藝術的純度，極力避免使思想流寄於理論，而求其寄於客觀的存在。他慣以陰黯的色調塗染空間，而以粗獷濃烈的油彩標現人物；這使他作品畫幅中的人物，有從陰黯中騰躍而出的感覺。實質上，他所注重的背景不祇是人物的寄身點，他復將久遠的時間納入作品內的空間，使其像烘蠟般擴散，浮騰出幽古的歷史氣味，與人物相融相契，構成古老東方的實景。

他筆下的人物，代表着民族傳統的兩面：一面是躍動向前的，一面是停滯僵化的；這兩者觀念的衝突，成爲民族悲劇之主要導線。因此，他每篇作品都有着悲劇的延伸性；伸向痛苦，伸向顫動，伸向血淚交織的歷史汪洋，——無數久已麻木的心靈很難觸及的汪洋。然後，他展愛心如天使的翼，在汪洋上迴翔，使人們聽見他靈魂深處的呼喊——看哪，東方！我們本身——這一民族所有人們歷代浮泅其間，即使他浮滿陰黯、霉濕的悲劇氣息，我們亦將勇毅的面朝着它，鼓起一種全新的穿透悲劇的醒覺。朱西寧作品的最大特色就在這裏，他不認爲悲劇是一種個體的終結，而是羣體醒覺向前尋求希望的起始力量。本此，他無時不在冀求引昇人類，穿過痛苦進入慰安，同時他告訴人們一點一滴尋求「更新」與「建造」的艱難。

因爲朱西寧着意尋求實體存在，將思想通過生活現象而湧托，故他作品畫幅中的美感大都顯示在眞實上。生活內容豐實了作品的肌理，使其每篇創作都發出堅實豐盈的光彩。崇高的創作理想使他保持着嚴肅的態度，他從對文學不變的信仰中取得愛心和祈盼，而高度理性解化了他的熱狂，形成他冷靜深思的一面。十多年來，他無時無刻不在虛心尋求，過度深思已染白了他盛年的黑髮。他像新鮮的吸墨紙一樣，不斷汲取生活感受以飽滿其內在；他將生活中一切聲色吸入內心，經多次運轉而融和，成爲他藝術生命的一部份；他內心的運轉體精密如錶件，分成無數網格，自會將汲取得的生活內容放在便於取用的位置上，科學、哲學、歷史、人文各成體系，井然排列成智慧的光環。因此，他作品中所表現的生活面是沛然驚人的，在和他同時代的作者中，還很少有人能與其相提並論。

順隨其理想的導引，朱西寧那樣虔誠的以他堅實犀利的筆鋒，一筆一筆掘入民族的心臟，鍥刻出許許多多民族的隱痛和遺忘。他不但表現了傳統的原貌，生存的情境，更加強表現了傳統中不合理部份加諸每一民族成員的內心重壓，他認爲傳統下眞正民族悲劇的形成，不光由於外在暴力，主要導源於人們內心不自覺的保守和愚昧，故他雖極崇愛着民族的傳統，但更求嶄新的建造；他以靈明的自覺，咬破傳統陰黯的一面，有如出繭的蛾蟲，向陽光展示牠鮮明的彩翼。這種靈明的自覺從其作品上湧現，召喚人們以初醒之姿，回望身後那些赤裸裸的、袒呈在歷史背脊上痛楚的鞭痕，緊接着投入人們以猛烈的搥擊；由於相比強烈，朱西寧作品力量的蘊蓄巨大驚人，每一錘帶給人一個顫震，使讀者穿過事實，在心中遁發出他思想迸射的回音——金屬的、高亢的，連鎖撞擊所產生的流響，與他作品低沉的表現相遙映。

他就那樣認眞的完成了一幅一幅的鍥刻，從北方大地到南方大地，祖國凸出的畫圖上呈現出多樣性的人物的影子，時與空，光與影，明與暗，人與物，紛然交呈，互相投射，每一線條，每一筆觸，他都着意勾勒，使那些畫幅堅實雄渾。

即使如此，朱西寧從客觀反照中所產生的對內在自我的不滿意愈見強烈，使他對作品張力的要求，文字的冶煉，魔性的表達阻隔網突破的努力，不敢少懈。他思想的進入，引申和歸納過程甚爲緩慢，從素材取擇到表達完成，費盡他的苦思，他的作品不見才華，祇見功力，他不斷琢磨那些產品，使其藝術性增高，但他從不加成品以花紋的錦飾，任它們在合乎藝術的尺度中仍然保持着原始的風貌。

從以上的概念出發，我們深知無法對一個正在開拓中的作者加以界定，僅能依據在時間縱線上的作品的發展，作一種試探性的發掘，我們不妨試就其思想、表達、文字諸方面的建造過程，分爲早期、過渡期、近期，作一階段性綜合品評。

早期的朱西寧在作品的思想與表達間是有着較大差距的，這種不均衡的現象主要植因於他內向的性格，過份深思擴大了他思想境域，與創作技巧形成不合比例的參差，使他在無可奈何中寄望於逐段鍥刻，「海燕」如此，「三人行」亦復如此，他渴求將內心激情，飛躍騰旋的意象，內在湧流的旋律，外在紛陳的物象，以及足夠的藝術空間，在極經濟的篇幅中作一種全面的齊現性的湧托，欲求愈深切，鍥刻愈艱難，他早期的筆鋒沉滯而緩慢，無法取得在作品中顯示多變性節奏與躍動旋律的能力，他習慣鍥刻的筆，却先爲他刻出一道窄門，僅容得涓涓細流。在窄門之外，我們可以從他對每一章節費力的鍥刻上，看出他痛苦的掙扎，在窄門之內，我們更可以看出他湧溢不出逐漸增高的思想水位——一種巨大的蘊蓄，正等待洪洪奔瀉。

「海燕」和「三人行」，正足以標明這種蘊蓄的狀況。「海燕」在當時，曾爲部份論者所推許，與「大火炬的愛」諸篇相啣，「海燕」代表着朱西寧向新里程的邁步，它鍥刻了一個大時代的女青年，如何在時代風暴中飛越祖國山川，投向自由的生命成長過程，也歌讚了青年羣從狂激到冷靜，從柔弱到堅強的站立，揭露了暴力、陰謀的醜惡面貌，海燕這名字就是一種象徵，象徵着反抗暴力侵凌的意志在民族流離的風雨中飛翔。

朱西寧在「海燕」中，用男主角綸的狹隘、柔弱、糊塗，與海燕（李景）的沉默、博愛、堅強作爲對比，經黃指導員（綸的舅父）以第一人稱導引，揭示海燕生命成長過程，闡明愛的眞諦，故事自第一空間——醫院，跳入第二空間——粵漢鐵路列車中，經第一人稱自我回潮轉入第三空間——武漢，再由海燕日記，作成回潮中的另一回潮——（大空間的展露）使人被引回苦難的北方原野，陰冷古刹，小城，囚屋，戰爭和無盡的流離……（海燕生命飛翔的背景和其迎風破雨之姿）然後落回第二空間，落回第一空間，完成他的鍥刻。

寫「海燕」時，朱西寧的創作野心是勃勃然的，他過度追求濃縮以加強作品的張力，冀求把宏偉多面的空間，紛繁複雜的事態，心靈感受，情感揮發，理念申引，以交織疊印的手法，在兩萬多字篇幅中齊現，或因蘊蓄過久，使朱西寧迫不及待的試作表達衝破——這是朱西寧首次動用全力向那道表達窄門所發動的「義和團式」的衝鋒。

當然，甚至在今日回觀中，「海燕」仍具有它成功的一面：諸如效果強烈，確具深度，情感與理念比重均衡，全篇浮躍着詩情等；相反的朱西寧也收穫了更多意想中的失敗。首先，他缺乏客觀的對其本身思想技巧間差距情況的正確估量，尤其是文字的呆滯，如沉重的鐵鐐，釘住他內心飛躍意象的雙足，他飲畢符水一揮砍刀就滾殺過去，中途才感覺脚鐐太重，不得不提着它衝鋒，那種沉重的鐵環的撞擊，幾乎掩蓋了他的呼喊；過度硬行壓縮，使人產生意象堆積，情節失諸架造之感。嚴格說來，「海燕」僅能算有情感，有內容，有思想的沉厚作品，却非一篇洗練的，具有高度藝術性的佳構。

與「海燕」同時期的產品「三人行」，較「海燕」更爲沉滯，朱西寧似乎急圖托現他純理性的觀點，一味採取刀鋒強烈的硬刻，而忽略了小說的趣味——即使是極少量的輕快的調和，單調的人物心理和冗長的對話，使觀念重過小說本身。另一篇早期產品「未亡人」較為明快，尤其是文字方面，似乎經過徹底整容，已經不是他早期作品的面貌了。

民國四十一年之前，朱西寧猶似一尾網上的海魚，表達阻障壓迫着他的呼吸，這種阻礙的構成，最大因素就是文字的不能暢轉，雖然他早就注意汲取廣泛的北方口語，作為他文字基架，但因為能擺脫塾館教育和中國古老說部的影響，他仍然使用着一些酸味很濃，缺乏創意的文白夾雜體，如：「綸甥『聞聲』『早即』『翹首』候着。」「『良久』『未成』『一語』。」「忽有人突破沉寂，『言道』……」（海燕）「他們『目睹此情，更將何堪』！」「觀衆都『甚是』失望，怪他『何以』如此『不堪一擊』，使我『未得』『發揮盡致』。」「然而，『語猶未了』……」（三人行），這種初期摸索的自然缺陷使朱西寧沉默下來客觀反照自己，建立了極嚴格的自我批評，使他的失敗旋成身後的歷史。但在我們的回觀中，卻不能不欽服朱西寧當時那種勇於試探，勇於創造的勇氣，我們可以說，當時朱西寧若不以楊令公碰碑——硬撞的精神寫成「海燕」，今天他就無法寫成「狼」、「蛇屋」那樣令人擊節的作品，文學的跑道有着無比長程，起步的樸拙與靈敏無關緊要，在不息的前進中，要緊的是耐力與恒心。

經過五年的修磨和冶煉，朱西寧於民國四十六、七兩年間，推出了他過渡時期的產品「騾車上」、「祖父農莊」、「生活線下」、「再見！火車的輪聲」、「偶」等多篇。這一時期，朱西寧鍥刻的技巧日趨圓熟，他避免像早期那樣硬刻，巧妙的擴張了他的鍥刻面，但縮小了他的鍥刻點，他儘量擇取多樣性的人物與事態，刻在小小的畫幅上，他注意把握作品輕鬆和風趣的一面，而將沉重的主題，蘊蓄的思想隱藏於作品之後，同時注意文字運用的虛實，使深刻性、浮繪性交現在同一畫幅之中。

這種穩沉的小心試探就是他大邁步的前奏，他正在耐心的開鑿那道表達的窄門，以求逐步縮短思想與表達間之差距。解除笨重的文字鎖鍊，與短篇結構的精密化，成爲他這一時期最主要的要求。然而，朱西寧仍不斷注目於他精神深處——那流動如風的玄宇時存於他的矚望，形成他取材的不變的核心，在創作同時，那時宇開始運轉，給人以衆多微妙的靈明觸及，許多短篇，許多斷面，許多問題的顯影，全被核心貫連着，成爲朱西寧思想的脈胳，發揮了集中的效果，能對人類原始的眞實心懷悲憫，將其矛盾表徵及內在成因作雙重點示，給人們以燭照反顧的機會，他不欲改革社會，只是憐恤人心，盼望人們發揚知性，從渾濁中自我甦醒。

在「騾車上」中，他將馬絕後那樣的人物，作成多面的立體雕塑；雕塑出一個不自覺的自私愚昧的典型，用極端固執囚禁自己並欲圖兼囚別人，這典型正是今日世界上諸多人物的縮影，那些實體存在成爲人類進步的嚴重阻礙。朱西寧承認那種阻礙的破除，不在於說服、教誨、或對立性的剷除，而在於當那些自囚的觀念反撞其本身時，自我痛楚會觸其甦醒；後者的觀照何等深遠，它是溫良的，人道的，近乎神性的，使我們得窺作者的胸襟！

從「祖父農莊」，我們接受了一種觀念的撞動，一個用畢生血汗換取應得財富的老人，如何以高度理念克服了內心感情的魔貌，最先響應三七五減租號召並響應耕者或其田政策的故事，在這個故事中，朱西寧那樣明白揭示「伊甸園——最早的祖產，不是用血汗買來的，是創世主賜給人類的。可是承受這肥美土地的伉儷倆，却以一顆善惡果子的低價賣給了撒旦。從此，土地含有了買賣的意義，且是屬於可咒詛的魔鬼的買賣……。」本着這樣崇高的醒覺，老人克復感情之魔，將「沒夾着別人一滴血、一粒汗的產業」，用主的恩惠分給佃農。朱西寧一面讓土地的擁有者明白「土地本來就不該屬於個人，就像太陽和空氣一樣。」一面讓受田者在感懷政府新政同時，要兢兢體念正常的財富捨棄之艱難，這兩者所獲之安慰，都應同領主恩。

自「生活線下」，我們可以看到強烈的對比，朱西寧用一羣社會的吸血蟲莊五等作成活動背景中重疊背景，把焦點對準了三輪車伕丁長發，就薄弱平凡的人的立場，對正直獨立的生活發出了歌讚。

「再見，火車的輪聲！」是朱西寧過渡期作品中最沉重有力的一篇，他藉一個滿懷創造熱狂的老博士在默默致力於一項造福人類的發明——「無聲鐵軌」的過程中，遭受到保守的羣性所加諸的壓力、懷疑和阻擋。在創作途中，作者的感情溢漫理念，流滴於紙面，發出靈魂的悲燻。「難道還不醒悟？一個造福人類的大發明比鑄造偶像更……我說的『更』，……那個『更』字以後的意思，我說不上來，人都懂得就是了。」……朱西寧何嘗不知道，愚懞無知的人類，在一千九百多年前曾抗拒過基督的大愛，難道不能抗拒一些「造福」？……但他的穿透性的思想必須因愛心召喚而停留——他不得不停留，讓人們沉思「有一天……海水乾了，還叫做海？」——人們距離他醒覺的靈魂還很遙遠。

而「偶」，可算是朱西寧作品中逸出的音符，它描繪一個老裁縫在長久孤寂中偶興的慾念，文字奇妙，充滿諧趣，章法結構，帶有濃濃的現代風味，使人驚於他文字改進之速，和向多方面試探的成功。

這一時期是朱西寧的旺產期，除了收入本集的各篇，還有「賊」、「黑狼」、「英雄，吊在樺樹上」、「列寧街頭」、「捶帖」、「劊子手」等多篇，大體說來，這一時期的朱西寧，擴大了他選取題材的範圍，使思想的觸角進入各種不同的客觀世界，而對每一篇作品，則力求收歛，講求精度與純度，和自然的呈顯，比之早期力求鋪放和費力架造，顯然更進了一步。

文字的改進仍然是朱西寧最大的收穫，這一時期，朱西寧的文字雖仍保於着樸拙的外表，但在運用上，他已用心血爲代價，學得了「孫悟空式」的變化，我們試看：

「祇有初春的季候風穿過電線才會發出那種音律，（比興的）很像高家集上那個瞎子吹的十六管笙。（聯想的）」

「一切都顯得很無謂，我望着那一聳一聳吃力的騾子腦袋，就覺得牠是有意的苦惱人，讓老舅看看，因有馬絕後在車上，把牠累成這個樣子。（由聯想托出的高度暗示。）」—（騾車上）

「那女人好細的腰，（實寫）他老婆就不懷孩子，外加餓三五天，也不能比。（虛寫，使實與虛對映。）」

「年輕時候的荒唐事，片片斷斷的。有個額角上留一綹滴水鬢，叫什麼翠，艷綠艷綠的小棉襖緊箍在身上，太陽穴上貼着俏皮膏藥。（寫的是有實感的虛景）同今天這個女人一樣，一瞧就知道，準是吃那行飯的。」（虛與實相契合。）

「女的扭過身去拿茶，（外在動態）就怕人忘掉她有那麼個肉顛顛的屁股似的，（感覺伸展。）」—（生活線下）

「在一切不規整的自然景物中，嵌上這樣子一條直直的鐵道，像是釘在大地上的一個鐵鈀，將地球上某一條裂縫箍住。（高度外的象徵，主題的點示。）這是一種不甚和諧的構圖，生硬的拼湊，彷彿默示人類的智慧將是絕望的，或是輝煌的。（內在觀念的闡發，不肯定的肯定，在絕望與輝煌之間，全憑人類客觀取擇。）」（再見，火車的輪聲！）

在朱西寧的文字當中，這類例子是舉不勝舉的，不論重疊、融和、暗示、比興、交感、象徵，哪一種運用方式，他能不斷的嚐試，使意象物象到達鮮明騰躍的地步，他要將文字冶煉成採礦機，俾便採擷他蘊蓄無盡的思想的鑛苗。

選取題材作小正面的深度楔入，是朱西寧這一時期作品的另一特徵，這使他的作品保持了精密的結構，試舉其「騾車上」爲例：

「騾車上」不是篇單純的故事：它述說一個「拔一毛利天下而不爲」的肉頭財主馬絕後，表面憨厚老實，實則上自私固執到極點。淪陷時期，他有個佃戶車玉標，出遠門當兵打鬼子去了，只留老婆孩子在家，遇上年成荒亂，日子難過，車玉標家裏逼得出賣祖產：五畝地。馬絕後算盤朝蒼蠅頭上打，心想，車家賣了自己的田，大糞就會全下到他姓馬的地上了，收的好，多進項，多一粒也是好的。就這麼個小心眼兒，縮頭不管事了。偏偏車家賣地找錯了主，找上惡吃騙喝的漢奸蘇歪頭，眼看就要上當。鄰居們看不過，尤獨是樂於助人的「老舅」，央請馬絕後說句話，也不要姓馬的出錢出力，說句話就行。馬絕後偏要當縮脖子烏龜，任對方怎麼說，不但不管，反勸老舅少管閒事。等馬絕後不小心，菸袋窩裏菸核兒落進捎褡褳，燃着了仿紙，一把火燒到自己身上，老舅才「用其人之道」，逼得馬絕後頑石點頭，以喜劇收場。

像這樣的題材，若換俗手處理，顧慮就多了。但朱西寧只推出三個人物和一段短短的車程，故事從騾車上開始，在車程中進行並且結束，節奏那樣輕快，文字那樣洗練，作者只用第一人稱（我）去觀察老舅和馬絕後兩個人物，以針鋒相對的對話推動情節，將人物的性格、觀念、情態，甚至語韻全蘊藏在對話之中；作者雖以老舅與馬絕後作爲對比，然却巧妙的把重心移放在後者身上，使馬絕後這個人物成爲作品的焦點。

騾車在春野上進行，馬絕後出現了，老舅跟孩子說：「你瞧，馬絕後那個甩子！」老舅用下巴往前撅撅：「蹲在那兒扒什麼東西！」……一個「絕後」的渾名，已點出其人是「挖人肥己」的，一個「甩子」，更標明其人「縮頭怕事」了。馬絕後有萬貫家財，捨不得買肥皀，下集回來，路經碱土地，蹲下來扒了一衣兜，回去濾水洗衣裳，這人吝到什麼程度，不問可知了。但老舅偏半眞半假掀他尾巴根兒：「你這是搬人家的地來啦？兩年沒買田，就急成這樣兒？」——後兩句硬把馬絕後那種「只朝裏扒、不朝外施」的心眼兒點活了。

朱西寧把兩個人物放在騾車上，用各種事態鍥刻馬絕後：明明買了便宜貨，還要還對半價錢，還了價買了貨，還感嘆「人——愈來愈不老實了。」馬絕後收的一個養子進塾，寫字用點兒仿紙，他說是「債！」老舅呢，半分不讓，連諷帶頂，顯示嘴直心快——「你這個人——掉了一個要粘兩個上來才行。」馬絕後若叫頂得沒話回就不叫馬絕後了，聽他理多直，氣多壯——「還提那個？東洋鬼子再在這兒盤兩年，我馬家該賣地了，錢糧這麼重。」

從這裏可以看出朱西寧筆之妙和他深厚的功力。文章從頭起沒提過東洋鬼子隻字，只輕描一筆，就把陷區背景給點了出來，更妙的是一個「再」字，表示那兒早已淪陷了。陷區百姓過的是怎樣困苦的日子，而馬家再有兩年才會「賣地」，馬絕後就有這張厚臉皮，大驚小怪提這個，直把「人不自私，天誅地滅」堂而皇之寫在臉上，這一筆點狠了！

點狠了還不算，朱西寧覺得馬絕後光「自私」還不夠，還會玩小心眼兒。瞧罷：——「兩人從肩上取下菸袋裝菸。馬絕後聲明要「先」嚐嚐老舅的「二品」（菸絲名），問是在哪家菸店買的。」

雖說菸酒不分家，你沒抽他的，他沒吸你的，全無所謂。這可是兩人同時取菸袋，袋囊全裝的有菸絲兒呀！馬絕後家裏有騾車不坐，趕路回來，搭上便車沒講個「謝」字也罷了，連一袋菸也「存心」揩人家的油，明揩油也不要緊，裝模作樣要說「先」嚐嚐，這不是吊死鬼抹粉？明知對方不會來個「後」嚐嚐，還扯一句淡，「問是哪家菸店買的。」作為他「先」嚐嚐的理由，馬絕後就是這麼塊料兒。以上那段短短的文字，就算他金聖嘆再世，也不得不連批三個妙字！

但朱西寧意猶未足，攫住機會另發奇兵，大出馬絕後的洋相：「馬絕後又開始裝老舅的二品菸。」只一句，把「先嚐嚐」這隻葫蘆砸得稀花爛。這還不算，騾車走了一大截兒路，「馬絕後的第二袋菸還沒抽完，可見他把老舅的『二品』按得多結實。」

讓讀者對馬絕後這個人有了認識之後，朱西寧筆尖一轉，立刻上了正題：「我問你，車家要賣地，你可聽說了吧？」這一轉，明快無比，筆勢如風，偏偏敲在悶葫蘆上去了。馬絕後一面「埋頭裝菸」，問「你說哪個車家？」這一問問得妙極了，馬絕後怕樹葉兒落下來打破頭，明知對方提的是誰，却故意裝聾作啞，心想你只要不提「車玉標」三個字，你就牽不上我姓馬的。老舅要是馬上就提「車玉標」，也就沒味了，回了一句更妙：「還有第二個車家？」看你馬絕後怎麼說法兒！

嘿，到這一步，馬絕後還要虛晃一槍氣氣人：「車玉標家裏，你說是!?」這「你說是!?」三個字，充分標明馬絕後那種溫吞勁兒，使人恨不得抽他一鞭。老舅到底要不贏他，爆炸開了。唯其老舅耍不贏他，才顯得馬絕後這塊頑石是如何難以點化。老舅打的是硬打硬上的少林拳，馬絕後應以軟推軟擋的太極拳，將早先官場上那套推、拖、拉、扯、拽、賴的功夫全給派上了用場。老舅駡他裝孫子，他說旁人的事他不能攔着。老舅還了價，要他勸勸車玉標家的，他說起婦道人家講不清，不像話。老舅說話火重些，他說「你那張嘴，少損點德行！」老舅話頭兒鬆一鬆，他就反貼一塊膏藥，「順水推舟」，把事朝老舅一人頭上推。最後，老舅大拍胸脯包車家度得春荒，只求馬絕後出面說句話；馬絕後也使出殺手鐧，乾脆回說：「我不管這個『閒事』。」——在馬絕後心裏，天下人死絕了也是「閒事」。逼到這種程度朱西寧才將「照『妖』鏡」借給老舅，藉他的口，點破馬絕後心裏那顆算盤珠兒。

「我知道你那個鬼心眼！」老舅也生氣了，抽一下騾子，彷彿是抽馬絕後的。「你當然樂意車家賣地。車家把地賣掉，就專心一意種你馬家的地了。你就不必擔心他們不把大糞下到你家地裏了。」

這一腳踢在馬絕後心窩上，該沒的說了罷？咳！馬絕後要是沒的說還配叫馬絕後!?聽他把「二加五」變成「三加四」罷！「聽你亂講！」馬絕後急忙辯道：「我只說，年頭不是年頭，多一事，不如少一事。」他自己抱定「見死不救」也還罷了，還要搬古訓訓人，想拖老舅下水。「我勸你——這事也少管的好，各人自掃門前雪，休管他人瓦上霜。咱們不是常聽古人這麼說嗎？」問題的癥結就在這裏，儘管老舅諷他，馬絕後還是一本正經的抱定他那門子道理死啃：「別逗樂，那是眞的。我是忠厚人，只能說忠厚話。」——好一個將個人利害放在人間是非之前，只說忠厚話，不作忠厚事的忠厚人。對於這類人，朱西寧提示了另一課題，這課題出現在「騾車上」結尾，使作品增加了無比的力量。那就是——設若有一天，一把火燒到你自己頭上，旁人管是不管？如果人人全奉行你馬絕後那種「明哲保身」的道理，最先就會燒死你馬絕後自己。

以人物導引情節，由情節刻劃人物，使騾車上有喜劇的形式和悲劇的效果，實質上，它既非喜劇亦非悲劇，祇是一種客觀事實的裸現。我之所以特別提出「騾車上」，乃因它是朱西寧在過渡期中的第一篇產品，在結構方面已顯示了高度的精密性。

嚴格說來，這一時期的朱西寧，在作品表達上仍有着較為薄弱的一面值得探討的。如「祖父農莊」朱西寧仍然先握住一種觀念，由於過分緊握那種觀念，筆尖即隨之沉滯起來，破壞了「觀念」與「小說本身」之間的諧和，作者固然費力，讀者更感重壓，一度消匿的文字鎖鏈聲復又響起，對朱西寧形成一種警告，警告他切勿偏重於觀念的掌握。——新放的「文明腳」不宜朝尖頭鞋裏再擠。「再見，火車的輪聲！」雖是一篇力作，但如這類比較特殊的題材，爲使讀者易於領受，如能在開始安排一個羣衆圍觀博士的場面，把博士對「無聲鐵軌」的概念先發表一點，效果可能加強一些，不致使讀者難以理解了。「逐步導引」方式用之於特殊題材，有時在作者感覺中的「適度含蓄」，會成爲讀者感覺中的「過分含蓄」，作者宜引爲參考。

民國四十八、九年，朱西寧的作品收入本集的，有「大布袋戲」和「小翠與大黑牛」兩篇，無論就思想、文字、形式哪方面來看，這兩篇作品都代表着一種高度的成熟，這該是朱西寧小心試探進程中的高峯。

「大布袋戲」是朱西寧作品中一朶悅目的奇花，一篇噙着淚的悲慘的喜劇，他用輕靈微妙的筆觸，自一個舊木偶——老蔡陽（魏將，爲關羽所斬）的眼中，刻劃出演布袋戲的老藝人王財火，以及一幅人人都能覺察到的世態。

在一場全縣布袋戲比賽之前，王財火鑑於以往參加比賽碰鼻的經驗：評判老爺們既不懂戲，又不看戲，使他對自己所從事的藝術失去信心，但在生活逼迫下，冠軍旗子又不得不爭，既想爭，就得隨波逐流，化掉好幾百塊錢，買了兩百條肥皀拉人捧場，欲圖以掌聲攻勢使評判老爺們多打幾分。旗子在王財火眼裏，不是藝術的安慰，不是榮譽和其它什麼，只是世俗的一部份，好像今日社會上「資格就是飯碗」一個意義。你聽王財火怎麼說：

「那面旗子不值幾個錢，可是有那面旗，逢上大拜拜，到處爭着請，一下撈上來，也不止這七八百。」這是何等悲憤的呼聲！中國社會的大病根就在這裏，根深蒂固的老觀念，使多少人爲着飯碗，打扁了頭爭資格、混資歷，而對本身能力失去信心，這樣不息的循環，即使有才有識，也被社會硬生生的扼殺，餘下的都是扒牕戶，投門子，拉關係，走邪路的人——一羣爲生活而低頭的「王財火」。

但王財火拍馬拍到馬腿上去了，才有這麼深懂社會心理的投機者阿年出來敲他竹槓。阿年告訴王財火，釘釘要釘在板上，花錢要花在眼上，非買通評分老爺是甭想拿冠軍的。結果敲走王財火一筆，半路將錢塞在木偶腦袋裏，不和他黑社會的同夥對分，獨吃掉了。這樣單純的故事，包含了「藝術」和「生活」的衝突，「才能」和「社會保守觀念」的衝突，「藝術」和「才能」價值存在的詢問，種種人間痛苦的糾結，這些，都自一個木偶的眼中滾現着，交雜着，紛纏着，呈現出零亂、扭曲、痛苦、疲倦的形態，飽和了這篇短短六千字作品的張力，使它產生無盡的撞動，這才眞正是藝術的效果。

「小翠和大黑牛」是描繪一雙在婚前已各有所戀的小兩口，在北方古老的「父母之命，媒妁之言」的壓力下結合，所感受到的「理想被囚於現實」的痛楚。小翠和大黑牛，不但在文字上處處作成象徵和暗示，而這一故事的本身，就是一種高度的象徵，象徵人類光輝四射的理想被囚於現實的汚塵。朱西寧會記取他的失敗，像「三人行」，像「祖父農莊」中所遭遇的情況——「觀念」與「小說本身」的不相調和。在「小翠和大黑牛」中，朱西寧終於「撮合」了它們，使成一段「美滿姻緣」。

首先，他能細心選取具有象徵他思想容貌的題材，這一次，在創作中他撇開了觀念，專門注重小說的容貌，他着意於小說的鮮活性，他時時注意不使筆尖沉滯，結果他成功了；從這裏我們知道，作者只要在取材時，細心考慮題材與思想間契合的程度，然後儘可能開放思想和觀念，專在處理題材方面下功夫，小說本身所呈現的鮮活容貌就將是思想的容貌，小說本身的成功也才是思想的成功。

完成這一連串小心的探試，朱西寧決定再行邁步，民國五〇年起直到目前，他發表了「偷穀賊」、「狼」、「蛇屋」、「白墳」、「紅燈籠」、「福成白鐵號」等重要作品，才使人們得窺他無比壯濶的思想的波瀾。在「白墳」中，他寫出英雄的隕落，在「偷穀賊」裏，他悼念正直的衰亡，在「紅燈籠」中，他指出由僵化觀念所造成的另一死結，對於這樣的死結，他只客觀的指出其生長的成因，而保留了批評和論斷。但我們必須先評論他在這一階段開拓中最具代表性的作品——「狼」和「蛇屋」。

經過收歛求精到欲求自然的鋪放，朱西寧默默的踩過了十年的時間，「狼」在思想上和表達上的成功是必然的，就像山溪流入海洋，滙入廣大之中。從中國新文學發展史上看「狼」，它是一座東方式的、色彩明艷的高塔，矗立在五四的廢基之上，作龐然的投影，對於朱西寧本身而言，這是他宗教精神、內在蘊蓄表露得最深的一篇作品。

「狼」的結構是精密的、複雜的，情節的進行是多線的、交感的，一般功力不足的作者，根本無法下筆，而朱西寧却以冶煉得精純的筆，完成了技巧的征服。最先他推出一架天平——一個純潔的孩子，作爲他將「狼」與「人」之間，「人」與「狼」之間，「人」與「人」之間對比的重心，他要用這樣的天平——一顆純潔的童心，秤出他作品中思想的重量。在天平的一端，朱西寧投進兩塊砝碼——「狼」和「偷漢子的婦人」，明寫前者以影射後者，更點示將後者以用證於前者，時虛時實，時實時虛，交相變化着進行。在這樣對比中，我們先綰結朱西寧思想的一面：他首先指出自然環境和心性發展是密切相關的，在「人」性之中，朱西寧似乎認爲可分爲「知性」和「感性」。「感性」又分爲「向善」和「向惡」兩部份。「向善」和「向惡」雖然同是自然流露的，但「向善」是悖於慾求的，逆血肉之流而昇的，故行之艱難，常需「知性」約束和扶持。「向惡」不然，它是順乎慾求的，順血肉之流而下的，故行之極易，光憑「知性」去抑制它是消極的，薄弱的；消化人類的惡性，不在於空泛的社會道德和人間律法，那些外在的約束，往往約束力愈強，內心的抗力愈大，根本的解決方法，是要覓取一把鎖鑰，正是我們民族所固有的「愛」和「寬恕」。

本着這樣的感知，朱西寧以人類向惡的心性和狼性相比映，狼爲了生存而偷羊果腹是自然的，不論人類如何敵視，牠皆不會放棄生存而從事的獵取，人類會運用種種方法獵狼，狼自會用種種方法抵制，以達到牠獵取的目的，人類的自然慾望正和狼性相通，篇中的人物二嬸就是這樣的。在中國北方的古老傳統中，向把婦人偷漢子當成極端罪惡的事，道德的壓力很重，社會的約束力亦大，人們總以爲築此藩籬，可以防止一般的踰越了，但這種治標的辦法根本不能達到消除罪行的目的，人們防得愈緊，二嬸偷漢子的方法愈多愈密，古人說「食色性也」，這正是人類的天性。

在天平的另一端，朱西寧投進一塊較重的砝碼——大轂轆。大轂轆這個人，正直、粗豪，却有着無比仁厚的心胸，他的存在是一種象徵，是東方傳統恕道的彰顯。作者創造了他，雖未加正面揄揚，但從字裏行間，可以聽見他無言的頌歌。大轂轆善於獵狼，他受雇爲二嬸家看管羊羣，懂得善盡他做人的責任，他是最盡責的看羊人，他懂得狼性，也懂得人性，最難得的是懂得狼性與人性間相同和相異之處，他不饒過任何食羊的狼，因他深知狼無人性的向善性，永遠無法喚醒，但他能以「恕道」恕人，他知道「愛」和「寬恕」的力量足可喚醒人們遠離一切罪惡。

大轂轆一投進作品，天平就開始承接兩端的感受而起落了，朱西寧抒開他的筆鋒，作成對比中的對比，使作品走向高峯。首先，他用二嬸勾引大轂轆被拒作為起筆，把天平兩端的重感交織起來，他接着寫二嬸惱羞成怒，當着二叔進讒言，褒貶大轂轆許多不是，逼他捲行李滾蛋，（充分狼性的表露）大轂轆明知事實眞相，但他表現了寬恕，沒加任何辯駁，走了。二嬸逼走大轂轆，換雇了大富兒來看羊，以一些夾現的暗筆點示她和大富兒的奸情，而狼的故事一直在明顯的進行着，兩者時時交映。陷於罪惡漩流中的二嬸，在大環境的重壓中失去對孩子——一個剛死去母親的孤兒照拂的愛心，經常加以凌虐，她的精神似乎全貫注在如何防止人們揭露其奸情上了。

從大轂轆離開歐家直到他發現大富兒跟歐二嬸的奸情，故事都在暗中鬱結着，作者有意使作品進行節奏緩慢下來，以凝聚力量，其中寫盡了大轂轆與孩子間的信賴和愛心，更用第二次捕狼先行隱喩，一面隱喩着自然慾求與環境抗爭的力量，人性裏層的愚昧中的狡詐；一面隱喩着人們就像軟弱的羊羣，「原罪」就如兇猛的狼，當「原罪」來時，微弱的知性的光並不能抗拒什麼，必須靠靈光導領。

大轂轆捉姦捉雙，但他寬恕了奸夫淫婦，他同時也寬恕了世人，因世人在罪中軟弱如羊羣。對於一個犯罪的婦人，「寬恕」與「愛」的行為就是對她軟弱的心靈施洗，使其恢復人性中的純愛，我們可看到作者的祈求，他多麼渴望人們以「寬恕」和「愛心」洗罪，不要一味地以保守固執的觀念造成一道外在僵化的藩籬，再妄圖以此藩籬消除自然的慾求。敏感的天平終於傾向大轂轆這一邊了，孩子忘却了二嬸往昔的苛責和凌虐，撲到二嬸懷裏，不再抗拒什麼，低低的迸出一聲：「娘！」這受感動的純潔的童心所表現的「寬恕」和「愛」更深、更遠，直可通向人類終極的前途……直到作品的結尾，我們才看到作品中偉大的力量，作者那樣寫着：

「不知道是什麼把我深深的、深深的埋藏了。一雙溫熱的臂彎，把我熔化在悲痛欲絕的歡快裏面……。——「愛」的彰顯。

「我還能聽見大轂轆踏着霜屑的沉重脚步，和那隻老公狼在霜地上沙沙拖曳的聲音，緩緩的遠去，緩緩的遠去了。」——「罪」的隱遁。

透過「狼」這篇作品，我們看到了發乎靈明的眞愛，在世界的沉落中，我們也看見了超昇。「狼」的成功是多方面的，不僅是思想、表達和文字，它顯露了作者滿懷眞愛的心胸，沒有這樣的心胸，就不能抱持着眞誠的藝術信守，也就無法寫出狼這樣超越的作品，這是幾乎可以斷言的。

與「狼」同時期的產品「蛇屋」，在建造的氣勢上較「狼」更爲雄渾，但結構的精度較「狼」略遜，在這篇堅實的作品中，朱西寧創造了一個民族的熱愛者——蕭旋，更通過蕭旋，抒發了作者生命以及同時代青年羣對於生命的回溯與展望。蕭旋是那樣生長的，從他白山黑水的家鄉，從義勇軍奮鬥的行列，從被暴力所侵凌的大地……到參加了青年軍，爲抗戰建國而流血灑汗，那一段生命的歷程中，他看見建造，也看見破壞；看見上昇，也看見沉落。他是保衛祖國的無盡行列中的一員，他旺盛的心臟與祖國同時起伏，他每條賁張的脈管全注滿民族的熱愛。來臺後，蕭旋受命進入山區，擔任組訓民衆的工作，過往的囘潮使他體驗到生命與責任的莊嚴，朱西寧就以這樣沉厚的生命流動的背景強化了蕭旋的自覺，當蕭旋入山，首次參加降旗時，作者這樣寫出蕭旋內心的感受：

「蕭旋的背後，揚起那帶有宗教虔敬意味的歌聲（按：指國旗歌。）。帶引他飄向許許多多片斷的幻覺……太多了，那些感人的際會。他是在那些際會裏，在那些流亡的戰鬪的日子裏，由着風沙和雨雪打熬成人。在他的前面，總是這面旗幟，一年一年，一如每一個賢孝的祖國兒女那樣，跟隨在這面旗幟的後面，緊緊的跟隨着。他那旺盛的心臟，便在這一片虔敬膜拜的歌聲裏，一陣陣收縮，抽動他每一絲精細的脈管。他思念海峽對岸被覇佔已經整整一年的祖國的土地和人民。在那邊，日夜渴念的是這面旗幟，是這個歌聲。……這又是祖國的另一面邊陲，另一次的刼難。」

是的，從冰天雪地的東北到椰林森森的臺灣，從日寇暴力的凌虐到赤黨暴力的竊奪，祖國已經沉淪，蕭旋這個懷着高度醒覺的青年內心祗有責任，在山區，在那些飽受日人凌虐的同胞的眼中他撿拾起許多童年期的囘憶，他要用熱情和對民族的自信，洗淨存在於山胞心中的屈辱。

但他首先遭逢到許多人爲的錯誤，像劉警員那樣觀念的陳腐和愚懞，像山胞的懷疑和不肯信任，新觀念與舊觀念的差距復又那般遙遠，這許許多多的困厄極易使人灰心喪志，蕭旋不是神話人物，一樣是平凡的血肉之軀，固然他有理想，有自信，但他仍有一般世人薄弱的一面，因此他陷入痛苦——痛苦着個人力量的薄弱，更關心這一民族的前途，朱西寧把蕭旋的痛苦借用原始的鼓聲敲發出來：

「鼓聲打透了雙方的心坎兒，透明透亮的見眞情。回溯罷，回溯罷，回溯到先古同一的脈流裏去了，總是流着一樣高熱的血液，就彷彿千條河，萬條江，大海大洋總是家……鼓點轉到老虎磕牙兒，沉沉的，鬱鬱的，頑皮的，他心裏却高歌着欒聖黃自的遺作『漁陽鼙鼓動地來』……」

爲了民族命運和前途，蕭旋的生命感受是極爲敏銳的，他有理由發出對僵化觀念不滿的憤慨，這種不以本身權位、利益爲出發的廣義的憤慨正是通向醒覺的初階。但與蕭旋憤慨相對的劉警員所鑄成的事實錯誤——逼姦了一個山地女子玉秀，雖然事後劉警員調離並獲懲處，却使山胞們更遠離了蕭旋，使他陷入極艱難的處境。

在這樣挫折中，蕭旋極力的忍耐着尋求更高的醒覺，由於生命的眞誠和愛，使他在迷亂、惶恐中尋求更高的醒覺，由於生命的眞誠和愛，使他在迷亂、惶恐中尋得眞正的信心，這信心是「罪與愛，知與慾之間的距離薄如紙，個人的錯誤可以寬恕，更深的建造必須靠一點內在靈光的燭照和導引，並非導引向很難完美的觀念，而是導引向創造、服務和犧牲的完美行爲。」本着這樣的醒覺，蕭旋挺然作無畏的站立，他以全生命投入山區，投入山區的人羣，他的心不再停留於憤慨——中途的死結上，他以完美的行爲表現了無私的神性的超越。

從創造新歌到開墾茶田，從建立浴室到夜課開班，從風中到雨中，朱西寧寫出朱西寧內心的充實：

「鋼鐵就是這樣煉出來的，高熱和低冷，反覆的磨難着。青年們每一個時刻裏，總要忍受一場暴雨，和接着而來的一無遮攔的烈日的烘烤。」

對於高山族——偉大中華民族中的一系，對於他們物質文明的低落，觀念的保守，生活的骯髒，蕭旋全能忍受，他以對整個民族的愛心洗淨它們，並從綠蛇——那山胞古老神秘觀念的象徵中，盡力尋求他們的美點，即使他受蛇（觀念）所咬而斷指，他仍然愛着他們。

情節發展至蕭旋冒着暴風雨救人，獲得山胞的信任和崇愛爲止，他的醒覺又使他糾正了一項偏差的傾向。這傾向是在山胞心目中把他當成了英雄。「你怎會成了英雄？你知不知道多少英雄是踩人的！」他踩着自己的影子默默的斥責自己。接着，朱西寧借蕭旋的感覺作了這樣點示：

「這一代的英雄不是出將入相，也不是匹馬單槍；應該是一個羣體。他明白這個，做起來就又身不由主。」

所謂身不由主，正顯示個體靈明的醒覺與羣衆尙有若干距離，這距離形成蕭旋生命中另一面的痛苦，像山地姑娘卡拉洛吧，爲了崇愛她心目中的英雄，願意按高山古老風俗——送口嚼的檳榔，以身相許，就使蕭旋困惑，他是個已結婚的人，他愛卡拉洛，他更愛每一同胞，那全是民族的大愛，並無愛兒女私情，他祇從那些閃動着年輕光輝的眼瞳中，獲得安慰，安慰於這一民族的醒覺和向前力量已自那些眼瞳中閃耀出一種形象。這種觀念間的距離，使蕭旋不得不又冒一次大險，在面臨陡澗的吊橋上，救起因熱情奉獻而被拒，羞憤自殺的卡拉洛，在這裏，朱西寧寫出了捨棄比建造更爲艱難。

由於蕭旋的堅定，使山胞由對他所生的個人崇敬轉到崇愛祖國，朱西寧這才眞正完成了對蕭旋的鍥刻，他那樣更深的抒發出蕭旋的感覺：

「那些漂浮在街道上的，披掛在人們身上的，陳設在貨架上的，那些流星般沙沙鳴叫的時髦，烟一樣雲一樣的浮華，那些炫耀富貴的大盜和小偷，都不是。（都不代表祖國的榮耀。）祖國的榮耀光照着遼濶的疆土，悠遠的文史，那些雄渾浩瀚的大山大川。爲了創造這些，保衛這些，祖國的原野上，無處不是她兒女的血和汗，撒種和戰鬪——默默流着的血和汗，默默奉獻的錢糧和犧牲。沒有說鄉野的麥子是哪個豪傑種的，沒有說沙場的敵屍是哪個英雄殺的，祖國就有世界上最好的農民和兵士，不打名號的豪傑和英雄，長遠默默的背負着歷史的軛架，長遠默默的歌唱……。」

本着這樣崇高的、穿透性的見解，蕭旋隱沒了他自己，將一切榮耀歸於民族的羣體，歸給他所愛的祖國，從建造到捨棄，顯出他是何等的胸襟，唯其蕭旋捨棄了自己的功績，他的建造才更顯出民族的輝煌，從入山到出山，他在山胞心目中留下了太多的東西，他以熱愛和山區原始民衆的心啣在一起，互傳信愛，他將他們從冷冷的、斷續的、幽遠而蒼涼的「撒庫拉」歌聲的黯色夢境中引至祖國的陽光下，更使他們從謳歌蕭旋到謳歌祖國……這才是眞正的靈明，眞正的自覺。在「蛇屋」結尾，作者更用象徵來表露他的盼望，他寫道：

「從稀疏的橋板俯視下去，谿谷裏翻滾的激流使人有些兒昏眩，橋身就彷彿逆着大河飛馳。一顆不自覺的淚水就這樣落下，落進幾十丈深的谷底，總會落進滾滾不息的激流裏去的。」

那不是大河，那是時間，那不是激流，那是民族流淌向未來的浩浩的歷史，個人的努力，個人的建造，祇如一顆虔誠的淚水，落進民族的激流，隨着它流淌下去，這支巨流裏面沒有什麼豪傑和英雄，有的祇是全民族的熱愛所化成的淚水，那樣的滙合並且歌唱。

「蛇屋」這篇作品，使我們看見作者不輕易正面顯露的高熱的感情，它有着山一樣雄渾的氣魄，潔如霜雪的情操，詩一般強烈的搖撼和智慧的閃光。作者的理念築基在愛上，他承認人類內心的薄弱——包括他自己，因此，他恒以謙虛和卑微的心與羣體一同仰望。在實體生活中，朱西寧和蕭旋一樣，爲着一個存在的意義而不斷追求，不斷實踐，十多年來，他不但爲中國文學負軛，更默守着本身工作崗位，獻愛給民族，拋棄一切虛名，這種偉大人格給予人們的撞動，相同於他的作品。

綰結起十餘年的時間，朱西寧正像世界上許多感人的文學工作者一樣，走在他耕耘線上，默默耕耘他的理想，他前進的途程是崎嶇的，艱難的，我們若以其思想深度與表達深度作對比，我們就不能不說他過於樸拙，那樣的重軛使他揹負不起，幾乎是一寸一寸的爬行，他不敢輕率的表達一件徒具形式的作品，他永遠寫不出一般讀者所愛的浪漫和消閒，從主觀輻射到客觀顯影，從刻意壓縮到自然抒放，從對比的形成到滿溢的控制，他的心血所換取得的祗是一種內在的昇華與精神的慰安——人們終將承認他的開拓，朱西寧應該獲得這些，因他已爲中國文學作了毫無保留的奉獻。

文學的發展本是多態的，我們承認當代論評家所抱持的觀點——個別的平行的發展就是創造，互容、互競中就有着自然諧和，我們應容忍一切求新的破壞，但在破壞同時應該考慮建立，一切感知的躍起均以「人」爲原體，我們不敢企求文藝爲人類服務，至少，作爲一個文學藝術家，應在心靈深處時時關心人類的前途。

中國文學正面臨着迷亂，一部份求新的靈魂被囚進三角褲，一部份已朽的靈魂被夾進線裝書，我們可以發掘古人，可以追求現代感受，但我們更需要在東方尋求自己，故此，在當代中國小說叢書出版之初，我們提出這樣一個默默的名字——朱西寧，從他堅實的作品，我們似乎已眞正觸及，觸及了中國文學的黎明。當然，他仍有着薄弱的一面，這些薄弱正在他自覺的鞭策與塡補之中，諸如更進一步打破單線性文字的束縛，純然境界的浮現，超文字意象的凌空顯影，一些極端純化的個體感受，生命原貌的裸托，已逝生活境界的召回……這些現代新銳文學藝術工作者所求取的零星建造，都值得朱西寧參考汲取的。同樣的，朱西寧精神深處的玄色宇宙，也值得更多朋友們燭照他們各自本身。經過觀察和分析，我們不能承認朱西寧祇是「鄉土文學」作者，他的思想不僅新銳，更完整而超越，他已穿透現代，穿透從前——除非人類自這古老地球上絕滅，它永遠鼓騰在人類的心中。

對於這樣的鍥刻者，我們過度的祈求就是一種鞭責，讓我們放棄一切頌揚，用這支沉重得過了分的鞭子抽打在他已現佝僂的骨稜稜的脊樑上吧，文學的十字架就應有那樣沉重，自願負軛者早應明白這些了，但他仍須在鞭責中向前爬行，爬向中國未來的文學的高峯。走筆至此，不禁昇起這樣的呼叱：鍥刻罷，朱西寧，你的刀鋒有一天，整個民族和整個人類，都將在你夾着大愛的雕塑中成爲高度的藝術品，在人類歷史舞臺上煥然呈現，它的光輝，會使未來世界的人們恒久的仰望……

一九六三・一〇・五・鳳山